向着"负离子",走咧……

西方谚语说:上帝创造了乡野,人类自己却创造了城市。

都市人生活在自造的围城中,充满了无奈,无时无刻不在向往山野。越来越多的城里人,利用闲暇,背起行囊,去寻求一种放松的、回归自然的休闲方式,陶冶自己的情操,净化自己的心灵,大口大口地呼吸负离子,以化解激烈的生存竞争给自己带来的压力。这无疑是一种进步。户外运动就是一种有益于身心健康的生活方式。

山东的中南部多山,济南就处在这些山的最北边。这是一本介绍济南周边自助旅行线路的工具书,它包括了济南周边150公里半径范围内20条自驾车、摩托车的旅行线路,30条徒步自助旅行野营的经典线路,并配有15幅手绘攻略地图和多幅图片,以及自助旅行的基本常识。本书还在附录中收集了大量有关济南周边的诸如交通、文物、泉水、古树名木、观鸟赏花、观赏红叶的信息,介绍了适合野营探险、攀岩速降、溯溪漂流、定向越野、翼伞滑翔的理想场地。

编辑絮语

同时它又不是一本单纯的户外旅行工具书,在本书中涉及到的有关户外运动自助旅行的常识和理念的话题,其实很多都是和驴友们共同探讨的经验之谈,在每条线路的介绍中,都穿插了游记体的描述,对线路的攻略性描述,既增加了趣味性又便于驴友参照出行,本书是对本土历史文化和人文积淀的感悟,是诸多驴友的共同心声。

走进山里,你就会看见溪水潺潺,青山绿树,鸟语花香,蓝天白云。奉劝你再累也要抽出时间,放下繁重的工作,背上行囊,走出门去,向着天空大喊一句:走咧……

为了健康,让我们走向户外,拥抱自然。

目录

第二部分　济南周边30条经典徒步路线 /102

关于徒步旅行野营的行前准备 /103

手绘攻略图

附录资料

第一部分
济南周边 20 条经典
自驾汽车／摩托车
旅游线路

第一部分
——济南周边20条经典自驾汽车摩托车旅游线路

关于自驾车出游野营前的准备

1. 车辆技术状态和随车工具用品

打算自驾车出游的朋友，尤其是初次出远门的新手，有时会感到满脑子的事，不知从何下手。车辆出行当然是安全第一，而安全的第一保障就是你的座驾，所以，首先必须检查车况——认真检查整个润滑系统，包括检查齿轮箱和变速箱的润滑油油位、油质以及底盘、刹车（看看制动距离是否正常，有无刹偏。如果是旧车跑长途，应计算一下自己上次更换制动片、离合器片之后的运行里程，以保证不会因为上述两片的过度磨损而造成车辆故障）、转向（是否有方向发抖、发摆、跑偏现象）、灯光（包括大灯变光、刹车灯、转向灯、雾灯、示宽灯、门灯，而且必须在车辆发动状态下检查）、轮胎（包括备胎）、悬挂装置、油、水、电（包括电池液面和电极连接点）、雨刷等，发现问题马上修复，不要抱侥幸心理使你的爱车带病上路，"人糊弄车，车糊弄人"，"人误车一时，车误人一世"。

在中途要随时注意车辆的各种运行状况，做到一听：听发动机运行的声音，避震、轴承是否有异常声音；二看：看监测仪表；三闻：闻电线、离合器、刹车片是否出现异味。在每次中途休息时，您应环绕汽车检查一圈，以便及时排除轮胎、制动、转向等方面的小问题，再次出发前观察停车时地面有无滴漏的油迹水迹，并要

养成习惯。

　　其次，准备随车工具和与出行有关的所有物品用品。随车工具对驾车出游的人来说是至关重要的，因为旅途中出现的一些小故障可能全靠你自己进行修理，随车工具当然必不可少，所以出门前一定要检查好随车工具，特别是千斤顶、拖车绳带、换胎扳手、灭火器、折叠水桶等。还有一些小的备品有时能帮你解决难题，如：启动用的电线、停车警示牌、机油、齿轮油、刹车油、备用灯泡、金属黏结剂、一些保险丝管、一块较厚的木搓板和一件破大衣、一把工兵锹、几块干净的抹布。别忘了检查是否带好了备用车钥匙，以防因为忘记拔钥匙而使车门无法打开。

　　最后，别忘了"穷家富路"，带足现金零钞信用卡。好了，以后的事，就看你的了。

　　你的身份证、驾驶证带了吗？车的"身份证"呢？包括行驶证、车船使用税和养路费缴纳凭证千万不能少，即便是去郊区，也别忘带，以免碰到检查时额外破费成了冤大头。保险公司和救援公司的救援卡有的话也别忘了带上。

　　通讯工具？驾车出游，您的手机一定要充足电，最好再准备块备用电池，有车载台更好，车队出行最好预备对讲机。

　　随身药品？尤其打算组队到高原荒漠等无人区野营探险时，更要仔细检查，包括治疗以下伤病的药品：

　　*外伤：绷带、三角带、碘酒、胶布、云南白药、创可贴、扶他林、红花油、伤湿止痛膏。

　　*蛇伤：蛇药、止血弹力带、手术刀片。

　　*烧烫伤：烧伤膏。

　　*心脏：速效救心丸。

　　*感冒：感冒通、速效伤风胶囊、姜和红糖。

　　*退烧：百服宁。

　　*咽喉：草珊瑚含片、金嗓子含片。

　　*止痛：止痛片、芬必得。

　　*感染：先锋六号。

　　*过敏：息斯敏。

　　*消炎：增效联黄。

　　*腹泻：黄连素。

　　*胃痛：胃疼安、颠茄。

　　*中暑：十滴水、藿香正气水。

　　*蚊虫：驱蚊药、清凉油。

　　*虚脱：生理盐水、葡萄糖、盐。

　　*个人装备：睡袋、防潮垫、地席、帐篷、炉头、罐装GAS、锅、餐具、打火机、水壶、抓绒衣、抓绒裤、冲锋衣、冲锋裤、户外鞋、高筒雨靴。头灯手电和备用电池灯泡、大塑料袋、太阳镜、备用近视眼镜、防裂唇膏、相机和电池、胶卷、遮阳帽、望远镜、指北针、充气枕、安全套（在水下和暴雨中用于手机、小型相机的防水，非常可靠而实用）。

2. 线路制定、路况了解和驾驶操作技能

在制定自己和车队的行车路线时，首先你需要一本可靠的交通地图，为什么说要"可靠"呢？实在是因为这几年充斥市场的地图太乱太滥，似是而非不知其所云的有之，资料陈旧千图一抄的有之，更有南辕北辙将人导入迷途的，可恨至极。要认真挑选正规出版社的最新版本，检查印刷装订质量，用自己比较熟悉的区域路线来对照检查你要购买的地图，不失为一个好办法。有了可靠的地图，还要制定一份"路书"——根据地图和最近走过该条路线的朋友所提供的情况，做到对径路路况、食宿、加油站、高速公路进出口、沿途景点等所在位置心中有数。这样可以让您对所需时间、路途费用有一个大概的估算，还能减少不必要的花费，最大限度地节省时间和成本。除此以外，在路上停车吃饭、住宿时，要多向当地人打听，以便掌握前方最新路况资讯，如，前方高速路是否多处大修影响行车速度等，有必要时重新调整自己的"路书"。合理安排行车里程可以防止疲劳驾车，让你保持充沛的体力和判断力。这里建议将你的每日行车里程控制在高速公路行驶 300 — 500 公里左右，普通公路行驶 200 — 400 公里左右。

自驾车出游毕竟不比日常在熟悉的城市道路行驶，尤其在山区野外，各种复杂的道路地形，多变的气候，随时可能突发的事故，不遵守道路交通法规的司机和行人，那些超载超限的大型车辆，无一不在考验你的驾驶技术和应变能力。如果你是一位初次出远途的新手，难免心虚手潮。怎么办？严守交通法规，控制车速是第一位的，当然，适应复杂路况驾驶，也有个循序渐进积累经验的过程，但前人的经验非常值得参考。

在通过一些特别路段时应注意的事项：

A、通过山路：山路一侧靠山，另一侧为陡坡悬崖或河流，路面窄，弯道多，隧道山洞多，视野受限，对面来车不易预先发现。此时应严格按照道路分道线行驶，在未标分道线的道路，选择靠中间行驶，转弯时应牢记"减速、鸣笛、靠右行"的要领，随时注意对面来车和路况。遇到危险路段应停车察看清楚，在确保安全的前提下慢速通过，同时应注意车厢及车上物品宽度，避免与山体刮擦碰撞。

B、通过沟渠：车辆跨越浅沟应低速慢行，并斜向交叉进入，使一轮跨离沟渠，同轴的另一轮进沟。跨越较深的沟渠，应用一挡通过，车辆如有全驱动装置应将其启动。进入沟底时应加大油门使车轮快速爬上沟顶。

C、通过溪谷和沟壑：沟壑一般由流水冲刷而成，应选择适当的位置通过。通过前应先停车观察，然后低速接近，到达岸边时，应以刹车控制车轮缓慢进入溪谷，让前轮同时落到谷底，随后加速到正常行驶速度，在前轮接触对岸时加大油门爬上坡顶。

D、通过陡坡：遇到陡坡应及时正确判断坡道情况，根据车辆爬坡能力提前换中速挡或低速挡。要保持车辆有足够动力，切不可等车辆惯性消失后再换挡，以防停车或后溜。如被迫停车，应在停稳后再起步，以免损坏机件甚至造成事故。万一换挡未果造成车辆熄火后溜，不要慌张，应立即使用脚刹和手刹将车停住（千万不要

踩离合器踏板）。如果仍然停不住车，应将方向盘转向靠山一侧，用车尾抵在山体上，利用天然障碍使车停下。下坡时可利用发动机的牵阻作用和脚制动控制车速，切忌空挡滑行。

E、如要在山路上调头，必须选择较宽的地带，并由他人下车指挥，倒车时，一定要将车头正对路外，车尾背对山体。无论在上坡还是下坡路段停车，

停车前的一瞬间应打两把方向，使车轮与前进的方向呈一定的角度，这样可增加轮胎与路面的阻力，车辆不易溜滑。

F、如果途中抛锚，应将车辆停在右侧路肩上。尽量远离行车道，以免影响过往车辆的通行。为了防止发生碰撞事故，应在车身和前后分别设置警告标志，如故障警报灯、红布条或树枝等，夜间须开示宽灯和尾灯。（在高速公路上，要在车后150米处设立明显标志；普通公路要在车后50米设明显标志，不要坐在车上等待救援。）如车辆故障一时排除不了，又处于偏远地带，应尽快雇车拖到修理厂或安全地带，尽量不要在公路上过夜，以免成为犯罪分子的打劫目标。

G、冰雪路面驾驶：在冰雪路面行驶，轮胎与路面间的摩擦系数较平时大大减低，启动、行驶、刹车、转向都有与正常路面驾驶不同的要领，否则很容易出现难以起步、行驶不稳、刹车侧滑或追尾、转向偏移甩尾。起步要平稳，自动档应换入雪地模式，手动档可以二档起步，慢抬离合少送油，车移动立即换入低档，正常加油后再换档前进；行驶中要稳定方向保持较远的车距，千万不能超载超限超速和猛打方向，车辆在行驶过程中如遇侧滑或跑偏时，要及时减油，同时往侧滑方向打轮，轻点刹车，以调正车身；雪地刹车，没有ABS的车减速停车时，先快速逐个减挡利用发动机的牵阻力减速，再反复点踏制动踏板平稳停车。而有ABS的车，也可换到低速挡，同样先期利用发动机的牵阻力减速，但是刹车必须一次踩到底，同时控制好方向盘；转向时要提前收油减档减速，加大转弯半径，方向盘要平稳轻慢转动，尽量不用刹车。再就是注意保持横向的安全距离，进出主路、变道行驶、通过交叉路口、左右转弯、超车会车，以及遇有行人和自行车时，保持较大的横向距离。

H、夜间行车。自驾车旅游，非万般无奈尽量避免夜间行车。夜间行车给你带来的心理压力最大的事莫过于会车，尽管你提前变光礼貌示意，总有一些很不礼貌的司机毫无反响，尤其是那些利用夜间上路的超载大货车甚至无牌无证车，更是肆无忌惮，这种情况下，千万不要斗气，宁可靠边停车也别强光对照，但要小心右侧行人和非机动车。夜间道路人车稀少，驾驶中很容易高速行车，一旦出现路况变化就非常危险，控制车速十分重要，尤其驶经弯道、坡路、桥梁、窄路和不易看清的地方更应降低车速并随时做好制动或停车的准备。要加大跟车间距，尽量避免或减少超车。疲劳瞌睡时立即停车休息，否则很容易酿成大祸。乡间土路行驶要学会判断前方路面，"明水暗道黑泥窝"是经验要诀。

长途行车还要注意"五不跟"：

一、不跟大型货车。大货车又宽又高，往往会遮挡行车视线影响你对前方路况的观察。驾车时若紧随其后，既容易因前车突然刹车造成追尾，也可能刹车不及时闯了红灯，又须防着货车上装载物有可能掉落而伤及自己的车辆和人员。

二、不跟空载行驶的出租车。空载出租车一旦发现路边有人打车，司机可能会突然刹车变道抢客，如处理不当，就容易造成两车甚至多车的连环追尾。

三、不跟公共汽车。公共汽车与大货车一样，容易遮挡行车视线，且有些公共汽车进出站时强进猛出，有时还不打转向灯，这时若跟它们距离过近或行驶在其两侧就比较容易发生事故。

四、不跟外地车。外地车司机对当地路况一般没有本地司机熟悉，行车速度往往较慢，行车时也可能犹豫不决，忽左忽右，忽快忽慢，影响后车正常行驶。

五、不跟新手驾车。近几年随着机动车数量的激增，新驾驶员数量也迅猛增长，新手上路难免手生紧张导致技术变形，容易给紧随的车辆带来麻烦。可以通过观察前车司机在变道、起步、尤其是半坡起步的熟练程度，比较容易地判断出其是否新手。

通过村庄要小心突然而出的行人和牲畜，遇有儿童横穿道路拣拾玩具，要估计到他们有再次突然折返的可能，及早减速以备刹车；对前方骑自行车的人要判断他的车技，尤其女性，遇有情况习惯于突然从车上往左侧跳；在风景优美的路段开车，不要左顾右盼；长途行车时，难免与同伴聊天解闷，但说话不忘前方，那种不断回头聊天的习惯一旦养成很难改变。在景区或外地城市停车，更要观察自己的位置是否影响其他车辆进出，避免引起不必要的纠纷。

3. 关于随车野营装备的购置

自驾车旅游者与徒步旅行者在野营装备的选择上有很大的不同，首先不必像徒步者那样对装备的轻型化有严格的要求，其次对于选购中的性价比具有更大的灵活性，再者，可以更多地兼顾个人多方面的爱好和需求，如摄影、垂钓、野外烹饪，直至随车附带自行车皮划艇。比如，帐篷的选择，近年来徒步登山者对重量指数越来越倾向于轻量化，并不过多地要求容积和舒适度，而驾车者可以更多地考虑帐篷的大小和舒适度；防潮垫前几年崇尚强调较厚的自充气功能垫，这几年，更多的驴友在实践中发现还是物理发泡型的防潮垫更可靠轻便，但驾车族却完全可以挑选较为宽大舒适的自充气垫，以确保自己和家人在一天的颠簸之后能有一个高质量的睡眠，睡袋可以选择信封式的，较为宽大舒适；价格高昂的微型高山炉具套锅对徒步登山者是不得不付出的代价，自驾车者却完全可以只花百余元购置普通的3－5公斤液化气罐和普通铝锅，使用成本较低；至于各类烧烤炉具，各类便

14

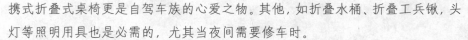

携式折叠式桌椅更是自驾车族的心爱之物。其他，如折叠水桶、折叠工兵锹，头灯等照明用具也是必需的，尤其当夜间需要修车时。

问题在于添置野营装备可不像赶集买菜论斤称，轻型化是靠高科技支持的，而高科技是靠金钱换来的，所以，自驾车出行者在选购野营装备时要充分认识到这一点。对于只需短期使用甚至一次性使用的装备，不必过多考虑品牌和高质量，方便即可；但如果你打算长期使用它，就要注重品牌和质量了，虽然"只求最贵，不求最好"是对炫耀式消费心理的入骨讥讽，但我们也得明白，一般情况下"多花钱不一定能买到最好的，但少花钱肯定买不到最好的"，这也是购物的箴言。

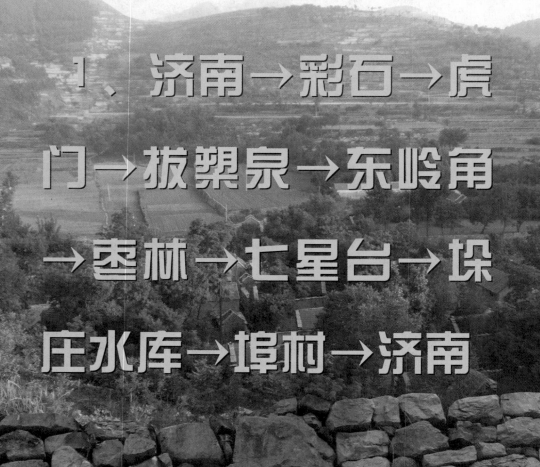

1、济南→彩石→虎门→拔锲泉→东岭角→枣林→七星台→垛庄水库→埠村→济南

时间：一天。

线路简介：

　　这条线路沿途经过三处山间水库，一处洞穴公园，一处植物生态度假区，还有山村古泉古墓，非常适合夏季周末一日避暑休闲活动。途中虽然多为山区盘山路，但均为硬化路面，很适合初学山地驾车者锻炼提高车技，更何况春季赏花夏季避暑秋季观赏寒山红叶，实为近郊难得的线路。

游记及攻略

（攻略图见 232 页）

　　济南经十东路快到彩石路口左侧的田野中有一处隋代古墓——房彦谦墓。房彦谦是隋朝两代皇朝治下政声卓著为政清廉的官吏，其子房玄龄更是开唐名相，擅长草隶的古代著名书法家。房彦谦墓至今有碑文石兽封土留存，离路边不过百米，值得停车一看。

　　彩石路口右转向南 3 公里，就是狼猫山水库，也叫两岔河水库，汇集了西线井子峪、康泉、南泉、东泉和东线虎门、玉河泉两条水系的客水，千顷碧波，一带青山，西南为蟠龙山森林公园。继续沿彩西公路（XA11）南行将近 9 公里，就是虎门村，村里有古树溪泉，村南山上是空心山洞穴公园。虎门村西南是徐家场村，有一座小水库，往东 1 华里是玉河泉村，此村泉水丰盛，其中玉河泉列入济南新七十二名泉，村内溪流潺潺，古桥横跨，时见泉水自人家院中流出，夏日里一片清凉。

　　自此向南 3.3 公里全部是盘旋上升的山间公路，转弯半径较小，直到彩石西营两镇分界处开始下山。沿山脊线东去有一条水泥铺就的村道，在林间穿行 1 公里，直达拔槊泉村。拔槊泉村高踞于跑马岭之阴，相传唐王李世民东征至此，人困马乏饥渴难耐，以槊插地，清泉涌出，村以泉得名。村内泉井常年不涸，水声清冷。

　　彩西公路向南下山 4.5 公里，沿途山村泉水众多，直到东岭角村，山溪汇入锦绣川，道路转上 327 省道（S327）。自东岭角往东不到 4 公里就是枣

林村，这一带可玩的地方很多：右行1公里是齐长城脚下的南葫芦峪，左行3公里是佛峪、道沟，山上有真武庙，佛峪是锦绣川之源。枣林附近山间散布诸多水库，山村多农家饭店，很适合垂钓休闲就餐，往东与章丘交界，已经实现了村村通公路，喜欢山地驾车的朋友不妨在此钻钻山沟。

由枣林到七星台再到垛庄的20多公里省道多为盘山公路，沿途景色令人十分惬意。七星台原为章丘的四界首村，意指此地是济南泰安章丘莱芜四地衔接处，多为海拔800米左右的山地，南望齐长城沿线黑松林郁郁葱葱，北眺大小寨山奇峰兀立，新修的天文台、植物园、度假村集中在这里。下行东去经过火贯、官营、射垛等山村，在垛庄水库北侧穿过，直达垛庄镇与243省道（S243）交会。由官营右拐经一段村道可以进入岳滋村，这里山泉众多，号称"百泉之村"，层层梯田直达山巅，是摄影爱好者喜欢的外景地。垛庄以西5公里还有一座小水库，叫做百丈崖，景色也很清幽。垛庄一带多鱼馆，秋季是干鲜山果集中上市的季节，是赶集采购的好地方。

沿243省道北上，经由南明、埠村，24公里就到309国道，当天回家晚餐时间绰绰有余。

📱 交通径路里程及收费：

经由G309、XA11、S327、S243、G309，总行程130公里，途径G309章丘收费站（自济南世纪大道与章丘大道在东巨野河大桥对接后，实现全程不收费）。

⚠️ 安全警示：

彩石、埠村部分路段因济青高速复线施工，大型工程车较多，注意避让，虎门至东岭角的彩西路（XA11）和枣林东桥至官营（S327）基本为盘山公路，弯道急坡度大，注意分道行驶，下山挂低档牵制车速，拔槊泉、七星台为盘山公路制高点，可停车检查车况再下山。

🏠🍴 推荐食宿加油点：

最好在离开经十东路之前加好油料，进入山区后加油站较少且规模不大。沿途拔槊泉有农家饭，七星台有宾馆酒店，垛庄水库有鱼馆，可以根据自己的喜好和预算来选择就餐地点。

2、济南→朱家峪→赵八洞→三角湾→黄石天→茶叶口→雪野→文祖→济南

线路简介：

　　游览观赏古村落、洞穴摩崖石刻、齐长城遗迹和雪野水库湖光山色的一日线路，横跨济南、章丘、莱芜3市，经过国道、省道、乡道，路况良好。

游记及攻略

（攻略图见241页）

　　沿309国道东行，驶过章丘双山路口继续往东7公里左右的养军店路口，就能看到国道南侧"齐鲁第一古村"的景区宣传牌，右转3公里就到朱家峪景区大门。朱家峪原名城角峪，后改名富山峪。明洪武二年，朱氏进村，因系国姓，故定名为朱家峪。自明代以来，虽经六百年的风吹雨打和改朝换代的动荡，但朱家峪仍较为完整地保存了原来的祠庙、楼阁、石桥、故道和古泉。朱家峪现存大小古建筑近200处，大小石桥99座，井泉66处，自然景观一百余处，被专家誉为"齐鲁第一古村，江北聚落标本"。古村内现仍居住的大多是老人，除去节假日，游人并不多，有一分闲适与清净。古村南边是胡山，西边是胡山森林公园。村内开发为旅游区之后，增加了好多农家民俗项目，适合城里人尤其是孩子们体验一番，老人们出售的自制山韭花酱很地道，尤其适合吃火锅涮羊肉用做调料，值得买一瓶。

　　返回309国道继续东行约5公里到韩家庄路口右转驶上通往阁家峪的乡道，经阁家峪村北左转再走6公里，有一条左转的村道，1华里就到赵八洞村。赵八洞是个很小的山村，坐落在四鸡山之阴，村南800米的山间峭壁下有一处深50米高达20米的岩洞，内有元明两代石刻造像80多尊，尤其是明代书法怪杰苏洲（号雪蓑道人）题写的"通天透地"四字，很具艺术价值，赵八洞1979年就列为市级文物保护单位。盛夏雨季，山泉旺盛，自洞内龙床后的缝隙里涌出，直流洞外，洞内冷气森森，冬日里洞内却温暖宜人。赵八洞附近盛产红芽香椿，每年春季，村里家家户户都会采摘嫩嫩的椿芽出售。

　　离开赵八洞返回乡道继续南行可达三角湾村，村旁的三角湾水库现在已被命名为"宝珠山"水库，摆出开发的架势，三角湾的确是一处不错的山村，附近多山泉，山民也很热情。继续南行过北王庄，就到了章丘莱芜交界的黄石关。黄石关是齐长城的一处关隘，两侧山脊上有残存的齐长城遗迹，但关已无处可寻，只留有一块石碑。石碑西侧是黄石关水库，水库紧靠俊林山北侧的黄色石灰岩峭壁，库水自滚水坝冲下，沿河流蜿蜒流入莱芜境内，水面经常有白鸭戏水，河南岸的南王庄就属莱芜管辖了。由此往南4公里就到了莱芜北部的茶叶口，327省道经过这里，往东19公里就是博山。我们右转往西开8公里就是242省道，再左转不远可到雪野水库。雪野水库是山东省大型水库之一，水面宽阔，碧波荡漾，周围山峦起伏，层林叠翠，这里可乘船、垂钓、游泳、登山，是理想的消夏避暑之地。在雪野水库附近找家炖鱼头的饭店大快朵颐，那雪白的鱼头汤简直像牛奶一般。饭后还可以到水库乘快艇兜兜风，如果带着钓竿，就可以享受垂纶之乐。

　　日影西斜，倦鸟归林的时刻，驱车沿242省道一直往北，经章丘文祖镇返回309国道，一个多小时就回到华灯初上的济南市区了。

🔋 交通径路里程及收费：

经由G309、官庄至茶叶的乡道、S327、S242、G309，全程155公里，往返经由经十东路需过G309章丘收费站（自济南世纪大道与章丘大道在东巨野河大桥对接后，实现全程不收费）。

⚠️ 安全警示：

经官庄乡阎家峪到茶叶口的乡道在赵八洞一带较为狭窄且转弯半径不大，视线较差，需要谨慎驾驶。

🏠🍴 推荐食宿加油点：

最好在国道上较大的加油站点加好油。推荐在雪野水库品尝炖鱼头。

3、济南→章丘曹范垛庄山村游

游记及攻略

（攻略图见240页）

线路简介：

　　济南东郊309国道以南、243省道以西、327省道以北、章丘历城分界线以东将近170平方公里的山地，分属章丘市曹范镇和垛庄镇管辖，在这片区域内，除了大家熟知的三王峪、海山湖等景区之外，还有众多的山村过去因为地处偏远交通闭塞而不为人知，其真山真水淳朴人，实在是常年生活在大城市的人难得一见的，这一带还是干鲜果品的集中产地。随着章丘村村通工程的进展，基本上所有的行政村都能通行汽车，弯曲盘旋的山区小型公路本身就是一种很好的旅游资源，不管是自驾车、摩托车，甚至体力充沛热衷于骑自行车旅游的朋友，在这里都能得其所哉，找到自己的乐趣。

　　沿着济南到章丘的新道路开到圣井镇辖区的重汽集团动力园，再往东的路口右转弯，很快就到了309国道。危山景区的九级宝塔在路南侧的高地上耸立，成了明显的地标，危山景区一直没有收费，新建的元音寺在济南周边来讲，虽不古老但规模很大，山东省佛教协会据说已经迁在这里办公。元音寺的建筑是黄色琉璃瓦盖顶，大雄宝殿双层硬山挑檐，除了山门内的金刚是彩塑，其他佛陀罗汉全部金粉涂身。东侧殿供奉着心密三祖元音阿阇黎等三位近代高僧的塑像，这在一般寺院内是少见的。元音寺的重建得益于李长吉居士的鼎力出资，李居士现任危山景区管委会主任。元音寺的僧众很敬业，不像眼下好多寺院常做的那样，用录放机来代替每日的诵经。一有游人香客走进，大雄宝殿里的一众僧人，立即起立击鼓敲磬，齐声诵经，不论你是否布施香资，布施多少，一视同仁。

　　沿着危山景区的西墙外侧，就是由圣井镇寨子村到垛庄镇火贯村，连接着309国道和327省道的圣火路，这条全长21公里的公路，从平原到丘陵山地，将20多个大大小小的山村连成一串，极大地方便了山区百姓进出，同

时也引来山外的旅游者和投资者。

　　我们的第一个目标是曹范镇的制高点，海拔795米的双凤山。汽车驶过曹范镇，继续向西南方行进，山地渐次抬升，道路开始盘旋上升，路边的村舍大多为石墙垒筑，半隐在杏树核桃林里。每个村庄都设立了候车站牌，表示出本站村名和前方到站，很方便。出邓家庄到没口村，山路明显变窄，行人车辆稀少，偶有摩托车迎面驶过，在弯道上也会让你吃一惊。驶过山垭口，双凤山就露出了翅膀。双凤山在曹范镇南端，东西向并列着两座高度极为相似的山峰，山尖由平缓的斜坡相连，形状宛如两只比翼双飞的凤凰，因此叫做双凤山。在没口村南下又经过四个小村子，有条左转的岔路，通往聘贤峪和赵家岭就中断了，我们将车停在赵家岭，开始向北攀登双凤山，其实，从赵家岭向东翻山步行3公里就是三王峪。

　　攀登双凤山的路难度不大，从西峰到东峰的山脊也较平缓，回望北边没口村瓦口岭一带，连片的梯田，散布的山村，蜿蜒的山路，心情有如飞翔的双凤。东边的三王峪隐没在峪底的浓绿之中，周边是四五座高700米以上的山峰，形状各异。

驱车继续沿圣火路南下，在青港泉村的小水库稍稍休息，在团圆沟村东左拐是新近通车的村道，绕过大小寨山直达小石屋村，这里已属于垛庄镇辖区。大小寨山海拔840多米，而且山峰峻峭，南面是陡立的岩壁，攀登难度很大，从北坡才好登顶。从小石屋经过西车厢村直到黄沙埠，山路一直下行，百丈崖水库就在眼前。

百丈崖水库是垛庄水库上游的一座中小型水库，水库南侧紧贴着一片灰黄色的峭壁，叫做百丈崖，这里是济南驴友常来野营的营地。但近来黄沙埠到北边的莲花山一带正在紧锣密鼓地施工，不久，一处规模不小的旅游景点将落成。

中午在垛庄镇鱼馆吃午饭，照例的炖鱼炒鸡，饭后在垛庄省道南侧见到一个小小的花园，停车进去和园主人一对80多岁的老夫妇聊了一会，老太太耳背，老爷子健谈，年轻时在济南东关当过学徒，还打听老东关的几条街道在不在了？告诉他早拆净了，他自言自语地说，去了怕不认识了。

从垛庄北头左转再次驶上村道，这是我们今天的第二个目的地——西立虎村。我们必须先经过东立虎才能到达目的地。汽车沿北峪大顶东坡一直爬到东立虎，打听道路，向西南方向的村道更窄了，先后经过丁家、林家两个小村，又转过人工开凿的一个山垭口，总算到了西立虎这个四面环山的深峪。章丘地图上西立虎有通往三王峪西车厢的大车道，实际上却连摩托车都不好过去，只能徒步。这个小村过去每逢雨季，山水不易外排，形成内涝，后来在山上凿了个洞，专门用做暴雨后的山洪通道。像其他的小山村一样，在西立虎没见到年轻人，山村随着中国社会城市化的进程，正在变成空巢，或许这一代冲出大山的年轻人，几十年后还会怀念自己的故园吧。

西立虎到三王峪不到4公里山路，我们决定分头行动，两人驾车回东立虎转横河到三王峪山门，两人徒步穿过三王峪。三王峪西有双凤山黄草顶，东有北峪大顶、谷等崖，南有石柱子、莲花山，北有高山、石楼子，真可谓

四面环山，只有向北通横河的小公路出山，旅游的开发受交通的制约不小。峪内原有四五个小村，现在废弃的废弃，纳入景区的纳入景区。我们迅速穿过钟楼子、小北头、大北头，对山峪里人工堆砌的瀑布池塘和城市公园里见惯的亭亭阁阁未去细看，在公路边与汽车会合已是下午16时，徒步一个半小时。

返程本应走横岭、孟张、黑峪到曹范，商量之后决定绕行西去走黄石梁、瓦口岭、没口村返曹范镇，主要是在双凤山俯瞰这一带景色很好，于是开车。过瓦口岭后，路边山坡上有一座半为坍塌的石屋，以此为前景拍下双凤山全貌。梯田里一对中年夫妇正在人工拉着耧子播种秋玉米，二人汗流浃背，鞋子在雨后泥泞的山地里黏成两只泥坨子；他们年轻的儿子躺在田头的草地上望天。我们问他怎么不替替老爹，回答说，嫌我拉不直不用我，正好咧。听后默然，年轻人的心已不在土地上了啊。

曹范小水库的水不太适合游泳，我们临时决定西去玉龙到狼猫山水库，正在施工的济南到黄岛的高速公路干得热火朝天，重载车辆将本来就不平的路面压成连环坑，这成了我们今天最艰难的一段路。

终于一头扎进狼猫山水库的碧波，洗去一日的征尘，仰在水面，看黄昏的斜阳渐渐染红天边的云，回望群山变成一抹黛紫色，山色也越来越深沉。

交通径路里程及收费：
当日往返行程130公里，G309收费站可绕行，基本没有路桥费支出。

⚠ 安全警示：
山区乡道尤其是通往深山小村的道路十分狭窄，部分路段只有三四米宽，转弯半径小，会车有一定难度，要提前观察对面来车，千万不要脱档滑行。

推荐食宿加油点：
深山小村少有饭店，大的集镇有饭店，最好自带食品野餐，否则只能找老乡家搭伙；出发前最好在市区加好油，检查好车况和备胎及修车工具。

4、济南→章丘古迹湖滨游

（攻略图见 242 页）

游记及攻略

线路简介：

济南郊区章丘市的城子崖到白云湖周边地区分布着众多的中国古代文化遗址、近代鲁商故居，白云湖湿地系统由绣江河汇集了明水诸泉之水，水网密布，夏秋季节，荷花盛开，蒲苇茂盛，垂柳依依，沿湖公路浓荫蔽日，清风徐来，道路四通八达。这是非常适合自驾汽车、摩托车和自行车骑行的线路。

102 省道北侧距离章丘龙山镇 1 公里处，是全国第一批重点文物保护单位——城子崖遗址。78 年前，一个偶然的机遇，揭开了中国考古史上辉煌的一页。当年我国第一代考古学家吴金鼎先生在回家探亲的路上，途经济南章丘城子崖附近时，无意中发现了原始社会的一座古城遗址。这一发现，顿时引起我国考古界的重视。1930～1931 年间，考古人员对城子崖遗址进行了首次发掘，出土了大量的陶器和石制工具。1990 年，山东省文物考古研究所进行了第二次发掘，发现在城子崖遗址上存在三个不同时期的文化层：除了距今 4600 年的龙山文化之外，还有距今 3500～4000 年的岳石文化以及东周文化。因在城子崖这个地方的考古中的重大发现，确立了我国夏代之前的一个文化时期，因此这一遗址被定名为"龙山文化"遗址。

怀着追溯了解华夏文明神秘源头的好奇心情，我们来到这里。侵晨的雾霭笼罩着巨野河东岸这块高高的台地，浅浅的细流在谷底无声地北去，全国重点文物保护单位的石碑立在崖畔紧临省道处，守护着中国古代文明的摇篮之地，面对日夜不息的车流，缄口不语。一样的黄土一样的青苗，五千年来养育了多少代中国人。向东不远处是城子崖遗址博物馆，这座落成于 1994 年 9 月，占地 1 万平方米，建筑面积 5000 平方米的建筑，是由中国建筑学会史学分会会长、全国著名古建筑专家杨洪勋教授设计的，建筑风格独特，为目前全国唯一的一座土堡式公共建筑，外观形似原始社会圆形房屋，也是济南市第一座遗址博物馆。博物馆共分三个展厅。循序参观，第一展厅陈列了龙山西河遗址出土的文物，以红陶器为主，距今约8000年左右，多为日常生活用具盆碗钵棒，稚拙而不失神韵。第二展厅是龙山文化展厅，突出展示了城子崖遗址前后两期发掘的重大成果。出土的文物有陶器、石器、蚌器、骨角器。在诸多的陶器中最引人注目的当属被考古界称做"冲天流"的鸟头陶鬶了，鸟喙形状的流，3个袋足宛如丰满的乳房，活现出一个挺胸昂首、神态傲慢的形象，这就是古代东夷人的图腾么？再就是闻名遐迩的蛋壳陶高柄杯，以其"黑如漆，亮如镜，薄如纸，硬如瓷，掂之飘忽若无，敲之铮铮有声"而被世界考古界誉为"四千年前地球文明最精致之作"。第三展厅展示的是后期发掘的岳石文化藏品，计有岳石城墙密集的夯窝，平陵城出土的铁双箭、汉代人面瓦当。

博物馆游人不多，半地下的展厅清幽凉爽。当初为早日建成这座博物馆，

章丘市几乎所有干部职工都从自己并不充裕的收入中做出捐输，念及此，对10元的门票也就很有点占了便宜的感觉。

出博物馆东行3华里，就是平陵城古遗址，周遭数百米夯土结构的城垣半已荒废，七八米高的土城上堆着收获后的秸秆，几只山羊在古城下啃着草棵。来到这里就会想起五年前那个冬夜，在这古城上观赏壮观绮丽的流星雨的情形，那时就想到，2000年前的古人也曾在这城垣上数过星星吗？曹操在这里任济南相的岁月里，是否也曾在这城垣上踱步，以舒壮志未酬的胸中块垒？都去了，岁月留下的只是黄土。

在章丘电厂路口北去，穿过济青高速到水寨右转4公里，就能看到旧军村的土圩子墙。旧军孟家，这中国近代商场上叱咤风云的家族，自明初洪武二年从河北枣强迁来此地，跑马圈地，落地生根，至清康熙时经营土布掘下"第一桶金"，到民国初年经营的"祥"字号已遍及京津济青直至南洋，经营范围从绸缎布匹到茶叶中药，年利达白银300万两。在家乡广置田产，深宅大院，土炮围墙，以图永福。一个家族难以抵挡历史的巨浪，1928年，先是匪后是兵，横遭劫掠。后来各堂号当家人纷纷离家迁入租界，故居渐废，再后来公私合营、"文化革命"，在都城的不能幸免，家乡祖茔故园也毁于一旦，四周的瓮城拆扩为通衢，深宅大院只剩下一座孤楼。中国近代的红顶子商人，不管是徽商、晋商、鲁商、浙商，都没能逃脱同样的宿命。面对着断墙残壁，真让人不知说什么好，当初的旧军如能保留至今，比朱家峪价值可高多了，毕竟是方圆八里的古城墙，上千户人家的四个行政村，旧军本可以成为北方古镇、东方商人的发祥地啊。今天的旧军孟家的后人，多已拆掉故居盖起新的华屋，铁门瓷砖毫无二致，只有个别的破落人家还保留着30年前的旧宅，生活就这样依旧进行。

午后在白云湖边的一家鱼馆小酌，湖面吹来徐徐清风，夹杂着荷叶和蒲柳的清香，饭后在湖边的秋千吊椅上酣然睡去。一觉醒来，只见西斜的日光映照着将近3000亩波光粼粼的湖面，一只汽艇飞速滑过，激起巨大的浪花和乘船女孩的尖叫，直到驶进芦苇荡里的湖汊。

开车绕行20公里的环湖绿堤，依依垂杨，连接不断的养鱼池，窄窄的路面十分平整，其实更适合骑自行车的人游玩。但是石硌村周围大量存在的废旧塑料回收加工业，对当地以及白云湖的环境造成的污染实在让人担心。没能等到观赏章丘八景之一的"白云晚棹"，因为现代化的水上交通工具，早已替代了悠远的桨声。经由老僧口、董家驶回济南的百丈红尘，唯将一天的清凉都交付今晚的梦境。

交通径路里程及收费：

有几条不同线路，日行程120－160公里，稍加绕行就不必交过路费，返程愿意经过黄河大坝公路的，按日车次收费10元。白云湖景区门票15元（团队六折），垂钓10元，城子崖展览馆10元。

线路1：新通车的济南章丘一号路，过巨野河桥左转，到102省道龙山镇参观城子崖遗址及展馆，再沿102省道东行过龙山镇在路左侧瞻仰汉代古平陵城故址，在发电厂路口左转，接近济青高速时再左转到白云湖景区，沿环湖公路向东绕行，经大沟崖村到旧军村，返程经水寨、高官寨、胡家岸上黄河大坝防汛公路直接向西到济南黄河公路桥。

线路2：返程改为水寨南下郑家码头沿湖向西经黄家塘、老僧口到唐王镇右转到四风闸辛弃疾故里，南下经董家镇到郭店镇返济南。

安全警示：

环湖乡道虽然平坦但较为狭窄，加之沿途村庄众多，一定控制好车速，注意礼让。

推荐食宿加油点：

省道两侧加油站很多，最好出发前加满油。白云湖周边渔产丰富，是垂钓食鱼的好地方。湖滨和沿途乡镇有好多饭店，中午注意观察，饭店门前停满当地牌照小车的，一般手艺不错。

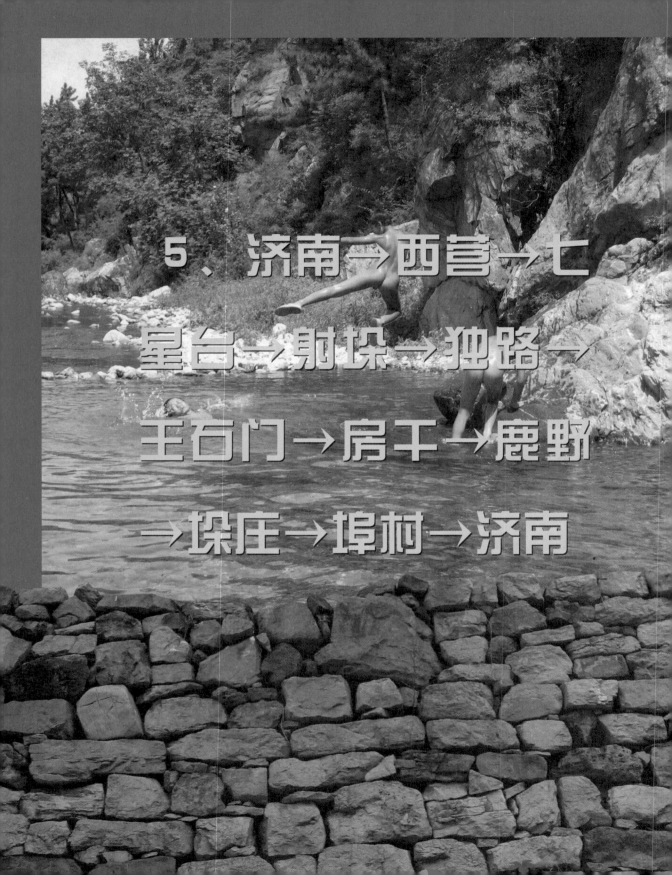

5、济南→西营→七星台→射垛→独路→王石门→房干→鹿野→垛庄→埠村→济南

游记及攻略

线路简介：

　　适合周末举家出游和邀友同行的自驾车两日野营旅游的线路，主要目的地是莱芜北部两大生态旅游景区——房干村九龙大峡谷和"天上人家"的王石门村九天大峡谷。途径西营、七星台、射垛、独路，沿途山区风光景色宜人；王石门有很不错的农家旅馆，也有很适合架设篝火的野营营地；房干村有宾馆、林间小木屋，在食宿方面可以满足各类不同需求。

　　济南到西营有多条道路，可以根据自己的居住位置选择最便捷的路径，西营沿 327 省道到七星台是典型的盘山路，七星台的海拔高度将近 800 米，南部是齐长城，北部山沟是好几个水库和山村。七星台一带属于章丘管辖，这几年，盖了好多宾馆、天象台、假长城等项目，除了公款消费的会议接待，真正的旅游好像并不火，也搞不清当初的开发定位究竟是啥，尤其是那个砖混结构的假长城，紧靠齐长城遗迹线，不伦不类的。在这里停车看看就行了，主要是检查车辆状况，至于收费的假长城，只是个人工景点，干脆别去。

　　继续东行 8 公里经过官营、火贯、射垛，S244 的路标指示右转到泰安，王石门景区的大牌子也竖在路边；这一带是章丘、莱芜、泰安三市交界处，右转约计 7 公里多，就是莱芜境内的独路村，村头一棵古老的栗子树，枝干虬曲，很有沧桑感，停车拍照，左转，开往王石门的专用盘山路由此开始。盘旋上升，拐弯抹角，4 公里，景区西门停车售票。

　　王石门地处泰山山脉的连绵群山之中，是山东省海拔最高的村庄，故被誉为"天上人家"。村里共 70 多户人家，山场面积 23000 亩。该景区位于齐鲁大峡谷旅游区中部的群山环抱之中，景区内主要有"三谷两湖一天村"，"三谷"即九天大峡谷、石门大峡谷、槐花谷，"两湖"即九天湖、九龙湖，"天村"即王石门村。整个"天上人家"景区以原始自然风光和田园民俗旅

游为特色,游览时节以春夏秋最佳,冬季冰雪封山后,虽然另有一番妖娆,却山路难行,除了真正发烧级的摄影、探险的色友野驴,一般游客就很少涉足了。

由济南来景区,先到九天湖停车,徒步到石门峡,最喜欢这里溪流边的芳草地,原始而充满野趣。再开车到村里找家村民开的家庭饭馆就餐,下午到九天峡,将车停在峡谷上口的停车场,徒步进入峡谷。晚间住在村里农家,自带野营装备的可在湖边露营。每年5月中旬,刺槐花开,进景区可以先到槐花谷游玩。

次日清晨,开车出景区南门,下行7公里经龙尾村到大王庄镇,驶上244省道北行14公里,到鹿野有房干生态旅游景区的路标,按指示牌左拐,到景区停车场停车,徒步进峡谷。

房干景区是国家AAA级景区,有23500亩山地,全部绿化,以生态环保为特色、绿色为主题,汇山、水、林、泉、潭、瀑、峡、洞、石等自然景观于一处,构成了生态环保、自然景观、民俗风情三大板块的旅游内容,被国际环保专家誉为"绿色天堂"、"山区明珠"。

房干主要景观有九龙大峡谷、金泰山、石云山、天门峡、桃花源、万寿崖、日观峰等。每年7至8月份举办"房干生态旅游节",内容有观赏自然风光、体验农家生活风俗、观看文艺演出等。

九龙大峡谷两边奇峰突兀,峡谷幽深,多溪流潭瀑;金泰山山势雄奇,形似泰山，山顶有拱北石、罗汉石、巨蟒岩等景观。石云山海拔840米，山上奇石遍布。天门峡在石云山北麓，长约5华里，峡中谷壑交错，内有情人谷、龙凤谷、鹿鸣谷和蝴蝶谷，还有饺子石、元宝石、花盆石等景观。

喜欢多花钱住宾馆或喜欢小木屋浪漫情调的朋友第一天也可以离开王石门，住房干村。如果徒步经王石门进九龙峡谷，可以让司机开车到房干在九龙峡谷停车场会合。

返程的路经过鹿野到章丘垛庄转243省道北行，经埠村再到309国道，最多一个半小时就到济南。

交通径路里程及收费：
经由G309、港西路、S327、S243、独路到王石门大王庄乡道、S244、到房干村的旅游专线、S244、S243、G309，总行程将近200公里，返程经G309章丘收费站（自济南世纪大道与章丘大道在东巨野河大桥对接后，实现全程不收费）。王石门景区门票30元，房干景区门票52元。

安全警示：
独路到王石门再到大王庄的山路较狭窄，坡度大，转弯半径小，需小心驾驶。

推荐食宿加油点：
最好在国道上较大的加油站点加好油。
推荐王石门和房干的松荞炒柴鸡、姜芽炒肉丝。

6、济南→西营→藕池→算盘→千条沟

游记及攻略 （攻略图见 234 页）

线路简介：

　　适合周末休闲登山垂钓的自驾车一日线路，能够领略齐长城沿线山地风光、老村风情、革命历史遗迹；体力充沛者可以攀登千条沟南天门甚至大高尖山。

　　藕池附近是一个独立的小流域环境，它的南面是蜿蜒起伏的齐长城山岭，东面是大高尖山，北边是算盘岭，三个方向的客水汇集到这里再往西北流去，在西营汇流进锦绣川。整个小流域内有六个自然村，上藕池、下藕池、算盘村得算是大的，一条乡道往东南通到泰安的上港，窄窄的村道连接着三个小村。齐长城南天门以北的山地沟壑纵横，被叫做千条沟，沟口的水库不大，但也是湖光山色十分养眼，更加上那么多百年老栗子树柿子树围在村边道旁，更显出山村的沧桑。

　　北边的算盘村是革命纪念地，1942 年至 1945 年，八路军在此建立革命根据地，设修械所、小医院、纺织厂、肥皂厂、粮库等。当时驻民建房 12 间，二层楼房 6 间。村里还有清代古建筑马家山庄，也基本保存完好。村子东沟里是密集的果园，初夏的野山杏无人采摘，时常熟透落满山坡，只等村民捡拾杏核。

　　汽车从下藕池跨过小桥穿村而上，弯弯地通到千条沟水库，在水库边的停车场停好车，再到旁边的农家酒店预定好午饭，你

就可以放松地休闲游玩了。喜欢登山的可以沿水库边溯流而上，再沿右侧山沟爬到南天门，左拐从东边的山沟下山回到水库，山顶的黑松林里多年的松针厚厚地铺满一地，躺在上面睡一会别有一番滋味。喜欢下棋打牌的，水库边柳荫下的石桌石凳就是为你准备的。渔友到此更是有用武之地，曾经遇到钓上瘾干脆住在水边夜钓的。

藕池千条沟，正是以它的原始生态吸引着众多的城里人，把这里当成了自己的"后花园"，周末去哪？开车到千条沟散散心，这是他们经常挂在嘴边的话。

交通径路里程及收费：
根据出发点在市区的位置，选择经十东路港沟至西营或邢村至西营，也可经S103到仲宫转S327到西营，由西营过桥往南，沿西营到泰安上港的乡道6公里到藕池村，一日往返行程60—70公里。无收费站。

安全警示：
由上下藕池村到算盘村和千条沟水库的村道狭窄难行且经过庄里，千万控制车速。

推荐食宿加油点：
最好在市区熟悉可靠的站点加油，千条沟水库附近有不同档次的农家乐饭店。

7．济南→西营→阁老村→后降甘→南沟村→梯子山村

线路简介：

典型的一日自驾车山村休闲游线路，几乎囊括了西营至梯子山之间的4个自然生态景区，多山泉古树古建遗址；适合春季赏花挖野菜夏季避暑消闲和秋季购买山果，体力充沛者可以攀登梯子山。

西营往南的这条乡村道路虽然比较狭窄，但已经全部硬化，比起当年不能通车的山道来，简直天上地下。这条路到梯子山村就到头了，有趣的是路右侧由北往南依次排列的三条支路，全是死胡同，三个小山村都在山沟尽头大山深处，开车进去先得观察好怎么调头，赶上农用车拖拉机堵路一停，赶紧下车找司机车主挪挪位，否则干瞪眼，没辙。正是多年的大山封闭，这一带的自然生态保护得比较原始，山民也还淳朴，对外来人挺热情，近年来兴起办农家乐，但也绝不像门牙一带那么喧嚣，带着股讨厌的让人说不出的公园味道。

阁老村是一个近百户人家的自然村，村子周围有玉泉寺遗址、观音洞、石罅开、五角枫、雷劈槐、母子树等自然景观，玉泉寺尚有明清时代残碑泉池。后降甘村北约1公里处的半山腰有胭脂泉，泉水自石堰下一长方形石洞中涌出，形成水帘，落入泉池，泉池上侧有一溶洞，名曰"观音洞"，传说是观音菩萨驻脚的地方，胭脂泉则是观音菩萨梳洗打扮的地方，好像本是罗汉体的观音大士还是美容院的鼻祖。此泉属原有史料记载后未查到的锦绣川地区43处山泉之一，也有专家持有异议，在济南新七十二名泉评选活动中，此泉被列为全市入围的85处名泉之一。

南沟村附近有兴教寺遗址、月牙古石桥、古井、奇石，历史上叫做兴教寺的寺院很多，最有名的当数西安唐兴教寺，南沟的兴教寺年代尚不可考，但山村附近的确是出家人修身向佛的清净之地。

梯子山村和南沟村同属上降甘行政村，是降甘峪最南端的一个自然村，南与柳埠镇水帘峡接壤，西连野生动物世界，东接泰安。梯子山村以种植林

果经济作物为主要经济来源，加上位于海拔976米的梯子山脚下，植被保护相当好，村内有南泉、寒泉，水质甘甜清冽。不管是休闲性的、"自虐性"的、"腐败性"的活动，在梯子山都能得其所哉，于是，这里成了济南驴友的根据地。最早开办南泉农家乐的张现平家，开始实际是以山里人特有的诚恳对待来登山的城里人，让他们在自家屋顶平台上支帐篷过夜，一来二去成了朋友，后来才办成南泉边四合院葫芦架下的农家乐饭店，加之门口就是半亩方塘，生意红火，于是村民接二连三学着办，一时成了气候。

梯子山是那种让人去了还想去的地方，日久不去会想它的。

交通径路里程及收费：

根据出发点在市区的位置，选择经十东路港沟至西营或邢村至西营，也可经S103到仲宫转S327到西营，由西营过桥往南，沿西营到泰安上港的乡道过小南营村右转1公里到阁老村，返回乡道继续南行，经下降甘村西行1公里到后降甘；再返乡道到上降甘西行1.3公里是南沟，最后返回乡道南行4公里到梯子山村。一日往返行程70余公里。无收费站。

⚠ 安全警示：

由阁老村等山村道路狭窄且有陡坡，小心避让会车，梯子山村停车位有限，该路线不适合大型客车通过。梯子山山高路险，攀登要量力而行并带足饮用水。

推荐食宿加油点：

最好在市区熟悉可靠的站点加油，梯子山村农家饭店很多，人普遍较淳朴。

推荐农家食宿：南泉农家乐，张现平雷在梅夫妇，推荐特色菜：蘑菇炒土鸡、炸花椒芽、炸薄荷叶、藿香炒山鸡蛋、炸南瓜花。电话0531－82825319

8、济南→仲宫→高而→药乡→里卧龙→柏树崖→袁洪峪→柳埠→济南

线路简介：

　　济南南部山区的自驾车线路，时间根据个人喜好，伸缩性很大，当日可以往返，野营垂钓有很好的营地和水库，周末两天也足够休闲的。非常适合春季踏青盛夏消暑。

游记及攻略 （攻略图见231页）

　　经仲宫高而到药乡，一路沿路牌指示直达森林公园西大门，愿意开车进入公园的在此购票，体力充沛的不妨开车沿左侧公路下行到里卧龙村停车，然后爬山登长城岭，也能逛逛药乡山林。

　　山东药乡国家森林公园是1992年才经国家林业部批准的国家森林公园，原来是药乡林场。这里距泰山主峰直线距离8公里。公园总面积1233公顷，处在植被完好的群山环抱之中。由于海拔高度和浩瀚林海的共同作用，园内夏季最高气温比济南市区低8℃-10℃，负氧离子含量是市区的380倍，形成了济南近郊的一座天然氧吧。这里处于济南泰安交界地带，手机信号经常会出现异地漫游，使用时要注意。

　　里卧龙是柳埠镇所属的这条南北走向山峪的最靠南的一个小山村，又名里卧龙池，位于齐长城脚下，村南有龙居泉，村西的冬冻台村有冰冰泉，有小路直上长城岭和药乡。北去的公路依次经过柏树崖、袁洪峪、九顶塔，在柳埠与103省道交会。

　　这条山峪多小村、山泉、小水库，是盛产干鲜果的地带，其中柏树崖有两级水库相连，周末钓鱼的渔友很多，路边的围山转农家

乐，每到6月初可以采摘杏子，在果园凉棚内就餐。

袁洪峪想当年曾被济南一陈姓大资本家买下，后被山东大军阀韩复榘占修为私人别墅，解放后被我们的一所电子军工厂所用。1976年划归济南市铁路局，先后在这里开办了铁路司机学校、铁路公安学校和工会干校。1996年学校撤离，改为罗曼山庄；2001年更名为袁洪峪度假村。峪内多山泉，仅名载于"七十二泉"中的就有苦苣泉、避暑泉、琴泉、试茶泉等四处。由此翻山东去可到不收费的南田庄自然生态景区，开车北去经过收费的九顶塔民族风情园，作为国家重点文物保护的九顶塔也被圈在园区墙里。

这条线路途中可以露营的地方很多，药乡长城岭的林带、柏树崖水库果园，都能扎帐篷；药乡森林公园、袁洪峪度假村均有宾馆可以住宿。

交通径路里程及收费：

高而开始走乡道，但路况均不错，由药乡国家森林公园西门下行到里卧龙村，再下行经柏树崖袁洪峪到柳埠，经S103返回，行程90公里左右，无收费站。

⚠ 安全警示：

部分山区路段坡度大转弯半径小视线受阻，注意避让对方来车及行人；野营垂钓最好结伴组队。

推荐食宿加油点：

最好在市区熟悉可靠的站点加油；沿途多饭店酒店农家乐，大都集中在水库附近。

推荐餐饮：柏树崖围山转农家乐园。电话：0531-82840853

9、济南→仲宫→高而→黄家峪→莲台山→张夏→济南

游记及攻略
（攻略图见 238 页）

线路简介：

由历城西南部仲宫镇高而乡到长清东部张夏镇交界处山地自驾车走马观花一日游环线，要想玩好逛透，最好随车携带露营装备用两天完成；主要经过黄家峪流域诸多山村、水库、奇峰、岩洞，春季杏花盛开时节和秋季柿子红了的日子，是这条线路最美的时候，尤其莲台山的红叶，比近郊龙洞更要迷人。

济南经仲宫转往高而，由高而南行有两条路，一条左拐去药乡；另一条右转到长清武家庄乡，到黄家峪的路需要走这条路，经过东丘村之后，有条右转弯的柏油路，沿此路西行就跨过历城长清两区分界线，黄家峪就由此开始沿流域直到石店水库出山，总长度15公里左右，由东南往西北依次散落着花岩寺、东野老、诗庄、王府庄、于家盘、焦家台、纸房、桃园、大娄峪等十几个山村。山峪北侧自东往西矗立着杨家寨、火焰山、天马寨、黄草岭、莲台山，南侧是灵岩诸山；两侧高山夹峙，造成黄家峪内多泉流溪涧的特点；石灰岩山地山峰造型奇特，遍布峭壁悬崖，黄家峪有山有水，整个就活了，处处透着灵气。

进峪第一个村庄是东野老，由此村左拐1公里是花岩寺，村子不大，井泉不少，又处于灵岩之阴，水质甘美；这里有小路直取灵岩山一线天，济南人逛灵岩，这是捷径。

下一站是诗庄，诗庄在峪内属于较大的村子，集市规模不小，是采购山货的好去处；诗庄南面山坡上有奇石林立簇拥，叫"五老神"。

诗庄再下去就到葡萄湾水库，水库附近村庄很多：东侧高家庄有战国墓葬和古柏树；南行3公里是积家峪，山泉流涧群集；北上1.3公里是于家盘，山村多泉，依靠在天马寨怀抱之中，村东的古柏树冠巨大，树下凉风习习；山村小学有全国知名的优秀教师张老师和十几个孩子。葡萄湾水库是济南喜欢垂钓的朋友经常光顾的地方，每年杏花开时，这里是张夏杏花节的主会场。

由葡萄湾水库西行，经桃园到石店水库北畔的岳家庄右拐 1.5 公里是大娄峪村，村头古树古桥，村里古泉井，都是吸引游人的地方；更加上村北峭壁上的娄敬洞，高大幽深壮观，洞内蝙蝠群集，穿洞而过就是莲台山景区，这也是大娄峪游人纷至沓来的主要原因。

石店水库汇集了整个黄家峪的山泉溪水，水面开阔，北依莲台山，真是山光水色如入画中，这里是露营、荡舟、垂钓、游泳、野餐烧烤样样都适合的难得之处。由水库大坝往北经丁家庄右转 2 公里就到莲台山景区大门。

莲台山，俗称小娄峪，山色秀丽，古洞群集，因山峰环抱如城，形似佛座莲台而得名。这里林木覆盖率达 80%以上，受国家保护的二三类树木 30 余种、鸟类 30 多种。莲台山的美在于山林之秀，妙在于洞穴之奇。在苍松翠柏的掩映下幽邃深绝的古洞就有七十二处之多，著名的古洞有：娄敬洞、三清洞、八卦洞、火龙洞 仙姑洞、朝阳洞、老君洞、王母洞、青龙洞、白云洞。莲台山是道教名山，道观经历了唐、宋、元、明、清各个朝代，几经兴

废。据元朝碑文记载，汉代名将张良、娄敬曾在此栖隐。莲台山的秋天是游人较多的季节，满山的黄栌经霜之后姹紫嫣红，衬托着白色的岩壁蔚蓝的天空，让人流连忘返。

出莲台山到张夏镇，如果你还有时间，可以从镇北104国道收费站南侧右转5公里，经过车厢峪到周家庵看看古村和古桥，再到北泉游览四禅寺遗址，返回途中在路北侧有一砖瓦场，烟囱目标明显，村道经砖场往北左转直通104国道收费站北侧，一溜烟就回家了。

交通径路里程及收费：
省道103线到仲宫转高而，右转去长清乡道，经诗庄、娄峪、石店水库、莲台山、张夏到104国道返回济南，总行程80公里左右。途径G104张夏收费站。

⚠️ **安全警示：**
葡萄湾水库到于家盘的山路狭窄，注意转弯会车；流域内两侧山峰多悬崖峭壁，登山注意安全；在莲台山探洞小心保护随身贵重物品，如手机相机等，很容易摔坏。

推荐食宿加油点：
最好在市区熟悉可靠的站点加油；葡萄湾、石店水库，莲台山景区有各种规格的饭店酒店，能够满足不同消费需求；不愿野营者可以选择住在莲台山宾馆。

10 济南→马山

线路简介：

比较轻松的长清一日游线路，单一景点，往返道路交通亦方便。马山是很值得济南人前往的地方，因为马山有不少独有的景色，如：穿心洞、万岁林、峻峭的岩壁、春季的桃花、古老的道观。

随着长清改县建区，与济南市区的交通也日益便捷，长清的旅游资源很丰富，比起历城的景点更为称得上重量级，将来的发展潜力很大。现在去马山较之前几年要方便得多了，马山镇到景区的道路已经修好，汽车可以直接开到山下。

马山一带古迹众多，海拔512.3米，与五岳独尊泰山、鲁中仙境五峰山并称姊妹三山，山上鬼谷子隐居的通明洞、山下孙膑庞涓学艺的遗址、"毛主席万岁"植物标语、森林公园、马山神丰施侯庙等"五泉、十洞、四十八景"，令海内外前来观光的游客流连忘返。早于秦长城490多年的齐长城环拱在马山群山之上，长达30多公里，是整个齐长城过镇里程最长的一段。王家坊湿地烟柳浩缈，水鸟翔集，崮头水库是国家中二级水库，库容量达2000万立方米，大龙象山蠹立在马山与五峰山之间，属于马山和五峰山的重要外景组成。

关于马山的民间传说很多，比如泰山、马山、五峰

山三姐妹比高，泰山老奶驱车压马山，金簪穿心留下穿心洞等等；特殊年代留下的"毛主席万岁"林也已经创了上海大世界基尼斯记录；山上的古道观和守庙人的感人故事；这些都可以在马山找当地人仔细聊聊，也可以参照本书徒步线路有关马山的介绍部分。

马山的岩壁在济南南部山区不是最高的，但结构和岩石节理的发育非常完美，典型的石灰岩白云岩地貌，不管是用于攀岩运动还是一般的游玩，都很理想。

交通径路里程及收费：
由济南走220国道到长清，或104国道经崮山到长清，出长清以南5公里转104省道，到马山镇右转2公里就到马山东侧山脚下的停车场。往返80余公里，无收费站。

安全警示：
马山多峭壁，适合攀岩速降，但需注意安全，小心落石伤人。

推荐食宿加油点：
沿途加油站很多。最好自带食品野餐，或者在马山镇饭店就餐。

11、济南→双泉→陶
山→小泰山

游记及攻略 （攻略图见 230 页）

线路简介：

　　长清与肥城交界山地的自驾车一日游线路，游览以洞传名号称七十二洞的陶山，有碧霞行宫和奇石碑刻的小泰山，当日往返。

　　长清双泉乡通往肥城的乡道叫做双肥路，从李家庄往南翻过山口就进入肥城，右手是陶山，左手是小泰山。这一带乡间道路很多，尤其是陶山的旅游路基本绕山南大半圈，将陶山的几个主要洞穴和古墓串成一线。陶山相传是战国时代范蠡隐居的地方，范蠡又称陶朱公，此山因此得名。陶山是石灰岩地貌，多峭壁悬崖，多洞穴，号称七十二洞，其中朝阳洞最为著名，内有摩崖石刻造像，洞内宽敞，洞上有洞。陶山奇石很多，依靠在峭壁之上，要想拍照必须爬到悬崖近旁。陶山南麓丛林里有宋代古墓，神道旁的石人石马石羊，半隐在荒草丛中，附近时有牧羊人出没。游览陶山可以将汽车停在山下饭店停车场。

　　由陶山往东到关王殿村，村东南的路边山坡上孤立着一块椭圆形巨石，下部窄窄的一点着地，摇摇欲滚的样子，当地人叫做垛子石。关王殿村里好像专门盖庙，但新建的庙宇有点像民居，只是内有神像罢了，也赚点香火钱。真正可看的在村后的小泰山，也有盘道小十八盘，碧霞元君的行宫在山顶，后有一座铁桥横跨深涧，山顶有石砌的

53

长城工事，南端直抵悬崖尽头，下临近百米高的绝壁，气势不凡。小泰山峭壁下也有岩洞，碑刻不少，还有一处小庙，一溜排开的三处石室，供有各路神仙，包括文昌帝君，每年高考前，很多家长专程来这里替孩子烧香许愿，可怜天下父母心。

返程仍旧沿来时的路走，也可以经肥城到长清的104省道，路况稍好，但略远，有收费站。

交通径路里程及收费：

由济南走220国道到长清，或104国道经崮山到长清，出长清以南5公里转104省道，到漩庄右转经双泉乡走双肥路到尹庄，再右拐经过五眼井、李庄，继续向西南方向翻山口进入肥城；肥城陶山已经修好环山旅游路，由陶山东行走村道3公里到关王殿村，小泰山下有停车场，关王殿村东南山坡上是垛子石。往返行程120公里左右，无收费站。景点无正式收费，三块五块十块八块，可以砍价。

安全警示：

小泰山陶山多峭壁岩洞，攀爬时注意安全；停车时注意车辆安全。

推荐食宿加油点：

在国道上大型加油站点很多，加好油再走乡道，陶山脚下有停车就餐的饭店，也可以自己野餐。

12. 济南→平阴→老东阿镇→洪范池→书院村→云翠山→胡庄天主教堂→尖山圣母堂→贤子峪

线路简介：

　　该线路两天之内几乎囊括了大部分平阴最重要的旅游景点，途中包括古村古桥古镇古墓古道观和名泉及当地名山，以及两处教堂，每年初夏还可以顺路观赏大片盛开的玫瑰；交通路况很好，除了云翠山景区游玩徒步4公里，其他都很轻松。

　　220国道由平阴县城南边擦城而过，24公里后就到了老东阿镇，这里历史上曾是东阿县治，后来的行政变迁，将其并入平阴，东阿县城迁到了黄河北。发源于大寨山云翠山一带的狼溪河汇集洪范池南泉等泉水，流经老东阿镇北去汇入黄河，2700年的历史上，这里曾经有过辉煌显赫的岁月。春秋时代称为谷邑，是名相管仲的封地；后世名人辈出，从汉代张良的老师黄石公到隋唐名将程咬金直至明代万历皇帝的老师于阁老于慎行。狼溪河上至今横跨着古老的永济桥，此桥始建于明弘治十三年，几经兴废，现在的单孔拱桥是万历四十年最后修复，长55米宽6米多，桥上的石雕狮猴多已残损。

　　离开国道南去5公里是洪范池，洪范一带多名泉，共有4处列入济南新七十二名泉录，分别是洪范池、书院泉、扈泉和日月泉。洪范池又名龙池，涌溢而出的泉水四周砌石成池，正方形，边长各7.1米，水深约6米，清澈见底，池底及四壁泉水缓缓浸溢而出，不显喷涌之状，故名洪范。池北有始建于金代的龙王庙，旁植古柏二株，一株龙柏，一株圆柏，树龄超过850年，仍枝繁叶茂。池南雕一龙头，泉水自龙口流出循石渠绕池一周后流进小溪。洪范池附近有大小泉水九处，泉水长年不息，"汇泉水库"集水为湖，湖面不大，但在此可远眺云翠山、大寨山，夏季也是游泳戏水的好地方。

　　洪范池北边1公里有于林，为于慎行的墓地，有44株国内稀有的白皮松，以及万历皇帝的亲笔题字和汉白玉石刻及部分墓道石雕。

　　洪范池以东里许，就是书院村，明嘉靖年间，中丞刘隅在这里建立了东流书院，将此泉称为书院泉。该泉常年涌流，水势极盛，是洪范池泉群中涌水量最大的一泉。池水从池南壁的石雕龙头口中跌落至一方形小池，再流入半圆形水池，尔后顺小溪，穿村绕户而出，溪中鹅鸭戏水红掌清波，溪旁农家妇女浣衣洗菜，一派田园风光。

出洪范池往南 3 公里左右新修的盘山公路直通云翠山，云翠山景区内有南天观，始建于唐代，金末元初全真教派盛行，这里成为全国四大著名道观之一，后荒废，留有全真宗派碑，新近整葺的道观始具规模。观内南壁有石洞，洞内有泉，上覆石板，镂刻日月二孔，这就是日月泉，泉水甘甜，可直接饮用。景区酒店往西南，还有一泉池，上盖石屋，3 米见方，据说是当年道士沐浴之处。

出南天观沿山脊小径可到天柱峰，此峰方 500 米，高数十米，石壁上有出自于慎行的摩崖石刻一幅："壁立万仞、削成四方"。石壁间有一线天，需要手抓壁上铁环，脚蹬石坎攀缘，上部如井口，有铁盖，顶有石板堆砌的房屋。天柱峰东北另有一崮形山峰，与天柱峰有一线小径连接，称为子陵寨，相传是东汉严子陵隐居之地，严光先生不好好呆在富春江钓鱼，跑这里干嘛来了？不解。寨上，密林草莽中有石室百间，半已坍塌，有小庙碑文，记载当年庙会之盛，庙祀泰山老奶奶，这些石室，都是清末民间避捻军之乱留下的遗迹。

在云翠山酒店就餐价格不贵，农家风味，人均 15 元就能吃得很不错。

次日返回平阴继续进行教堂和古村的游览。在平阴城西南的绕城路上就能看到高耸的胡庄天主教堂和尖山圣母堂，经过短短的一段村道，汽车开到村里天主堂门前停车，村民会收你的停车费，游览教堂每人交纳5元，不好说是门票还是讲解费，反正对教友是不好收费的。我们遇到的讲解员是位50多岁的老师傅，也是信徒，讲解得很卖力，借古喻今旁征博引手舞足蹈抑扬顿挫，让你不得不听、不忍不听。

胡庄天主堂全名叫无染原罪天主教堂，位于胡庄中心，始建于1906年，"文革"期间毁于火灾，1998年在原址上重建。重建后的天主教堂规模如初，只是将原来的哥特式建筑改为框架结构罗马式建筑，圆顶高46.1米，突出了圆弧形的特点，同时又避免和尖山圣母堂的哥特式尖顶雷同。院内后部的廊厦式青砖结构平房是原来老教堂的幸存物，见证了那段不堪回首的岁月，立于堂前，仿佛置身于异国他乡。

从天主堂到尖山并不远，可以徒步走去，将车放在原处。尖山上遍植翠柏，一片碧绿，坐落在尖山顶端的露德圣母堂，始建于1895年，1927年遭雷击，次年修复，1966年被拆除。1989年6月，经山东省宗教事务局批准重新修建，于1990年4月25日竣工并正式对外开放。修复的露德圣母堂仍然保持了原来的哥特式建筑的风格，整个建筑用大块料石垒砌而成，柱石上饰以高浮雕花卉，两座六十余米高的钟楼耸立，锥尖直冲云天，把人的目光和心灵从凡尘之中引向天国。沿上山的石阶路，有圣路坊、上天之门、受难像、若瑟亭、耶稣圣心亭等十四座罗马式碑亭记载了耶稣受难画面，描述了耶稣遇难的过程；环山小路旁有根据圣经故事制作的白色雕塑圣徒群像，虽然材料并不名贵，但也还传神。教堂门口照例有人收费，给票，上去找管堂的人开门，宽阔的大堂可同时容纳三百余人诵经，阳光透过彩色玻璃花窗，洒在祭坛和排排座椅上，使整个大堂内充满浓浓的宗教气息。

　　下午沿着来时的路驶出平阴城，在城东220国道北侧第一个加油站附近，有一条右转往南的柏油路，穿过施工中的济菏高速3公里，左转（沙石路）不到1公里，就进入明清古村贤子峪。贤子峪三面丘陵环绕，坐东面西，山上多为侧柏林，整个村子静寂无声，原有的百十户人家基本迁出，只有两户仍坚守在故居，养了不少鸡。到村内转转，最深的印象是石头，石垒的民居石砌的庙，石磨石碾石板道，看不到只砖片瓦，就地取材，毕竟周围全是青石山。村里有泉水，在山崖脚下，深深的井泉，叫抱珠泉，借村民的水桶绳索取水，品尝后都说好。古庙的院落还齐整，正殿是观音堂，侧殿是伏魔殿，神像俱无，院里留有残碑，的确是明清时代的遗存，至于新近用红油漆髹过的石碑和山岩上新刻的景点题字，只能说明开发在即，正忙着造古迹呢。后来又专程来村里，在古庙的院子里露营，夜里真是静啊，加上没有一点灯火，满天的星星贼亮，你轻轻咳嗽一声，引得狗们一阵狂吠。

　　平阴之行，总的感觉是，平阴虽然划入济南市行政区划不少年头了，但农村的民居不少仍然保持着鲁西民居的特色，石砌平顶房，石板挑出的房檐窗厦，有和济南不一样的味道。但愿平阴人在建设过程中能保留平阴自己独有的特色。

交通径路里程及收费：

　　济南经由220国道过平阴到老东阿镇左转，经乡道到洪范池，洪范池往南有到云翠山的专用盘山路直达景区，两日往返行程220公里，往返途径220国道长清广里收费站，当地车辆基本在路北绕行村道1公里走人。

Ұ 门票：

　　云翠山门票15元、洪范池5元、书院村周末假日村头收费，可以砍价，教堂非教友进入参观要收5元。

⚠ 安全警示：

　　在云翠山攀登一线天铁链上天柱峰时要注意人身和财物安全，如果在云翠山或洪范池水库以及贤子峪露营，最好结伴同行。

推荐食宿加油点：

　　在国道上大型加油站点很多，加好油再走乡道，洪范池附近和云翠山饭店就餐都方便实惠，平阴县城特色饭店很多，贤子峪暂无餐饮供应。

13、济南→仲宫→高而→十八盘→玉泉寺→天龙水库→泰山天井湾

游记及攻略

线路简介:

由济南出发自驾车一日游览泰山山阴知名景点的捷径，山路盘旋但路况较好，除去冬季冰雪封冻季节之外，全年可以通车。天井湾、天龙水库、玉泉寺都属于泰安大津口乡，地处泰山东北麓，是一年四季可供游玩的景点。天井湾位于防火检查站以内，防火期管理较严。

济南市区到高而的路早已为广大自驾车友所熟知，不必多述，此线路岔路最多的关键处在药乡森林公园以西 3 公里的路口，往右有两条道，左侧到泰安，右侧到长清武家庄乡凤凰岭，这里要判断准确。十八盘村南济南泰安交界处，封路的土堆多年未清理，被过往车辆碾轧，除了底盘较低车身较宽的大客车，其他车辆通行无阻；这里实际也属于齐长城遗迹线，风景已经很有泰山的味道，反正你离开济南之后，沿途山地的植被都不太好，过了十八盘才感到林区的样子。往泰安就基本是下坡路了，玉泉寺景区有路标竖在路右侧，半米宽两米高蓝底白字风吹日晒多年未换很不醒目，民间资本投资的景区决不会这样，也可能"景好不怕巷子深"，收入多少无所谓。玉泉寺 10 元的票价，比起近郊那些拉网圈地、动辄要你 50 元的霸道景区，性价比要高得多了。

玉泉寺东南有莲花峰，西为摩天岭，南临卖饭棚子，北依长城岭，群山环抱之中，密林掩映，崖高涧深，是人迹罕至的佛门清净之地。玉泉寺始建于北魏，金代重建，元代僧普谨增建七佛阁，后屡经兴废。因南有谷山，东有玉泉，又名谷山寺、谷山玉泉寺，俗名佛爷寺。今寺内存历代碑碣 10 块，周围有千年古栗树 20 余株。院内原有大雄宝殿，"文化大革命"中被毁，台前有古银杏 3 株，参天蔽日，秋日满树金黄。 正殿东侧山冈上，原有药师七佛阁，毁于清代。今存元代至元年间阁复撰、李谦书《药师七佛阁记碑》。古碑北面有古松一株，蔽荫山冈，名一亩松。寺内有古泉，大旱不涸，俗称八宝琉璃泉。泉侧嵌碣，金代大学士党怀英隶书"玉泉"，寺西山腰有党怀英撰书并篆额《谷山寺记》碑。寺两侧山冈上有天然巨石，石上有大脚印，俗称东、西佛脚山，脚印实为第四纪冰川留下的冰臼。游览玉泉寺，汽车要停在景区内停车场，徒步沿盘道台阶1公里进到寺内。

天龙水库位于沙岭村西，因为是最靠近泰山的上游水库，所以水质特别清澈，但水温也低，冬季水坝变成冰瀑，水库周边多古老的板栗树，古树荫里是农家开设的饭店。水库边还有泰山赤鳞鱼养殖场，明堂园休闲区，每到周末，天龙水库游人不少，大多是济南泰安两地自驾车出游的客人，举家携友，无不尽兴而归。

天龙水库上游是进山到天井湾的必由之路，也是后山登玉皇顶的捷径，至今全国各地的背包族驴友还是和大津口的挑山工牧羊人为伍，走在这条崎岖的山路上，但最近泰山管委加强了对这里的管理，设立了铁栏路障，也要收费进山了。不过自驾车的朋友大多只走到天井湾瀑布看看就返回，所以，尽可商量，讨价还价；体力好的，不愿多费口舌，绕

路翻山进去就是，防火期管理就严格多了。

天井湾位于天龙水库上游2公里处，走山路或直接溯溪而上均可，这里汇集了泰山北麓老平台和药山几条山峪的溪水，高耸的峭壁上，瀑布急流一泻而下直冲崖底，形成深潭，俗称天井。雨季后瀑布的轰鸣在峡谷里回荡，声势很大；冬季整个化为冰瀑，另有一番景色。天井湾在泰山后山的路线中的确是一个亮点。

返程如果不想走回头路，也可以经由大津口左转到麻塔，过桥向北有条通往黄巢水库的路，路况稍差，但另有一番光景，黄巢到柳埠就好走了。

交通径路里程及收费：

沿103省道经仲官拐往高而乡，再沿到药乡森林公园的路驶到历泰路，经由十八盘村、泰安的牛山口村往南2公里右转到玉泉寺，返回再往南经沙岭庄右转有路直通天龙水库，沿途注意路标；往返行程90公里，无收费站。

⚠️安全警示：

高而到牛山口为山路，部分路段坡度大转弯半径小视线受阻，注意避让对方来车及行人；济南泰安交界处有土堆封路，不适合大型客车通行。

推荐食宿加油点：

最好在市区熟悉可靠的站点加油，大津口一带饭店众多，规模层次不一，能满足不同需求，价格亦不贵。

竹林山庄酒店，主人吴钦峰，电话0538－6556068、6153998。天龙水库又一村农家园，主人孙一村，电话0538－6556489

14、济南→泰山樱桃
园→岜山后沟

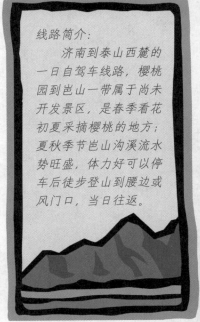

线路简介:

　　济南到泰山西麓的一日自驾车线路，樱桃园到岜山一带属于尚未开发景区，是春季看花初夏采摘樱桃的地方；夏秋季节岜山沟溪流水势旺盛，体力好可以停车后徒步登山到腰边或风门口，当日往返。

游记及攻略 （攻略图见 236 页）

　　樱桃园又分为樱桃园和后樱桃园两个村子，随着电站的建设和郊区城市化的进程，这里已经不太像村庄了，只是在电站下

方还保留着一些樱桃园。樱桃园是进入泰山岜山景区的要道，每年春天樱桃花开时节和初夏樱桃成熟季节，济南泰安的游客会纷纷涌到这里，体力好的还会进山游览这一带的风光，岜山后沟的奇石奇松溪流山泉也真是不输黄山。这里隶属泰山管委会樱桃园林场管辖，近年来，对这一带的管理成了管委的心病：引资开发还是列入自然保护区核心区？防火季节又无法真正禁止游人入内。但不管怎样，将来对游人来说都不乐观。开发意味

着价格不菲的门票，核心保护区等于从此不得进入。还是抓紧机会吧，但一定要注意保护环境严禁烟火，这一带可是在林区 24 小时遥控视频监测下，你的一举一动逃不开摄像机的眼睛。

喜欢登山的朋友可以在岜山沟口当地人取泉水处往上沿路攀登，再沿后沟绕回来，只是下沟时踩木梯小心，再就是一定顺水走才不会迷途，其他的线路可以参照本书徒步线路部分的介绍。

交通径路里程及收费：

三条路线：1. 走京沪高速，万德出口下，转104国道到泰山抽水蓄能电站按路标开至电站检查岗外侧停车，往返收费，但最为快捷；2. 走104国道，张夏有收费站；3. 走仲宫、高而、武家庄乡、界首的乡道到104国道，无收费站，沿途观赏山区景色，路况稍差。一日往返行程在 100－140 公里不等。

⚠ **安全警示：**

岜山沟多峭壁，暴雨季节谨防山洪暴发落石伤人；进山要慎重，容易迷途，山里通讯信号较差，一般找不到人问路，最好跟熟悉线路的朋友同行。

推荐食宿加油点：

沿途加油比较方便，但作为一日游，最好还是提前加好油；樱桃园饭店酒店不少，但旅游旺季饭菜质量服务质量都不一定让人满意，其实自己带饭野餐也是很好的选择，可以将车停在收费停车场。

15、济南→佀徕山

线路简介：

　　徂徕山作为离济南较近的山地森林，汇集大量人文遗迹，而且基本保持着完好的原生态，森林覆盖率很高，山间道路可以东西向穿越，汽车能够直接开到主峰太平顶，非常适合自驾车野营旅游。此线路设计为东部光华寺景区进山，经由马场太平顶景区、中军帐景区，由大寺景区出山，都是徂徕山主要景区，最适合自带野营装备的两日露营。

　　上学时读《诗经·鲁颂》，每到"泰山岩岩，鲁邦所詹……徂来之松，新甫之柏，是断是度，是寻是尺。"之句，就忍不住心驰神往，加上这里又是山东人民打响抗日第一枪的地方，更是让人充满了敬意。泰山是早早就攀登过了，可徂徕山直到30多岁方才如愿一游。徂徕山被称为泰山的姊妹山，因泰山而扬名，也为泰山名气所盖，距离泰山只有短短30公里的路，天下游客登泰山后又有几人续登徂徕？其实古时帝王泰山封禅后也要到徂徕山祭祀一番的，这苍茫百里的徂徕山，比起泰山，自有它独自的风韵和悠久的历史。

　　坐落于徂徕山东麓的光华寺始建于北魏，宋元多有重建，正殿的壁画是明清两代所绘成，寺旁墓塔是明代遗存，寺内古松传为唐代种植；光华寺最著名的还属寺门外巨石上北齐梁父县令王子椿手书的《大般若经》和寺东梁父山巅的《般若波罗密经》，这都是和泰山经石峪齐名的书法杰作，宋代赵明诚的《金石录》和清代冯云鹏的《金石索》均有刊载。梁父山又名映佛山，盖因山巅巨石如佛趺坐而得名，我曾用过的一幅五万分之一的徂徕山地图上标为量步山，不知典自何出，或许是以音传讹？有待求教于方家。

　　出光华寺驱车前往马场，沿途山路盘旋抬升，路旁时为溪流时为深涧，没有变化的是葱郁蔽天的森林。记得初登徂徕，林场尚无售票一说，不需要为逃票而绕取小径，就是沿着这条山路徒步徐行，时值深秋微雨，寒山一抹湿红，金色的落叶铺满 19 公里的沙石路面，宛在画中行。现如今路面宽阔多了，部分已经硬化，往来车辆虽然稀少，会车已经不需要提心吊胆。光华寺西行 3 公里有三岔路口，左转上行去马场，下行是出山到王家庄的路，再往上凡遇有分叉就坚决往上山的路开。

马场，相传为春秋战国时诸侯征战放养军马之处，坐落在徂徕山主峰太平顶东北一公里处的凹地，是林场的一个分场，木质的牌坊石雕的骏马，新铺的水泥停车坪，几排林场的平房，三家山野餐馆，一口叫做长寿泉的泉井，两副秋千架，构成了马场景区的全部家当，别看简陋，每年除去大雪封山和防火戒严期，这里也是游客纷至沓来的繁华地，餐馆的生意那叫相当的好。想登主峰必经此地，往主峰的公路较狭窄，平时设有栏杆，一般外来车辆不经允许是不得进入的，只能将坐驾放在马场，徒步取小路登太平顶。

太平顶海拔 1028 米，如果把泰山比作大姐，山东省海拔千米以上的小妹依次有蒙、崂、鲁、沂、徂徕五位，徂徕山是幺妹子，排行老六。鲁中山地的断裂面大都在阳坡，徂徕山也不例外，从马场沿小径登太平顶基本是林间坡道，当登到山顶，绕过微波站的建筑群，往南俯瞰，奇石怪

峰悬崖峭壁就在脚下，到情人崖一带要靠铁梯护栏保护才能移步；远望新泰方向，群山迤逦，山下大大小小的水库塘坝，水面反光如镜，山峪深深，多半被茂林遮蔽。上午的阳光下，山地风从沟底呼啸而起，站在危岩之上，人自然会从心里发出一股豪气，所以，在群山之巅，常听到游人仰天长啸声。

马场西去，基本全是下山的路，路况比东路上山要好得多，全部水泥路面，尽管仍是弯道陡坡，只要控制好车速，还是很惬意的。山岭上连绵的刺槐林和草甸，直到过了上池，道路急剧下降，路旁出现了溪涧，右侧通往中军帐的支路就快到了。

中军帐，相传战国时吴王伐齐，曾设中军于此，故而得名。清康熙年间在原址建三清殿，后又增建吕祖阁、灵宫殿、蓬莱观等，后毁于动乱，今重修了三清殿，东院另有北房数间，用于餐饮服务，冬季仅留一人守护。中军帐最值得观赏的是殿前那三株古松，遮天蔽日，虬枝探伸，一似鲲鹏展翅。树东有升山泉，西有坞旺泉，树下有清康熙年间立《新修蓬莱观三清殿记》、《修醮祝寿碑》及嘉庆年间立《祖徕山重修中军帐正寺殿记》等碑碣。去年盛夏曾在中军帐露营，恰逢月夜，古松之下月影如筛，背靠岩壁，山上的望岱亭在明亮的月光下清晰可辨，比在马场又多了一番神韵。

离开中军帐到大寺的途中，是观赏奇峰的机会，峰回路转，山峰形态随时变化，有奇峰并立状若龙门，人称秋千架；直到山地由峻峭渐变为舒缓，矗立在路北侧山坡上的祖徕山

抗日起义纪念碑就遥遥在望了。

1937年"七七"事变之后，短短数月之内华北和山东相继沦陷，日寇的铁蹄踏遍齐鲁大地。在中华民族危亡时刻，1938年1月1日，来自泰安、莱芜、新泰、泗水等地的抗敌后援会会员和平津流亡学生一起，在徂徕山大寺举行誓师武装起义。从此抗日的红旗从这里升起，英勇的山东人民，转战在泰沂山区、胶东半岛、渤海之滨、黄河两岸，前仆后继浴血八年，留下多少可歌可泣的事迹。1988年1月1日，为纪念徂徕山抗日武装起义50周年，中共山东省委在大寺遗址前的马头山建纪念碑，由徐向前元帅题写碑名"徂徕山抗日武装起义纪念碑"，我省抗日前辈著名书法家武中奇先生以隶书体题写碑文。碑体雄伟，庄严肃穆，在夕阳的辉映下，鎏金大字熠熠生辉，游人到此，无不停车肃立，向抗日先烈的英灵致敬。

徂徕之美，美不胜收，河山壮丽，代有后人，我们的祖国和中华民族的脊梁像这大山一样，永不可摧。

交通径路里程及收费：

两条路径可到徂徕山东麓的光华寺：1. 经由103省道走柳埠、黄前、燕庄左转到范镇，再右转到化马湾转244省道，2. 经由京沪高速到化马湾下高速，再转244省道。从化马湾南行10公里，右转按照徂徕山森林公园的路标可到光华寺，再沿山间公路到马场停车，徒步登太平顶，次日由马场经中军帐、大寺出山，4公里后到泰良公路右转，20公里直达泰安，经由104国道或京沪高速返济南。往返行程240余公里，其中徂徕山景区内公路30公里。过路费40－50元，徂徕山门票25元，团队可以打折。

⚠ 安全警示：

徂徕山景区内道路虽然大部已经硬化，但自光华寺到马场尚有部分沙石路面，转弯半径小，坡度大，尤其雨后行车还是要小心，下坡路很长，万勿脱档滑行，中途需要停车检查车况，冷却刹车，在马场或中军帐露营一般较为安全，但尽量不要在路边或溪流旁露营，徂徕山每年防火期从11月初开始直到次年5月底才结束，其间要严格禁止烟火，即便是非防火期，在徂徕山点设篝火也是严格禁止的。

推荐食宿加油点：

化马湾出口有较大加油站，进山前加足油料，光华寺、马场、中军帐、大寺均有餐饮供应，但山里暂无宾馆住宿，需要自带营具露营，冬季马场、中军帐餐馆会暂停营业，进山就餐最好提前1天电话联系。

马场农家饭店，翟岱国，13583816306。

16、济南→聊城→景阳冈－曹植墓→平阴→济南

游记及攻略

线路简介：

以江北水城聊城为主要旅游地，顺便领略水浒人物故事的遗迹，凭吊魏晋著名诗人曹植陵墓，游览母亲河风采的鲁西之旅，其中仅全国重点文物保护单位就有 4 处；自驾车摩托车 1 日较为紧张，2 日很轻松，自行车骑行 3 日。

心里很早就有一个到鲁西好好走走看看的愿望，好多朋友自驾车更愿意到海滨和山地，对鲁西不太感兴趣，于是，盛夏季节的一天，独自跨上摩托车，开始了为期两天的鲁西行。没想到，此行的收获竟然远远超出自己的预计，尤其在人文知识和城市发展旅游事业的思路方面。

正逢黄河小浪底水库放水调水调沙，黄河下游济南地区的流量达到 3500 立方米/秒，几座浮桥全部奉命临时拆除，我只好从公路桥过桥，加上 309 国道附线济南段修路，只好绕行济北林场和林庄闸再到油坊赵才驶上 309 国道齐河段。这一绕倒绕出个观鸟休闲的好地方，过济西浮桥到济北林场一带，森林河汉稻田藕池密布，莲藕蒲苇白鹅鸭，白鹭苍鹭大花斑鸠、花喜鹊灰喜鹊大花啄木鸟在林间河滩稻田里飞翔嬉戏，忍不住停车看了好一会，舍不得走。

国道 309 线附线两侧全是依依垂柳，垂柳外侧是宽达 50 米的杨树林，林间是茂密的青草地，加上路面平整，骑行在这样的路上，只能叫心旷神怡。一到茌平城区，赶上修路，载重车一辆接一辆地驶过，黄尘遮天蔽日，呛得喘不过气来，加上茌平集中了电解铝、化工制药等高污染企业，空气中弥漫着种种难闻的味，令人作呕，这种状况直到 14 公里外的博平才略有好转。一打听，前方的 309 国道也在修路，吓得立马转上经大桑镇到洪官屯的乡道绕行 254 省道，这才免去经受沙尘暴的折磨。到了聊城本想找家饭店休息，一进门人家直乐，找镜子一照，自己也乐了——除了牙是白的，整个一三花脸，没顾上吃饭喝水，到东昌湖边，换上泳裤，一头扎进水里。

下午先到光岳楼，光岳楼位于山东省聊城市旧城的中心。光岳楼始建于

明初洪武七年（1374年），当时正是"高筑墙、广积粮"的时代，守军用修建城墙的余料建成此楼，俗称"余木楼"，东昌府府治设在聊城以后，又改称"东昌楼"。明弘治九年（1496年），取其地近鲁有光于岱岳之意，遂改为今名。光岳楼通高33米，台高9米，占地1238平方米。为仿木结构，四层五间，高24米，歇山十字脊顶，四面斗拱复杂，飞檐高挑，回廊相通，体现了宋、元向明、清建筑过渡的风格。楼内有清代历次重修的碑记和题诗石刻20余方，其中有康熙帝御笔的"神光钟瑛"碑、乾隆帝御诗碑等，都是十分珍贵的文物。有清一代，仅康熙爷就四登斯楼也，足见大运河漕运昌盛时代，东昌府的地理行政位置是何等重要。而光岳楼作为东昌古镇的重要标志，南来北往的舟车旅客，远远看到光岳楼的身影，就知道聊城到了。登楼远眺，鲁西平原锦绣如画，一望无边，运河如带，贯穿南北，进京赶考的正当踌躇满志，谪居流放的空叹乡关何处。天阴欲雨，成群的雨燕绕楼乱飞，我在昏暗的楼梯上抚摸巨大的斗拱，在顶层仰望华美的藻井，感叹中国古代建筑艺术之精湛。光岳楼下有鲁西民俗展，举凡农耕、纺织、婚娶、居家、民俗等等，一应俱全，看了让人感慨中国近年来变化之大，好些物品，我小时都用过玩过，转眼就成了文物。

由光岳楼信步逛到东关运河码头边的山陕会馆，顺路打听好明天要看的几处与人物有关的所在。聊城市地处古大运河的西岸，水陆交通便利，自古就是南北的要冲之地，老百姓叫做"水陆码头"；明清之际，这里商贾云集，百业俱兴，经济发达。清乾隆八年（1743年），山西、陕西两省的商人在这里合资兴建山陕会馆，会馆的建筑面积达3311平方米，有殿堂楼阁160余间，整个建筑群由神庙和会馆两个部分组成。建筑大量采用了砖雕石雕木雕，对建筑细部精益求精不计工本，充分显示了当时晋商的财力之雄厚。正逢有旅行团队，跟在他们后边，蹭听会馆专职导游绘声绘色的讲解，自前部山门、戏楼、钟鼓楼起，直到后部神殿、春秋楼、游廊、望楼等，全部听了一遍。会馆占地面积并不大，但前后建筑簇拥搭配，楼阁相望，错落有致，布局精巧紧凑。尤其是照壁、廊柱、檐柱、柱础、木坊以及楼阁等，处处可见线雕、浮雕、透雕的各种人物、花鸟和禽兽等图案，工艺极为精湛，堪称清代民间雕刻艺术的佳作。250 多个春风秋雨，岁月的剥蚀，会馆可能失去了昔日的金碧辉煌，但古老陈旧感反而引来更多今人苦苦追寻的目光。

在海源阁宾馆竟然找到25元一天的普通床位，共用浴室卫生间，这对住惯了豪华套间的人可能受不了，对于住惯了帐篷的驴子，自是喜出望外。晚饭还早，顺便参观了一墙之隔的海源阁。

海源阁是中国清代最著名的私家藏书楼之一，坐落于山东聊城，它的主人是清代进士杨以增，它与江苏常熟瞿绍基的铁琴铜剑楼、浙江吴兴陆心源的皕宋楼、浙江钱塘丁申丁丑的八千卷楼并称清末四大藏书楼。其中又以瞿杨两家收藏的宋元珍本最多，因此又有"南瞿北杨"之称。现在的海源阁为重建，但保留了原有建筑风貌，北方式的一明两暗上下两层的格局，朱红色廊柱门窗，正房对正门的中轴线上，是杨以增先生的汉白玉胸像，大门两侧的抱柱上刻着楹联"一人致力万人受惠四代藏书百代流芳"，恰如其分地评价了海源阁的历史贡献，海源阁的部分藏书，至今仍是山东省图书馆的镇馆之宝。

晚饭后坐在东昌湖畔，游人和市民都在享受由湖面吹来的凉风，对岸的

霓虹射灯将湖面映照成流光溢彩的童话世界。

聊城的景点都到早上八点半开门，早上有宽裕的时间再沿大运河散步，聊城市民晨练活动开展得多姿多彩，跳舞的、练功的、打太极的、打门球的，直到在运河和东昌湖游泳戏水的，水城是他们自己的城，游客毕竟是来去匆匆的过客。

光岳楼北边的小街上有众多的早餐店，花样繁多，从鲁西南的羊汤胡辣汤到南京的青菜包到临清炸三角当地炸八批直到云吞豆浆拉面，一应俱全。转了又转，选了一家专做清氽丸子的夫妇小店，一碗高汤30个小丸子，漂着香菜末紫菜叶，那丸子入口爽脆得很，再加上两个炸八批，3元钱吃得又香又饱。上午可以使劲地跑了，因为此次还要专程瞻仰3位鲁西人物的纪念地，他们分别是国难当头誓死守城的范筑先，学贯中西一身正气的傅斯年，两次援藏鞠躬尽瘁的孔繁森。

范筑先将军的纪念馆就在光岳楼东北角，长方形的小院占地不大，3亩地的样子，花木整齐，院内居中位置是黑色花岗岩纪念碑，正面是由邓小平手书"民族英雄范筑先殉国处"的镏金大字，背面碑文是范将军传略，记述了范将军一门忠烈的感人事迹。

范筑先（1882～1938），河北省馆陶县人。抗日战争爆发时，范任山东省第六区行政督察专员兼保安司令。日军进犯山东，韩复榘不战而逃。范在中国共产党的支持与帮助下，毅然拒绝韩复榘的撤退命令，发表誓死不过黄河的皓电，扩大抗日武装，建立地方抗日政权，与日军战斗80余次，收复23个县的大片土地，毛主席亲自来信鼓励问候。1938年11月，日军侵犯聊城，范指挥抵抗誓守孤城，于激战中壮烈殉国。范将军生前将次子送往抗日前线，先他战死，范将军说吾儿死得其所，又将次女送到前线。

可能是太早的缘故，整个院里只有我一位游人，有一位老人住在纪念馆墙角上小屋里，正在洒扫庭除，问他平日游人多不多，老人说，不少，还有台湾来的，日本人也来过，咱老百姓忘不了啊。

出范筑先纪念馆沿楼东大街出东关，路北仁义胡同旁边111号是傅斯年先生陈列馆，该馆于1993年成立，1994年程思远副委员长专门为傅斯年陈列馆寄来了题词："傅公高风亮节，足为后世楷模"。季羡林先生为傅斯年陈列馆题写了匾额。陈列馆两进小院，正房门楣上是"状元府第"的朱红匾，后院有傅斯年先生的立姿铜像，传神地刻画了傅先生的学者风采。

傅斯年（1896-1950年），字孟真，聊城人，清朝开国状元傅以渐第七世孙，中国现代史上著名的史学家。1919年毕业于北大中文系，年底公费赴英国留学，曾在伦敦大学学习历史、数学和实验心理学，后又去德国柏林大学学习哲学和历史。曾任中山大学教授、中文及历史系主任，代理文学院院长、中央研究院历史语言研究所所长、代理北京大学校长、台湾大学校长。傅斯年先生学贯中西，博古通今，对历史学、考古学、语言学、教育学等造诣精深、贡献巨大，被誉为学术界的"通才"。傅斯年还是"五四"运动的领军人物之一，先生一身正气，疾恶如仇，抗战时在重庆，不顾蒋介石的压制，直接向发国难财的财政部长孔祥熙发难，导致孔祥熙下台。

傅斯年先生曾为国共两党和谈积极奔走。1945年4月，毛主席提出的把各党派和无党派的代表人物团结在一起，成立联合政府的主张得到民主人士的拥护和响应，同年7月，傅斯年，褚辅成、黄炎培等6人以民主人士身份到延安与毛泽东、周恩来、王若飞等中共领导人进行了会谈。无论作为学者，还是作为社会活动家，傅斯年先生在中国现代史上都占有重要位置。1950年1月，傅斯年先生就任于台湾大学校长，12月20日，患脑溢血病逝于台湾，时年55岁。傅斯年先生是死在讲台上的，作为学者，这如同军人死在疆场。

傅斯年先生曾经近半个世纪在大陆受到非议，这当然和他最终选择了台湾有关。傅先生之去台湾，相信绝不像有些人说的那样是对蒋家尽愚忠，傅先生毕竟是接受过西方民主思想教育的学者。如今终于还给傅先生一个客观真实公正的历史评价了，聊城人民也可以理直气壮地为自己曾有一位这样的乡亲而自豪了。

在聊城参观的最后一站是孔繁森事迹展览馆，这是一位真正的共产党人的事迹展，也是一位各族人民的好儿子的精神丰碑。孔繁森事迹展览馆坐落在东昌湖畔，整个建筑包括孔繁森的全身铜像坐西面东，象征着牺牲在西部边陲的鲁西儿子魂归故土。但聊城没有孔繁森的坟墓，他的坟墓在西藏，和他血肉相连的藏族同胞在一起。看着孔繁森二次援藏行前最后一次为90多岁的老母亲梳头的照片，让人为这位忠孝不能两全的真情汉子洒下两行热

泪。我想，每一位打算进藏的山东驴友都该先来看看孔繁森，你会从另一个侧面对藏族同胞多一层了解。

一上午的参观，让我感慨不已，鲁西这块并不富裕的黄土怎么就哺育出这么多铮铮铁骨凛凛正气的好儿女？这是一种什么样的精神传统，今后我们应该如何传承和守护这精神家园？聊城旅游事业的发展也势头强劲，历史文化名城的地位，多处全国文物保护单位的遗产，加上江北水城的名片和众多历史名人的遗迹，成为雄厚的旅游资源；京九铁路为聊城带来天南海北的一列列旅游专列。济南人不能再抱守着省会情结而妄自称大，对比聊城，让人不得不服。聊城的湖是向全民敞开的，本土百姓都能和家乡的湖肌肤相亲，济南的湖却隔绝在围墙之内；聊城的名人故居保护和开发得很好，济南的老舍故居至今冷落在陋巷，随时面临被拆迁的厄运；聊城唯一的山陕会馆门前车

水马龙，济南原来的几大会馆早已毁尽，仅存的江浙会馆一直被企业占用，现在同样朝不保夕。如果说杭州西湖的不设围墙是因为有地方财政雄厚的实力支撑，聊城哪？地方财政比不得济南吧？看来问题的关键不是钱，而是观念。

从中午开始飘起细雨。穿上雨衣，向阳谷而去，雨时大时小，到达阳谷狮子楼，地面已经有了积水。对狮子楼，乃至阳谷县，有多少人不是通过一部《水浒传》才知道了这里？回想少年时读到武松狮子楼斗杀西门庆，那个解气，今天站在阳谷城里十字街头的狮子楼前，好像那些场景还历历在目。今天的狮子楼一楼全是卖旅游用品的，想登楼先交6元钱，沿胡梯上楼一看，还是几节柜台，只是沿墙多了半圈武松故事的烙笔画屏，中间几张八仙桌，酒保呢？茶博士呢？站在回廊上放眼看那条新修的仿宋商业街，门头上挂的千篇一律的现代喷绘招牌，斜对面的天主堂好像证实着外来文化对运河两岸的入侵，对面酒楼回廊上站着几位花枝招展的女孩，神色暧昧，只是服装从宋代裙钗换了眼下时髦的性感。狮子楼旅游城门票17元，仿照《金瓶梅》描写的场景，搭盖了店肆戏台衙门神庙，粗略转转，除了找到一位扮演的武大郎坐在检票口，（不知为何不挑他的炊饼担）没见到其它表演。

仍是时紧时慢的雨时急时缓的风，向东沿乡道20公里是景阳冈，对景阳冈是不存奢望的，深知鲁西的地理环境形成不了高山深涧，不会跳出吊睛白额的大虫来，但张秋镇的这500亩沙土岗绿化之好还是超出我的想象。在刺槐侧柏楸桑构织的密林里，是洁净无泥的沙径，满耳是雨点穿林打叶声。今天我一个人独占了这景阳冈，30元，值啊。这里是全国重点文物保护单位，当然是因为这里出土的新石器时代遗址而不是因为打虎的武松，景阳冈遗址的地下城垣保存完整，岳石文化城垣残基下叠压有龙山文化的城垣。出土有鼎、瓮、器盖等，还采集有石镞、石凿、骨凿，景阳冈遗址为进一步研究中国龙山文化和夏文化提供了重要实物资料。可有几位游客不远千里来寻觅的不是打虎好汉，不是三碗不过冈的传奇？一部小说的力量竟能如此之大。山冈上新建了武松庙，那威风凛凛的行者做头陀妆，散发披肩，很传神。至于景区内养的两只虎一群猴一群梅花鹿，我就不加评论吧。

由张秋镇向南到引黄渠北侧的大堤东去直到位山闸，大堤南边是河南省台前县辖区，未敢越界行驶，从位山闸驶上黄河大堤，到鱼山还有6公里。顶风冒雨绕远路来黄河北岸的鱼山，实在是为了追寻一位古代才绝人间的诗魂，因为鱼山西侧是三国时期魏国著名诗人、曹操次子曹植的墓冢。曹植（公元192~232年），字子建，"建安七子"之一，他所作的《七步诗》至今仍为世人广为传诵。曹植墓始建于魏太和七年（公元233年），1981年和1985年曾先后进行过修葺。墓冢依山而建，以砖石垒筑而成，占地面积约1200余亩。我将摩托车停在大门外，大门紧锁，边门半掩，到处静寂无声，没敢贸

然闯入。街对过商店的一位小伙子跑过来问明来意，帮我向售票处喊了几声，好像有含混的回答，小伙子说，你进去吧，这种天人毛都没一个，你怎么骑摩托车跑到这里来。

独自漫步墓园，感谢老天给我这样一个机会，细雨微风，真是体味诗魂的绝好天气，子建祠朱门紧闭，看了隋代墓碑，坐在青砖砌就的墓墙边，回想曹子建的一生和他留下的脍炙人口的华丽诗章。曹子建的一生是落魄的，兄长对他才情的嫉恨，为剪除他的羽翼而杀害他的友人，这一切他都无能为力，只能发出"利剑不在掌，结友何须多"的哀叹，以一个诗人的想象力幻想着自己"拔剑捎罗网，黄雀得飞飞；飞飞摩苍天，来下谢少年。"《洛神赋》一

篇华章，究竟写的是美人还是江山？诗人仅仅活了 40 岁，就没于盛年。死后以东阿王的哀荣，独葬在这古济水之滨，只有千年的荒山冷月陪伴孤寂的诗魂。东阿王的墓是坐东朝西的，莫非还是要冷眼看着中原大地么。安息吧，不幸生于那样的乱世，即便能手握重宝，需要的也是厚黑的权谋和杀人如麻的铁腕，皇位之于诗人，往往是一场悲剧，不见后来的李煜吗？

离开诗人的墓园，回到黄河大堤，正值汛期，滚滚黄河水挟带着泥沙，冲击着鱼山脚下的险工堤坝，形成巨大的漩涡，发出低沉的野兽般的怒吼。鲁西地处中原，自古是英雄逐鹿之地，此行得以有了更深的体味。未曾硬化的大堤雨后像抹了一层油，摔了两跤，扶起车，小心翼翼地回到堤下的乡道，慢慢隐没在雨幕中。何处是归程？长亭更短亭。

交通径路里程及收费：

1. 经由济馆高速直接到聊城，次日 254 省道到阳谷狮子楼，阳谷到张秋镇乡道到景阳冈，景阳冈向北经 324 省道，过阿城到高村右转，经 258 省道到位山闸上，黄河大堤东去到鱼山曹植墓；返程由鱼山走乡道到东阿转 105 国道过黄河大桥后走 220 国道到济南。总行程（不含城区）270 公里，除高速公路通行费外，经过 254 省道阳谷收费站、324 省道阳谷收费站、位山黄河护堤费（小车 5 元）、黄河大桥收费站、220 国道长清收费站。

2. 过济南西浮桥走国道 309 附线经茌平、博平到聊城，聊城经 254 省道到阳谷，转乡道到景阳冈，在张秋镇上引黄渠大堤东去到位山闸上黄河大堤，东去到鱼山曹植墓，再返大堤东去直接到平阴黄河大桥，沿 220 国道返济南，（家住济南南部的可由长清东去岚山，经 104 国道返济南），此线路适合摩托车或自行车骑行者。总行程 300 公里。

景区门票：

光岳楼 30 元、山陕会馆 30 元、海源阁 10 元、傅斯年陈列馆 10 元、孔繁森事迹展览馆 20 元、范筑先纪念馆 5 元、狮子楼 6 元、狮子楼旅游城 17 元、景阳冈旅游区 30 元、曹植墓 10 元。均执行对现役军人、老人、学生等优惠和团队折扣。

安全警示：

黄河大堤非硬化堤段雨天禁行机动车，非常泥泞非常滑，摩托车自行车几乎寸步难行。

推荐食宿加油点：

沿途国道省道大型加油站很多，加油不是问题。聊城住宿可满足各种层次需要，宾馆招待所小旅馆很多。早餐花样繁多，光岳楼北侧的清余丸子油炸八批很地道，魏氏熏鸡不好看但的确是下酒的好东西。

17、济南→邹平鹤伴山→醴泉寺→雕窝峪→济南

游记及攻略

（攻略图见 239 页、243 页）

线路简介：

邹平是滨州市的后花园，同时又是滨州市距离省城济南最近的县，坐落于长白山脉东侧，历史悠久，人文遗迹较多，交通十分便利，西距遥墙国际机场50多公里，东去离周村火车站只有12公里。近年来，滨州市和邹平县在旅游事业上投入不小，2006年规制宏大的醴泉寺落成开光，城区的黄山和黛溪湖也修整一新，济南人开车到邹平一日游是不错的选择。

清晨5时30分驱车离开济南，在工业南路拐上新近开出的与章丘对接的"一号路"，双向8车道的平整道路，车子飞驰，心情真是有说不出的惬意——济南到章丘终于不用缴费了。明水往北驶上102省道时，初升的红日刚刚爬上长白山的最高峰摩诃顶（章丘人把它叫做沫湖顶），在普集镇路口向早起等客的摩的司机打听到邹平西董镇的路，得到他们热情的指点——"走普邹路，不到30来里路，揍啥去？""不揍啥，闲逛游。""村里不大好走，过了山口就好了。""谢谢了。"真正不好走的倒不是坑洼积水的乡道，而是山村的集市，摊子密密麻麻挤挤插插，好费劲。

正如摩的司机说的，经过一个叫东珠窝的小村翻过山口，乡道平整多了，山口两侧是黑色的玄武岩，山坡上很少的乔木，盛夏的草灌木一片青翠，比起隆冬季节独自登上摩诃顶的荒凉沉郁是大不相同。在河滩的东边小山上有一座烈士纪念碑，再走，路边发现一株古槐，虬曲皲裂的枝干系满红布条，很有点仙气，停车拍照，初升的太阳斜照的光影，挺好。

西董镇路口，向加油站的女孩打听鹤伴山，光问路不加油，很不耐烦，倒是旁边早起遛弯的老人主动指点，就差亲自带路了，道一大谢，感动，随后一天问路只找老人家。赶到鹤伴山山门口，时间不太到8点，售票处空无一人，路边设立着机动车禁止进山的标志，停车，徒步进山。

鹤伴山原来是邹平的一处林场，这几年才开发成森林公园。山峰海拔不到600米，是长白山脉东南的一条余脉，植被以常绿针叶类的侧柏和落叶林间杂草灌木为主，几条山沟郁闭得很好，盘山小径几乎难见天日。进山的小公路不长且多弯，转弯半径又小，难怪不让汽车进入，上班的管理人员多骑摩托车。公园顶部是一处动物园，说是动物园，其实就一群鸽子、十几只孔雀、五六只猕猴，外加一只可怜的天鹅孤独地趴在两平方的水池里。倒是林场那一排土坯老房子吸引了我们的目光，几位老林工还住在里面，门口堆着柴火，墙上白灰抹的墙皮斑驳脱落，老旧的标语口号也残缺不全。新的场部已经宾馆化了，餐饮、住宿、公共WC，一应俱全。鹤伴山最让我难忘的是抗日沟口那组八路军烈士群雕，赭红色的花岗岩雕成，宁死不屈血战到底的气概让人肃然起敬。1943年，日寇纠集章丘、周村、邹平等地侵略军对长白山区的抗日根据地大"扫荡"，我八路军邹平县大队钢八连被合围在鹤伴山的这条山沟里，苦战至弹尽粮绝，除副连长率几个战士冲出重围，其余80多名官兵全部殉国。60多年了，烈士的尸骨早已化作尘土，他们的精神却像这长白山的玄武岩，沉郁刚强，宁碎不屈。

开车赶到邹平城区，济青高速北侧是黄山广场，上山的小公路很窄，我们把车停在山下，徒步穿过苍松翠柏，去寻找梁漱溟墓。

梁漱溟（1893－1988年），字寿铭，我国著名的思想家、哲学家、教育家、社会活动家、爱国民主人士、著名学者，有"中国最后一位儒家"之称。

梁先生出生于北京，主要研究人生问题和社会问题。1917-1924年任北京大学印度哲学讲师。1931年在邹平创办山东乡村建设研究院。1939年发起组织"统一建国同志会"；1941年该会改组为"中国民主政团同盟"，梁漱溟任中央常务兼同盟刊物《光明报》社长。1950年后任全国政协常委、中国孔子研究会顾问、中国文化书院院务委员会主席等职。

　　梁漱溟先生与邹平有着难解的渊源，在遗嘱中表明把自己的骨灰安放于邹平，现梁漱溟纪念馆坐落于邹平一中图书实验楼，他的墓地就在黄山的怀抱之中。踏上墓地的石阶，浏览着朴素的墓碑，阅读中国当代最著名的文人学者的题词，真是感慨万千。这位中国旧知识分子在邹平开展乡村建设实践的七年取得的成绩，早已淹没在历史的激流里，让当代中国人记住的是他那敢于直言的性格，梁漱溟因为对建国后的农村政策持有异议，1957年打成极右分子。但梁漱溟从未低下头颅丧失信念，终于迎来平反昭雪的日子，看到了中国改革开放的翻天覆地变化。墓墙四周镌刻着梁先生逝世后学者的题词，他们是：冯友兰、袁晓园、张岱年、任继愈、吴祖光、启功、程思远、沈醉。可能是因为这些都是大师名人，他们的书法极具艺术价值的缘故，墓地立有公告，严禁

拓制碑文。

在黛溪湖畔停车，瞻仰范仲淹的雕像。范仲淹，这位北宋杰出的政治家、军事家、文学家在邹平度过了他的青少年时期，后成为一代名相。蓝天白云，一湾碧水，远处是连绵起伏的长白山，衬托着这位"先天下之忧而忧，后天下之乐而乐"的先贤的风骨襟怀。是啊，这样的人是永远活在中国人心中的，邹平人民也以自己的乡土曾哺育出这样的儿子而自豪，邹平有多处范仲淹的祠堂纪念地。

出邹平西环路驶上321省道，向西到韩坊，路边的唐李庵景区路牌醒目地竖在路口。邹平政府看出来是真打算在旅游方面做点文章，沿途所有景区都已经竖起路牌，让外地游客，尤其是自驾车出行的客人备感方便。到唐李庵的路林阴遮蔽，两边是大片的杏林，正是水杏下树的季节，路边树阴下一排排卖杏的筐子，金黄色的杏子又大又圆，每公斤3元，这是邹平特产，买了几箱放在车上，走到杏园里拣熟透的摘了放进嘴里一咬，酸甜可口，实为上品。唐李庵在会仙山之阴，山峪不大也不深，山冈上新建一座挑檐七级浮屠，登上塔顶，可以远眺会仙山奇峰林立，俯瞰邹梁平畴沃野。山峪里古老的唐李庵传出阵阵梵音，山门两侧灰墙内嵌着几通残碑，记载着唐李庵上自明代隆庆元年始，至清代康熙、嘉庆、道光各朝均有重修，殿内壁画是明代遗存，正殿为佛像，偏殿供奉的却是关帝爷，总之，唐李庵这处隋唐始兴的古寺，规模不大，但很清幽。

沿321省道继续西进，接近青阳镇，路边开始出现大堆的废旧橡胶轮胎，空气中弥漫着刺鼻的焚烧橡胶炼制燃油的气味，过往的超载车辆络绎不绝，大多装运氧化锈蚀的轮胎铁丝，因为路边撒满大量碳黑的缘故，扬起的灰尘是黑色的。不敢停留，逃也似地左拐，向着长白山下的醴泉寺疾驶而去。

　　据记载，醴泉寺始建于南北朝，是山东较早的佛教寺院，后毁于兵燹战乱，至"文革"，已是荡然无存，只留下残碑断碣，从清代绘画中能看到醴泉寺兴盛时的恢弘。滨州市投资千万重建的醴泉寺于今年4月落成开光，吸引来四面八方信众游人，远至东瀛的香客也曾结团来礼佛。新寺院规制宏大，自山门筑高台，举凡金刚、弥勒、韦陀、观音、罗汉、佛陀，或彩塑或金饰无不精致，从殿宇到僧舍，雕梁画栋；寺院内草坪铺就，射灯遍布，立体声音响系统播放着梵音佛号，到此方知什么叫做现代化寺院了。有趣的是，醴泉寺因位于山阴，寺院坐南朝北，至大雄宝殿之后，另建一座两层阁式大殿，供奉范仲淹，另开南向后门，匾额是范公祠，也就是说范公和释迦牟尼成了背靠背。

　　从醴泉寺南去范公读书洞还有3公里，尚未通车，但路边已经挤满饭店，烤全羊炒鸡为主，正是午时，开车来吃饭的小车络绎不绝，生意十分兴隆。找一处清净的绿阴，要了啤酒烤羊，大块吃大口喝，不亦乐乎，想起刚才在寺内看到僧舍厨下做的斋饭，心里有点负罪感。

　　从醴泉寺到雕窝峪又是7公里，雕窝峪景区初创，尚未售票。一座用玄

武石雕成的王薄立像矗立在山冈上，威风凛凛。山门内迎面一座祭坛，黑色花岗石板上大字描金，镶嵌着王薄的《无向辽东浪死歌》，歌里唱到："长白山前知世郎，纯著红罗锦背裆，长矛侵半天，轮刀耀日光。上山吃獐鹿，下山吃牛羊。忽闻官军至，提刀向前荡，譬如辽东死，斩头何所伤。"这位隋朝末年出生在长白山下的章丘铁匠，无法忍受封建帝王为征讨辽东而在山东的横征暴敛，率领民众揭竿而起，一时四方豪杰纷纷响应，最终终结了隋朝短短37年的统治。这里是滨州市青少年教育基地，但只见到在山门过道里乘着过堂风喝酒的六七条汉子，大碗喝酒大块吃肉，很有先民遗风。

回济南的路在章丘刁镇分成3条，244省道经枣园到102省道路况较差，242省道经明水原路走"一号路"，再就是上济青高速最快但收费，争论半天，还是不花钱为原则，原路返回。红日西沉，这一天收获多多，支出了了，就剩下一个问题，晚饭到哪里"腐败"？

🔋 交通径路里程及收费：

济南出发经由新修的与章丘对接的"一号路"，到明水转102省道东行，到普集镇左转沿普邹路乡道到邹平西董镇向东1公里，右转按鹤伴山景区指示牌5公里到鹤伴山，返回西董镇北去8公里到邹平，沿济青高速北侧东行，到黄山东侧瞻仰梁漱溟墓，到黛溪湖参观范仲淹雕像，沿西环路到321省道西行，在韩坊附近按唐李庵景区指示牌左转3公里到唐李庵，返回321省道继续西行，到青阳镇仲家庄按醴泉寺指示牌左转5公里到醴泉寺，由醴泉寺3公里步行到范公洞，醴泉寺开车7公里到雕窝峪景区，雕窝峪经西窝陀村到321省道5公里，再沿321省道西行到章丘刁镇左转沿242省道到明水，最后沿"一号路"返济南。总行程210公里，全程无收费站。鹤伴山、醴泉寺、唐李庵门票各10元，雕窝峪暂不收费。

⚠️ 安全警示：

济南章丘间"一号路"交通信号设施暂不到位，行车通过路口一定小心减速瞭望，321省道邹平刁镇间超载大货车较多，须谨慎避让。

🛏️🍴 推荐食宿加油点：

沿途除去普集到西董镇间乡道无大型加油站点，其余路段加油站很多。推荐在醴泉寺附近品尝烤全羊或炒鸡。

18、济南→临朐老龙湾→沂山

游记及攻略

线路简介：

临朐，鲁中山区一个风景优美人文荟萃之地。沂山，位于临朐南部潍坊临沂二市交界处，中国古代五大镇山之首；老龙湾，众泉汇涌，喷金吐银的风水宝地。由济南前往，交通便捷，返程顺便可以游览沂源溶洞群。周末休闲度假的好线路。

第一次的老龙湾之行是一个冬日的清晨，潍坊的朋友驾车陪我们一行前往，临朐这个处于鲁中丘陵与冲积平原衔接地带的县城，道路交通可说是四通八达，出县城到冶源镇的道路照样是平坦宽阔。说实话，从小在泉城长大的人，对于专程去看以泉水传名的景区，心里总有点"曾经沧海难为水"的怪怪的味道。当我们真正在老龙湾畔漫步，看袅袅雾霭青纱白练般在清澈的水面上飘摇，股股清泉喷珠溅玉似地在奇石间涌流，亭台楼阁在薄雾中时隐时现，方才相信，老龙湾自有它胜似泉城的长项。

古名熏冶湖的老龙湾，位于海浮山北麓，泉水系地下泉脉涌汇地表而成，水域面积80余亩，水深盈丈，清澈见底，四季恒温18℃，这点较之收容客水的大明湖在水质上更具优势。另外，湖泉一体，泉在湖畔，泉在湖中，也是老龙湾独有的特色。清澈的湖水一眼可以看到底，湖底的沉沙在喷涌的泉眼处形成大大小小环环相连的白色泉华，珍珠般的水泡在每一个泉华里浮腾，水鸟在水面嬉戏，岸上有幽簧环绕，正如古人留下的"冶源烟霭三冬暖"的诗句。

老龙湾内泉计万许，主泉有铸剑池、万宝泉、秦池、善息泉、濯马潭等，另外还有雪化桥、陈荣碑竹、清漪亭、江南亭、上天梯、松节亭、古戏楼等景点。老龙湾是历史上人文荟萃之地，铸剑池旁，有明嘉靖年间雪蓑道人苏洲所书"天下明护阴阳剑，鬼斧凿开混沌池"的诗句，字体刚劲潇洒，为历代书法家所赞誉。明代著名教育家冯惟敏（1511-1578年），字汝行，自号海浮山人，晚年弃官归里，隐居于海浮山下老龙湾畔，建"江南亭"。他曾作《桂枝香》十首，盛赞这里"海上三山秀，人间万古奇。见说江南好，江南恐不如"的风光。

最让人感慨的是秦池，让中国人都知道的不是这一池清流，而是一掷亿金夺得央视黄金时段广告"标王"的秦池酒。酒以泉名，而泉不以酒废，江山代有名酒出，一代标王何处寻？只有这清泉仍不舍昼夜地奔流，清泉有它的根啊，根在绵延数百里的沂蒙山，给老龙湾带来不尽的源流，我们的企业家是不是也需要自己永续不息的根？

老龙湾距沂山还有30公里路。我们的汽车擦过冶源水库北岸，在乡道疾驶，车到卧龙右转，经过辛寨、蒋峪路口，就右拐驶上通往沂山北门的山路。

查阅资料了解，沂山旧称东泰山，别名东镇，是沂蒙山的主脉。素有"泰山为五岳之尊，沂山为五镇之首"的盛名。位于临朐城西南50公里处。主峰玉皇顶，海拔1032米，周围山峦层叠，群山起伏，绵延数百里。因其地势险要，是古代军事要冲。春秋战国时，齐国依山势修筑长城，设置关塞，东侧的穆陵关、西侧的铜陵关，都有"一夫当关，万夫莫开"之势。汉武帝对此封号致祭后，历代在此设关、树碑、建庙、立祠之事甚多。五岳是早闻其名，而五镇

之名，以往还真是不甚了了，听沂山的朋友介绍，中国古代的五镇之山，除了东镇沂山，分别为山西中镇霍山、浙江南镇会稽山、陕西西镇吴山、辽宁北镇医巫闾山，这中华五大镇山，历史悠久，具有丰富而深厚的文化渊源，心里暗下决心，今日游得东镇，争取早日游遍五镇。

黑风口是我们进山后的第一站，这里早已成了进山的要道，好像失去了往昔的险要阴森，让人怀疑，这就是当年李逵屠虎的那个黑风口吗？上车右行拐上去往歪头崮的路，仍是山路弯弯，右侧深谷中万木萧疏，左侧玉皇顶时隐时现，早就听说沂山三崮，向主人打听，主人热情地介绍起关于歪头崮、狮子崮、扁崮的神话传说，都是有关天廷神宿，触犯天条打入人间化为山崮的老故事，我却一门心思挂着登山，打听攀登三崮有无捷径，方知主人虽然来过多次，只是到崮前停车远观，未曾亲临三崮之顶。车到停车场，众人站立在路旁指点江山，崮者，是沂蒙山区独有的一种山峰地貌，一般在四面缓坡之上峭壁突起，状若城寨。此处西边是歪头崮，东边相对而卧的山峰形似雄狮，想来就是狮子崮，主人笑着说，十个游客九个说错，这是扁崮，也叫青崖，真正的狮子崮在歪头崮西北，得到歪头崮观赏。于是提出登歪头崮，主人面露难色，我提出让众人车内稍等，我独自前往，主人执意劝阻，说下次再爬，这次还是去登玉皇顶吧，否则怕耽误了午饭。不好违了主人好意，只好客随主便，遂留下憾事。

驱车返回黑风口右转到法云寺山门前停车，只见好一座气势恢弘的寺院，山门庄严，大殿雄伟，配殿齐整，均建在高台之上，院内一尘不染，有涓涓清流，整个佛门福地。在大雄宝殿檐下，坐着一个着灰色僧衣的小和尚，看上去不到十四五岁的样子，见有客人近前，回头向殿内说了句什么，殿内鼓磬木鱼声顿起。进殿上香礼佛如仪，住持僧人看上去 30 来岁，身披袈裟，面白无须，文绉绉戴副眼睛，谈吐亦不俗，湖湘口音。经介绍，法云殿创建于两汉之际，汉光武帝至明帝永平间，当时为齐鲁一带唯一大寺，后魏晋南北朝数百年，佛运兴盛，成一方重寺，香火极为旺盛。自元代以降，道教日盛，直至清末，沂山为道教独占，近年方才在原址重建佛殿再塑金身。如此一说，方知此庙的确历史悠久，明帝迎佛，白马西来，应该是白马寺同时代的古寺了。合掌作别，绕院而行，见有古松十数株，挺拔苍劲，形态各异，古松皆有名：迎客、探人、蟠龙、览寺、神叠、透明、栗抱、母子、姊妹、连理，其中对栗抱松留下印象颇深，一株新松自老栗树洞内生出，在老栗环抱中亭亭而立，堪称一绝。

绕寺而出，在我的一再坚持下，众人徒步取盘道直登玉皇顶。盘道曲折，陡立巨石间，虽值严冬，不一会众人皆满头大汗，气喘吁吁者、扶膺长叹者，不一而足，及至沂山绝顶，纷纷在玉皇阁台阶前坐成一排，都感慨平日酒肉征逐，缺乏锻炼，健康状况每况愈下。

玉皇顶上极目南眺，齐长城穆陵关一带，群山逶迤，林木苍苍，感念这八百里沂蒙，曾养育了我齐鲁之邦数千年的文明，真当得起后人一拜。

回到法云寺，我们的汽车要绕行山南到南门就餐，饭后如果还有劲，再登百丈崖观冰瀑。我见寺旁圣水泉介绍牌，此为汶水之源，下为玉带溪，直通百丈崖瀑布，行程亦不远，提出还是我独自沿溪步行到南门会合，下午酒足饭饱也免得大家再陪我受累。看来玉皇顶一行起了作用，大家无不同意，只是嘱我小心为是，于是，人迈大步流星，车开一溜烟尘。

冬季正午时分，玉带溪不见游人，苍松夹道，满溪寒冰，泉水在冰下淙淙暗流，美如天音。我一溜小跑，直到观瀑亭才住脚。百丈崖瀑布在阳光直射下，晶莹剔透，发出淡蓝色的幽光，拔地通天将近百米高的冰瀑，层层叠叠，千奇百怪。冰瀑半腰，有两位好汉正在挥动手中冰镐，借助绳索保护，奋力向上登攀，真让人佩服，真想叫我的朋友们来看看人家是怎么个活法。

及至和朋友会合团坐在酒桌旁边，大碗喝酒，大块吞羊肉，已是下午两点。酒酣耳热，提到在百丈崖看到的攀冰人，席间有人带着酒意说，那都是些"彪子"（神经病），不禁哑然无语。

交通径路里程及收费：

1、走309国道到王村转325省道经淄川、黑旺到庙子，右转沿233省道经王坟到石河镇再右转，经227省道南行经临朐县城，转223省道南下到冶源镇游览老龙湾；由冶源经由乡道东去卧龙右转，再沿227省道到蒋峪打听右转到沂山北门的路。2、喜欢快捷的可以直接走济青高速到青州高柳出口下，转227省道南行到临朐。

返程出沂山东门到大关镇右转沿227省道14公里后再右转，走329省道经九山、悦庄，再沿326省道经沂源到土门，转去鲁山景区溶洞的道路游览沂源溶洞群，然后返土门仍沿326省道经博山到王村上309国道返济南。

往返全程含景区道路450公里左右，经309国道章丘收费站、王村收费站，淄博与潍坊交界的省道收费站和潍坊与临沂交界的省道收费站，其中大多收费站可绕道，但考虑到目前高涨的燃油价格，绕道也省不了多少钱，何况村道上还时有李鬼出没。

沂山门票：

5月—10月50元，11月—4月30元，老龙湾门票20元；团队可打折。

安全警示：

沂山山路转弯半径小，坡度大，要谨慎驾驶，在百丈崖瀑布附近不要过于靠近悬崖，参加攀岩速降要量力而行。

推荐食宿加油点：

选择国道两侧或城区大站加油。沂山可以选择住宿的不同档次宾馆旅馆很多，打算登顶看日出可住在神农阁宾馆；临朐的地锅全羊不能不尝，好多人为喝羊汤宁可绕道去老五井。

19、济南→青州仰天
山→石门坊

线路简介:

特别适合秋季观赏红叶的周末休闲度假线路，可以游览仰天山溶洞喀斯特地貌，石门坊遍山的黄栌；经过五井镇可以喝到正宗的老五井全羊汤，经过淄川时，有兴趣的朋友还能顺路到蒲家庄瞻仰蒲松龄故居。

第一次拜访仰天山是在2001年春节的大年初四。雪后初晴，天蓝得眩目，冷得出奇。除了陡立的峭壁裸露着，整个仰天山几乎被厚厚的积雪全部覆盖，售票处空无一人。当时，仰天山被林业部批准建立国家森林公园还不到一年，百事待兴，规划尚未落实，只是修复了文殊寺院，修通了上山的道路九龙盘。踏雪参拜了文殊院和大殿后的佛光崖，一步一滑相互搀扶着爬上岩洞逐个游览，对"一窍仰天，天光下泻"的千佛洞印象最深，毕竟仰天山因此洞而得名，真盼着将来能在中秋之夜来此欣赏月华满窟的奇景。山顶盆地丛林间的小木屋群，顶着厚可盈尺的雪帽子，檐下垂挂着一排排晶莹的冰柱，夕阳斜照，美得好似童话里的梦境。

晚上我们好不容易找到一座民工住宿的工棚，民工回家过年了，两条大通铺，铺着厚厚的山草，一只铁炉子半簸箕劣质煤，伴我们蜷缩在睡袋里熬过漫长的冬夜。一大早登上一夫当关万夫莫开的摩云崮，看旭日东升，雪原染成红色，听山下村庄里"破五"的鞭炮声响成一片，齐声欢呼，祝新的一年万事如意。

当时，规模最大的溶洞群尚未整修开放，进洞的斜井坡道已经挖通，拖车牵引机水泥袋都堵在洞口，未能进入洞底瞅瞅啥模样。

再到仰天山已是四年之后的秋季，本是到石门坊观赏红叶，突来兴致，想起仰天山的溶洞，就直接拐上通往仰天山景区西门的路。秋季的仰天山层林尽染，山顶洼地的苇荡芦花吐穗，随风摇曳，比起当年的雪景又是不同的神韵。小木屋依旧，只是寄宿的工棚早已变成了堂皇的宾馆。

仰天山溶洞起名为灵泽洞，进入溶洞的门票30元，幸亏带了导游证，得以免费照顾。仰天山灵泽洞得名于《青州府志》所载宋熙宗为青州西南寺庙赐额灵泽的典故，灵泽二字确也符合仰天山溶洞群的特点。作为北方地区的喀斯特岩溶地貌，因为降水量偏低的原因，洞内一般干燥少水，灵泽洞内却常年水流不断，拥有地下瀑布一处，深潭六处，水道200多米；溶洞内，裂隙形成的高度30米以上的大厅就有六处，高大空旷，壁上多年水溶形成的钟乳石和钙化石幔触目皆是，在彩色射灯的辉耀下发出瑰丽的光；洞内常年恒温在9℃－12℃，较之秋阳和暖的洞外世界，让人顿生寒意。说实话，对于见惯了西南地区大型溶洞的人，仰天山溶洞群的视觉冲击感并不那么令人震撼，但就北方地区的溶洞来讲，灵泽洞还是值得一看。

上次实在没有胆量走冰雪覆盖的九龙盘，这回坐在车里，看几乎每隔几十米就有一个180度急弯的山道在陡坡上蟠龙探水般伸向谷底，还是很刺激的。

下午跟游伴到石门坊拍红叶，要等斜照的光线，中午有充足的时间去五井镇喝羊汤。临朐南部大量放养黑山羊，得益于沂山一带水清草茂，黑山羊养到两三年，最为肉嫩，且以秋季羯羊为佳，五井全羊宴囊括了羊身上所有零部件，烹调方式包括了炸溜爆炒烹，据说已经快能与满汉全席比美。我等囊中羞涩，且无地方招待，很识趣地找了一家打着老五井招牌的小店，精肉羊杂论斤称，成锅的羊汤火上翻滚，佐料放在桌上自己取。一筷子进口，确实香味满口，肉炖得恰到火候，连吃带喝，小酒喝着，一会就放了汗，真是名不虚传啊。

到石门坊时，尚带着浓浓的酒意，两山夹峙若石门洞开，长廊曲径，引

领寻找仙境的人。石门坊的地貌和济南莲台山、龙洞有相似之处，都是石灰岩地貌，植被也是同样的黄栌侧柏，但大概因为山势朝向更加向阳，染霜的红叶也好像红得更加通透，再加上莲台山、龙洞都常年缺少溪流山泉，有了水的滋养，黄栌更红艳，侧柏更青翠，加上刺楸刺槐椿树夹杂交错，五彩斑斓，石门坊当然就更胜一筹了。

在崇圣寺附近看完摩崖石刻和圣水泉，感觉脚步有点发软，没再去山崖上的几个洞穴，找一处树影扶疏的林间草地，先坐后躺，一任秋后的斜阳透过晶莹斑驳的红叶撒在脸上身上，眯着眼看枝叶间露出的湛蓝的天空，悠悠的神思渐渐融入这湛蓝、金黄、姹紫、嫣红，让色彩涂满了覆盖了主宰了自己的梦境。

直到被探洞归来的游伴使劲晃醒，残阳如血，秋意深浓，一时竟搞不清身在何处路在何方。游伴问：喝大了？摇头作答：没大，是神了。

交通径路里程及收费：

1. 走309国道到王村转325省道经淄川、黑旺到庙子，右转沿233省道9公里到滴水张庄，右转乡道15公里可达仰天山西大门，由仰天山正门出，沿到王坟的乡道走15公里后是钓鱼台村，右转8公里到五井镇，左转沿327省道6公里就是到石门坊的路口，7公里到景区。返程可经临朐、青州走济青高速返济南。2. 喜欢快捷的可以直接走济青高速到青州高柳出口下，转227省道南行到临朐右转沿327省道过纸坊镇右转到石门坊景区。然后按照线路1的提示，反向到仰天山，由仰天山返青州上高速返济南。

往返行程360余公里，经309国道章丘收费站、王村收费站，淄博与潍坊交界的省道收费站或济青高速通行费。仰天山景区门票40元，进灵泽洞另加30元，石门坊景区门票20元；团队可打折。

⚠ 安全警示：

仰天山山路转弯半径小，坡度大，尤其九龙盘路段连续急转弯，要谨慎驾驶。

推荐食宿加油点：

选择国道两侧或城区大站加油。仰天山有宾馆住宿。五井镇全羊馆很多。

20、济南→青石关→

鲁山→博山

线路简介:

　　鲁山雄踞在博山沂源交界处，是淄、汶、弥、沂四河的发源地，主峰观云峰海拔1108.3米，山东第四峰，鲁中最高峰，景区内群山耸立、沟壑纵横、飞瀑流泉、森林茂密，是典型的山岳风景区；青石关，古代齐长城重要关隘，齐鲁故道由此通过，至今留有关门关沟古道遗迹。距离济南仅百余公里，交通便利，一天可以往返走马观花，两天可以轻松休闲。

　　如果说济南人把梯子山当成自己的后花园，潍坊人把沂山当成自己的后花园的话，那将鲁山比作淄博人的后花园是名副其实的。将近45平方公里的山地森林，交通又是那么方便，自驾车可以直接开到山顶，住宿就餐都在海拔950米的山顶湖边，夏季气温比山下低着10度，既安静空气也清新。我们两次登鲁山，唯一感到遗憾的，就是博山这边的山间公路和山南沂源上来的山间公路不能连通，其实就差那么几百米，否则，自驾车由山北可以穿越到山南，将鲁山一次游遍，还能到沂源游览溶洞群，那该多好。

　　车过源泉镇到鲁山景区之前的最后一个村庄叫上小峰，也叫小峰口，进山的专用公路从村子东边的山崖上通到山门，然后10公里山道，直接就能开到大涝洼的镜泊湖边。第一天可以在这里四处玩，上午游万石迷宫、一线天，到古老的驼禅寺进炷香，中午在湖边凉亭吃点喝点，下午游森林乐园，自己带副吊床，在树阴里眯一会，让自己的身心彻底地放松。晚上可以住湖边的宾馆，自己带野营营具更好，附近适合野营的地方太多了，星空璀璨，凉风习习，临近早晨，树林里会有轻纱般的薄雾弥漫飘逸。

　　翌日早起登主峰观云峰，运气好的话，可以欣赏到云海日出，起码能鸟瞰鲁山全貌。早饭后最好安排一个人开车下山，其他人可以徒步走下去，沿途观赏游览雨林幽径、云梯、龙风石、升仙台、滴水崖瀑布，一直到枣树峪出沟，在小峰口找自己的车。因为雨林幽径的青翠如染的藤萝，滴水崖瀑布的飞流彩虹不看实在是可惜。

中午可以在博山找饭店品尝博山厨师的手艺。喜欢鲁菜的老饕大都知道"两山厨子"的大名，一是烟台福山厨子，拿手的海鲜，再就是博山厨子，功夫到家。博山菜肴鲜咸醇厚，自成一格，在山东颇有名气，民间广泛流传着"待要吃好饭，围着博山转"的谚语。博山这地方，有煤矿磁窑，自古商贾云集，讲究吃。豆腐箱子、布袋鸡、酥锅、菜煎饼，清汆丸子蹦三蹦。

下午沿 205 国道南去，进入莱芜，在和庄乡青石关村三槐树路边停车，徒步走关沟到齐长城的青石关。青石关是千里齐长城线上目前保留较好的不多几处古关隘，好就好在是真玩意，不是这几年新出炉的假古董。古槐下的青石关北关门保留至今，瓮口古道的青石板仍然留着深深的千年车辙印，这千米古道，承载过齐鲁先民多少汗水和足迹，齐国的陶瓷盐铁从这里输往山南直至江淮吴越；车辚马萧的征战也在这里上演，青石关南边就是古代长勺之战的古战场，公元前 684 年，鲁国曾在这里以弱胜强打败齐国的雄师。

📱 交通径路里程及收费：

1. 济南出发走 309 国道到王村转 326 省道到博山，再转 327 省道经八陡镇、源泉镇后右转到上小峰村，按鲁山景区路标开车进山；返程经博山转 205 国道南下到博山莱芜交界处，由三槐树徒步到青石关，再返博山原路返济南。2. 由济南走章丘双山路口右转沿 242 省道经文祖到莱芜雪野镇北左转，沿 327 省道经茶叶镇到博山。

往返总行程 260 公里左右，路线 1 经 309 国道章丘收费站、王村收费站、205 国道莱芜收费站；线路 2 经过 205 国道收费站。

青石关暂不收费，鲁山门票 40 元，团队可打折。学生证、老年证、退休证、旅行社均半价优惠。

⚠ 安全警示：

鲁山景区道路可以将车直接开到主峰北侧的镜泊湖停车，但山路行车注意弯道。

🛏 🍴 推荐食宿加油点：

选择国道两侧或城区大站加油。可在鲁山大涝洼镜泊湖食宿。返程在博山品尝美食。

第二部分
济南周边30条经典徒步路线

关于徒步旅行野营的行前准备

1. 关于体能和组队

好多朋友对那些身负沉重的背囊，跋山涉水纵情荒野的驴友羡慕不已，心里也跃跃欲试，但造成他们不敢迈出第一步的主要原因往往是"我的身体行吗？"。毋庸讳言，徒步旅行和山野露营的生活是需要一定的体能来支撑的，尤其是对极高山的攀登、攀冰、漂流、极地探险、沙漠探险等极限运动，对参与者的体能条件有严格的要求。但对于一般只在低山带活动的徒步旅行者，对于体能的要求并不高，在某些情况下，意志力和应变能力反而更为重要。只要你身心正常，没有较为严重的器质性病变，如严重的心脏病、高血压，或急性发作期的疾病、传染性疾病，即便有些慢性病也无大碍。当然，最好平时选择一些适于自己的体育活动坚持锻炼，再就是对你初次徒步

旅行的强度难度预先要有一定的了解,多听听老驴或专业人士的建议是很有益的。

性别和年龄带来的体能差异也不是绝对的,关键在行程中要避免承担超出个人体能的负重,再就是对团队中的同伴要有所了解,确信你要参加的团队是否具备互助精神,这一点是很重要的。因为安排团队活动的原则是要照顾弱者的,我在多年的领队生涯中,就曾经带过5岁的儿童和近80岁的老人攀登海拔千米的山峰,对此体会很深。女队员在野外生活中所表现出的韧性和耐力以及关心他人的品质,甚至超过了男队员,但也得承认,女队员在方向感和空间判断力方面稍差一些。

自由组队出行的人员最好控制在5－9人,以相互比较了解为佳,在沟通和协调上处于最佳状态,非常情况下也便于以表决方式做出决策和采取行动。有组织的团队每个分队最好控制在20人以内,且每个分队最好都能安排1－2名户外经验丰富者做领队和队长以及负责断后收容。近年来,好多

驴友通过网络户外论坛组织团队出游，喜欢人多，好像队伍越大驴友越多越有号召力，殊不知这是潜在着很大风险的，踏青休闲式的近郊一日游还好一点，如果是较长时间的远途旅行，很容易引发事故和内部冲突，把愉快的旅途变成怄气和龃龉。

总之，"合理选择、精心准备、循序渐进、逐步提高"是解决上述问题的原则。

2. 关于装备的选购和使用

装备，这恐怕是户外驴友很热门的一个话题，可以说是仁者见仁智者见智，到网上的所有户外论坛转转，几乎都有专门的装备版，版主个个尽职尽责，真是八仙过海各逞其能，五彩缤纷目不暇接。实际户外生活中，也分成了各种流派：有不惜一掷万金，把自己从头到尾武装到牙齿做"发烧友"的；也有对现代装备嗤之以鼻不屑一顾，甚至身体力行，"一瓶一钵"效法苦行僧的；有鼓吹一步到位的，有提倡逐步添置的。结果发烧友只引来艳羡的目光，苦行僧换来佩服的帖子；鼓吹一步到位的却发现自己在户外装备厂商的研发推介浪潮下永远到不了位，提倡逐步添置的变成没完没了地添置。

就我个人来说，多年来在装备购置上也交了不少的学费，最终总结出了三个"W"一个"H"的原则，即"Where do you want to go? When do you want to go? What do you want to do? How much money do you have?"中文的意思就是：你去哪儿？啥时去？去干啥？你有多少钱？其实一说就透，你打算在雨季去走墨脱肯定和你烟花三月下扬州需要不同的装备，本来只是到阳朔西街成都茶馆卖卖呆，就没必要一身冲锋衣；脚蹬V底的登山鞋去逛南京路、王府井那叫找挨摔。你应该根据自己的财力量力而行，装备的防风防雨抗寒透气种种的性能差异带来价格的悬殊，所谓好的性价比就是花最少的钱买到最适合你的东西。

　　在你真正打算尝试徒步野营生活之前，最基本的装备有这些：根据个人身材及携物量，选购一只可靠的背包，容积50－80L，要有方便的外挂带和顶包，做工和材料一定要可靠，在旅途中背包如果开线断带是很狼狈的，一只背负系统设计拙劣的背囊是很折磨人的；一双合脚的登山鞋，鞋腰高度要能保护住脚踝，正规厂家和知名品牌的鞋子在设计上分得很细，重装负重和轻装徒步，山地和平原徒步，鞋子的设计也不同，应该把你的经常性使用环境和要求讲给专业店的销售人员，让他们帮你选择；睡袋，如果你不准备冬季露营，选择温标－5°到15°的普通睡袋即可，否则就要选购温标－15°以下的鸭绒睡袋或较厚的化纤多孔填充物睡袋，鸭绒睡袋除了价格昂贵还有遇水难干的缺点，要根据使用的环境条件决定你的选择；防潮垫，如果你不苛求舒适，普通物理发泡的垫子是轻巧实用可靠的，自充气垫舒适度好，但较重怕扎。内衣要有排汗功能，外衣最好防水透气，冬季加件抓绒衣，夏季可穿速干衣裤，户外用品最好能做到一物多用。好了，现在你足以开路了，把登山杖、水具、炉具、刀具等等列入你的二次采购计划，

在实践中多听听老驴的建议再决定不迟。货比三家永远是对的，尽量到专业户外装备店详细地咨询，讲明自己的需要，听取他们的建议，最后自己决定。如果你想控制自己的财务支出，使用军品不失为一个好的选择，作训服、军靴或作训胶鞋、军用背包或各类携行具都很适合野外徒步野营，可以经常逛逛专业的军品店。

还有就是应该明白，装备给你带来的满足感是短暂的，它与户外幸福指数也不一定成正比。30年前带一件军用雨披一只军用水壶就遍游三山五岳，那种幸福和满足并不比今天拥有全套名牌装备来得差。有了

合适的装备还得学会正确熟练的使用和精心的养护，即便是一只设计精良功能齐全的名牌背囊，也需要使用者充分了解它的操作与装填要领，甚至需要理解它的设计理念。我们常说，在极端环境下，你的装备就意味着你的生命，要时刻注意保护自己装备的完好，旅行归来，无论多么疲劳，也应该整理检查自己的装备，帐篷睡袋要及时通风晾晒，平时也要注意保养，那种回家以后把冲锋衣往洗衣机里一塞，登山鞋随脚一踢的习惯是必须改正的。同时在户外使用中还要注意克服过分珍视装备的倾向，说到底装备是为我所用，我不能老是想着我的衣服鞋子价值上千啊。西方谚语说：过分珍视自己的羽毛会失去自己的翅膀，确有道理。

总之，付出金钱时间和精力的代价走向山野迎接风雨的收获究竟是什么？我个人认为，通过户外生活的锻炼，提高自己的应变能力、培养细心周到的好习惯、加强自己动手的能力，恐怕比强壮体魄陶冶性情来得更实际。

3. 徒步线路策划和野营地的选择

成功策划一条徒步野营线路的首要前提在于弄清目的和目标。弄清目的是指你走这条线路是要干什么，是一般的郊野踏青休闲还是打算强化体能的拉练，是含有主要内容的活动，如：溯溪、攀岩、攀冰、漂流，还是主题定位在人文体验为主，如：古镇游、摄影写生采风、古战场考察、乡土民俗的田野考察、宗教类的朝圣等等。然后要根据不同的目的来确定必达的目标，最后围绕这些目标来设计线路选择便捷的交通路径和交通工具。做好了这些，就意味着活动成功的一半。

然后必须拥有该线路的准确可靠的资讯。能有一份大比例尺的带等高线的地图是最好不过的，但囿于我们目前严格的保密制度，正常情况下你往往一图难求。再就是先行者的路书攻略手绘示意图，你能在网络上下载到汗牛充栋，但是否准确实用就看你的鉴别能力了，因为先行的驴友受个人兴趣偏好、判断和描述的能力、当时环境等等主客观因素的制约，难免有挂一漏万的遗憾甚至南辕北辙的谬误，更何况眼下整个中国在以让世人震惊的狂热和速度大开发，路别三日当刮目相看。几天不见，道路甚至河流的走向都会改变，更别提地貌地标，所以，对于初创的、尤其是要带团队行走的线路，最好是先期实地踏勘。举凡线路上的里程、高程、坡度、水源、营地、危险路段、交通集散、消费水准、社会治安等，最好一一摸清，然后做出应急的备用方案；线路确定之后还要在出行前向每位参加者尽可能详尽地披露，以便供其选择并征求建议再做适当的调整。不言而喻，这需要艰苦的劳动和不小的精力和金钱的付出。驴友们往往愿意跟随自己信得过的老驴热心驴出行，这种信赖或威望实在是得来不易的。

影响营地安全的因素实在是太多了，不同的地貌、不同的季节、不同的纬度、不同的人文环境都会带来不同的风险。山地露营要仔细观察营地周围的地质条件，不要将帐篷扎在危岩下，地表裸露土石混杂结构的坡地下方，尤其在雨季和融冰时节，岩崩冰崩泥石流是非常致命的；山沟溪流河道边也

【 选择营地的第一要旨是安全，其次为方便、舒适、优雅。在野外你往往寻找不到四者兼而有之的理想之地，不得已求其次的话，你首先舍弃的是优雅，而后舍弃舒适，再次舍弃方便，万不得已连安全都不能确保时，你起码要考虑求生。 】

是设营的禁地，尤其是上游有水库塘坝且集水面积很大的河道，局部的降雨或得不到预警的开闸放水都可能形成瞬间下泻的山洪，其破坏力惊人；要根据地形和树木的形状来判断风口并远离峭壁，以防夜间的强风将你裹在帐篷里一起吹落；海滨扎营一定要确认最高潮位线，并将营地设在最高潮位线之上，还要考虑到天文大潮和风向风速加大浪高的可能；雷暴季节要远离高大孤立的树木和旷野山脊开阔湖滨，以防雷击；在水源地要首先观察有无掠食类动物常来饮水的足迹，如有，须保持一定的距离；当不能确信当地社会治安安全时，团队设营最好轮流值夜，以便预警，独身露营则应悄悄离开道路寻找不易被人察觉的隐蔽处安静过夜，反之，在深山荒漠冰原等无人区设营地，却应该目标越明显越好。

方便是为了节省体力节约时间提高效率。尤其在目的地明确的行进中宿营，不要远离预定的线路，以减少往返消耗；在登山上升线路上，当你确信有足够的饮水和食品时，就

不要为了挑选一个舒适的营地而轻易丧失已有的高度，要考虑营地是否方便紧急情况下的逃生和撤离，是否便于取水野炊生火直至夜间起来方便。

　　舒适除了取决于自然环境是否避风温暖干燥平整之外，更多的取决于你自己的经验和动手能力。比如你未能预先认真清理帐篷下的地面，一个残留的石块一个小树根就能让你整夜辗转反侧；雨季不给自己的帐篷挖好排水沟，一阵夜雨就会把你陷入泥泞；甚至未仔细及时检查关好帐篷的防蚊门窗，一只蚊子就能搅扰你一夜清梦。

　　至于优雅就不多说了，谁不想在绿草如茵宛如梦境的地方露营呢，只能祝你好运。

4. 风险预测及应对

　　徒步野营活动中有种种未知因素和突发事件，必然会产生种种风险，当面对风险时当然离不开沉着冷静的判断、当机立断的决策和随机应变的能力，但这些能力都不是与生俱来的，需要时间和实践的积累，所以，在出行之前预测可能潜在的风险并提前做好应急的预案就更为重要。让我们分析这些风险都可能来自哪些方面呢？一般有这些：路途交通的风险，地貌环境的风险，气候变化的风险，自然生物类风险，当地治安风险，还有自身和团队内部的风险。而针对这些不同的、有时甚至是交叉并存的风险，就需要在思想上、体能技能上、技术装备上相应地做出准备。

　　比如，你要经过的路段有无塌方落石区，多发于什么季节？你打算乘坐或租用的交通工具是否可靠，司机的驾驶经验和技能怎样？是否必须在雷暴

季节搭乘航空器或在低温水域台风季节乘船旅行？能否改换其他交通工具？
你拟定的线路中有无难以通过的断崖或激流？如有，你有无专业的装备并能
熟练地使用它们？你是否决意要通过无人区，后勤保障是否允许，有无通讯
求救手段？你打算穿越的山脉属于何种气候类型，如果在大气环流紊乱区或
气候分界线上，你是否具备随时获知最新天气资讯的条件？你涉足的区域有
无导致过敏的植物，如漆树等，你有脱敏药物吗？有无毒蛇，属何种类，你
带相对应的抗蛇毒药物了吗？是否疟疾、血吸虫流行区或啮齿类动物传播的
出血热、鼠疫疫区？你带奎宁和驱虫药物了吗？你还打算下水游泳吗？你将
要经过之地民风如何，治安是否良好，社会是否稳定？你对此有无一定的思
想准备、防范措施甚至自卫能力？当地有无因民族、传统、宗教、政治带来
的禁忌，你知道如何约束自己的言谈举止以避免因误解而带来的冲突吗？你
确知自己的体能意志的承受力和临界值吗？你了解你的同伴吗，你的团队中
有没有性格抑郁或偏执的人？你可能会说，上帝啊，我考虑这么多这么复杂
就永远别出门了。当然，如果你只是周末去放松一下，确实用不着这么多虑，
但如果你打算以较长的时间走较远的路，我还是建议你认真对待这些问题，
尤其当你是领队的头驴和出行计划的策划者时，你会感受到责任和压力，一
句话，可以不用，不可不备，有备方能无患。

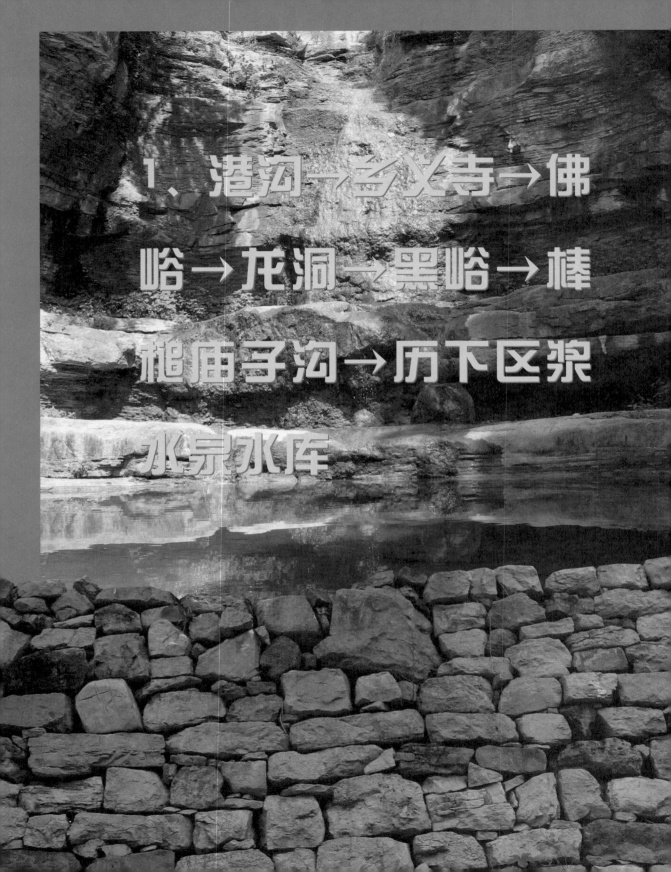

1、港沟→名义寺→佛峪→龙洞→黑峪→棒槌庙子沟→历下区浆水泉水库

线路简介:

如果把这条山地穿越线路列为济南驴友最喜爱的徒步路线之首,我想是当之无愧的。在短短 10 余公里的路途中,浓缩了溪流、瀑布、洞穴、峡谷、峭壁、裂隙等几乎所有石灰岩地貌特征,荟萃了庙宇、浮图、碑碣、石刻、荒村、梯田、水库等人文遗迹,散布着草甸、藤萝、密林、苇丛等完美的野生植被,藏匿着蛇蝎、獾兔、山蜂、野鸟等野生动物;在这条路线上,春天有盛开的迎春,秋天有漫山的红叶,盛夏有清冽的山泉,严冬有不化的积雪。喜欢野营、攀岩、速降、溯溪、定向运动的朋友,在这条线路上肯定有用武之地;单纯休闲的朋友也不会失望,庙子沟的野酸枣、挂树烘柿可是近郊有名的。

此线路的最大特点是可以依据个人和团队的体能、装备、兴趣而灵活调整,转换起始点能够反向穿越,体能巨强的"猛驴"可以一日暴走,喜欢野营的可以轻松地两天走完。由经十东路向南经中井村插入龙洞景区或由南外环路经大岭、钅矿村一带向北翻山到龙洞佛峪,均能当日返回。

　　由郭家庄西行，可以到朱凤山乡义寺，乡义寺始建于北齐，后世几经重建几经荒废，截止 2000 年，尚余几通残碑几株古树，乡民捐输的香火供养着几间土房一位住持，衣着谈吐看不出是出家的僧人还是在家的居士。但东流泉终年不涸的泉池，台地上残存的紫金塔，也能引来探幽的访客和进香的信众，初春盛开的野生迎春花煞是迷人。2004 年后，已有投资人成立旅游开发公司开始设门修路大兴土木，阿弥陀佛，但愿能修旧如旧，别毁了这方风水，再就是将来的门票别太离谱，也不失为一桩善事。（朱凤山景区路已修好，至本书截稿时，门票 15 元）

出乡义寺西行，沿白云山南侧山腰的羊肠小道往西偏南可到佛峪。大约1公里之后，应该向左侧穿过柏树林往下进入佛峪沟（白云山南侧小路边立有市中、历下、历城三区界碑，如果你从乡义寺做起点向佛峪行进，三区界碑是重要的路标，你到此应该退回200米寻较缓的山坡下到佛峪沟，否则就会错走到马蹄峪）。顺水系下行，由右侧爬下瀑布悬崖，就到了佛峪。佛峪本是一处十分清幽的避暑胜地，上世纪30年代的山东省主席、军阀韩复榘曾将此地选为自己的消夏别墅，至今牌坊尚在廊庑犹存。附近林泉众多，其中林汲泉是济南七十二名泉之一，东侧岩壁上有瀑布泻入深潭，夏季雨后，白云山南坡和朱凤山北坡的山水汇入佛峪东沟直冲而下，瀑布轰然声震峡谷。可惜现在简陋肮脏的一排排野味店挤在路边和古建筑旁，油烟熏黑了崖壁上珍贵的石刻，鸡毛泔水污染了泉池小溪。

离开佛峪西行你已进入部队管理的龙洞景区，由佛峪到龙洞的石板路和柏油路杂树夹道十分平整，这完全得益于驻军的保护，和佛峪的杂乱污染对照之下，对战士们的感激之情也会油然而生。当然，对于节假日游动在景区查票的战士们，那些翻山而来，本想寻找逃票乐趣的驴友们，也难免颇有微辞。

龙洞景区无疑是你整个行程中的重头戏，龙洞洞口有石刻楷书"真气森喷薄，神功接混茫。"上有康熙年间题刻"龙洞薰风"。洞口内石壁上镌有不少佛陀罗汉像，法相庄严衣带飘逸；洞深百米，蜿蜒贯通，进入时必须携带头灯或手电，洞内高处数丈，低处须躬身方能通过，脚下常有积水，属于喀斯特岩溶洞穴。老君崖岩壁上摩崖石刻很多，尤以"壁立千仞"、"锦屏春晓"最为醒目；高大的古银杏树下，散布着断碑残碣碎瓦柱础，这是敕建龙洞寿圣院遗址。龙洞是济南近郊观赏红叶的著名景区，每到10月前后，经霜的黄栌染红了四面的寒山，也染红了倦归游人的梦境。

越过龙洞景区西端的铁丝网，就进入了幽深的龙洞沟，龙洞沟也叫藏龙涧，这是整个行程中最为幽深壮丽的峡谷。由此右转进龙洞北沟爬上一线天的天梯，能找到北去中井村的山路，同时也是俯瞰拍摄老君崖、报恩塔和寿圣院全景的最佳位置；沿峡谷上行，经过龙洞南沟与中沟的交会处再进南沟，向西南是最为狭窄的一段，峡谷里偶有羊群通过。直到石砌的小坝阻住了山沟，北侧崖畔上，向阳处是黑峪林场的护林院落，在西南方大约1华里的横岭阴面的台地上，隐藏着业已荒废的黑峪村。

黑峪的村民因为缺水缺电交通不便，早在上世纪90年代初，就被分散安置在山外了，留下的祖屋虽未颓圮，但已是蓬蒿封门莠麻断路。丰水季节这里的山沟底部能寻到水源，喜欢森森鬼气的驴友偶尔会将自己的营地设在村里，夜深时在枭鸟的啼声中玩"杀人"游戏，特别容易找到毛骨悚然的感觉。

出黑峪北行再折回沿山坡往西南去的小路，柏树林尽头就是大岭村北的横岭子，站在岭上南向俯瞰，大岭村的小水库和农舍历历在目。沿岭西行转西北方向穿过柏树林而下，就进入了棒槌庙子沟。庙子沟是官山橛和狸猫山之间的峡谷，逶迤向西北，会遇到连绵不断的梯田台地，这是几十年前"学大寨"的遗迹，现已成了没腰的草甸。沿沟逐级而下，不要离开下行的水系，山沟走到尽头，就被浆水泉公园新修的沟口小水库挡住了去路，爬上右侧的石壁，沿林间小径右转，眼前豁然开朗，浆水泉水库的水波天光映入眼帘。两天的徒步线路也就快到终点了。

食品饮水和营地：

线路中，朱凤山、佛峪、龙洞、浆水泉有饭店，如不打算在饭店就餐，需自带4餐食品；龙洞佛峪乡义寺有常年可靠的水源补充，龙洞到浆水泉之间旱季无水，加之石灰岩地貌容易渗水，即便夏秋季也不易寻到饮用水；佛峪、黑峪、一线天上方西侧均有较适于扎设帐篷的营地。

交通提示：

到郭家庄可由历城客运站乘开往黑龙峪的郊区客车，也可乘115次公交车到港沟路口搭面的前往，浆水泉村有49路公交车通往市区。

⚠ 安全警示：

暴雨后和融冰季节提防峭壁落石，夏秋季不要招惹野蜂，峡谷中注意乱石伤踝崴脚，钻洞穴小心碰头，攀爬岩壁要做好保护以免摔伤，冬春季节严防山火。龙洞景区现仍属军事管制，不要在部队营区范围内野营，以免惹出不必要的麻烦。

¥ 相关费用：

可能产生的门票：朱凤山门票15－20元，浆水泉公园5元，龙洞景区15－20元。交通费用2－5元。

锦屏春晓 ∎

2、历下区平顶山→开元寺→大佛头→佛慧山→罗袁寺顶→黄石崖

线路简介:

　　这其实是一条很初级的山地穿越线路,全程不足6公里,随着城市的日益扩张,它几乎全部列入了千佛山名胜区的规划范围,成了老年山友晨练的场地,但它却是济南好多登山爱好者最初练脚练胆的训练场。线路上有密林、洞穴、悬崖、摩崖造像、古寺遗址。春来迎春花盛开在路旁,秋季能见到金灿灿的野菊花在悬崖上怒放。近百年来,开元寺大佛头一直是泉城学子春来踏青秋来赏菊之地。

游记及攻略

　　由经济学院沿二环东路南行数百米,经琵琶泉直攀平顶山北麓,穿过山腰柏树林,接近岩壁的低脚,隐藏着一处无名洞穴,洞口垂直下落7-8米,下有横洞和发育较为完整的石幔钟乳,近年来好多探洞爱好者曾借助绳索8字环和上升器到此尝试初级的洞穴探险。再向西南方向绕行,可以沿小径到达开元寺遗址。如果你不打算探洞,也可以从平顶山北侧直接翻越燕子山南侧的垭口,在高压输电铁塔下沿小径绕平顶山西麓直达开元寺。

　　古开元寺遗址位于平顶山与佛慧山(榭山)连接处的背阴岩壁下,开元寺曾经有辉煌的历史,老济南人都知道那句"先有开元,后有济南"的民谣,并相信它始建于隋代,但从遗存的碑刻看,大多晚于唐宋。从我手头收集保留的老照片看,1930年这里建筑尚完好,到上世纪50年代末期,山门虽在,房屋大多已经坍塌,到1966年8月,几乎所有摩崖造像的头部全被破坏,开元寺成了一片废墟。自1990年代起至今,要求重建开元寺的民间呼声始终不绝于耳,但除了在山脚立起的"开元胜境"石牌坊,就是寺内岩壁上用水泥重塑并涂以金粉的释迦牟尼坐像,再无其他动静。但开元寺遗址确实是济南人感叹历史沧桑的怀旧之地。

　　由开元寺继续上行到两山之间的垭口,再右转爬上45度的土坡,就到了

济南著名的石窟造像"大佛头"。石像初凿于北宋，依佛慧山北侧石壁而成，像高7.8米、宽4米，因为是胸像，佛面显得格外气势恢弘法相庄严。大雄宝殿石龛建于民初，近旁勒石年代多为明万历前后。佛龛东侧有北宋遗存的深浮雕密檐七级玲珑宝塔两座，虽已半毁，仍不掩当年风采。近年来，有攀岩爱好者在浮雕上方的石壁开出24米高的攀岩线路，常利用闲暇来此训练，后经户外网友呼吁保护文物，大家也就自觉地转移了阵地。是啊，不要搅扰了佛界的清净吧，这大佛经千年风雨，怀悲悯之心，护佑着泉城众生，眼看这"一城山色半城湖"的清幽古城变成红尘喧嚣的都市，也会由衷地喟然长叹吧。

由大佛头西去有两条小径，一条向上可直达佛慧山顶，另一条沿峭壁上方可到罗袁寺山顶。佛慧山又名橛山，山顶原有石塔，形似石橛，济南人传说济南是浮在水上的船，石塔是拴船橛，"倒了橛子，淹了济南"。现在的橛山顶、罗袁寺顶竖立着通讯传输铁塔，橛子已经无处可寻，济南也曾淹过几次，但那是排水不畅所致，实在与橛子无关。罗袁寺北侧就是黄石崖，因山岩色黄而得名。黄石崖摩崖造像为北魏正光四年（523年）至东魏兴和二年（540年）开凿，随山就形，分布崖壁与天然洞窟内，计残存大小佛龛19个，佛菩萨等浮雕像85尊。佛像高约1.5米，造型庄重肃穆，刀法简朴。配雕的力士飞天，神采飘逸，栩栩如生。造像题记7则，书法价值极高。可惜先是"文革"浩劫毁了佛像，后于1980年代末期毁于暴雨后的山岩崩塌，现在仅余题记3则，残像3窟，其余基本已荡然无存。

由黄石崖向北下山有简易的石阶路直达山脚的旅游路，这条山路是一些热心的济南老人利用晨练之余，辛辛苦苦日积月累自费修成，走在这条路上的后人，当感念老人们的功德。

食品饮水和营地：仅需携带午餐和饮水，大佛头近旁常年有瓶装水出售。

交通提示：
起点二环东路山东经济学院有K50、K107、49路公交车；终点在旅游路，步行向西2公里到舜耕路，向东1公里到开元山庄，均有通往闹市区的多路公交车。

安全警示：
周末假日游人较多，小心上方蹿落的滚石伤人，不要过于靠近悬崖下方，曾经见到过从上方飞落的酒瓶。除非你训练有素并随身携带可靠的登山保护装备，否则不要冒险在这一带尝试攀岩或探洞，这里曾经多次发生高坠伤亡事故。也有初生牛犊不怕虎的学生困在峭壁上，上不去下不来，只好打110呼救。不要在摩崖石刻和古寺遗址乱刻涂鸦，否则你很可能因触犯《文物保护法》而惹是非，平时或晚间游人稀少时，单身女性或恋人要提高警惕，此处偶有歹徒出没。

相关费用：
只要你自带饮水食品，可以说是"零"支出。

3、济南北部沿黄河百里风景带

线路简介:

　　这是济南近年来斥资修建的沿黄河南岸堤防大坝的风景带。济南百里黄河风景区以黄河河道为主线,以黄河滩地、堤防、淤背区、险工等为依托,上游自济南市槐荫区宋庄起,经天桥区中部,下游到济南市历城区霍家溜村止,总长度51.98公里,面积50多平方公里。其中泺口文化功能区位于"百里景区"中心位置,范围从西外环浮桥~济南黄河一桥(即济南市二环西路~二环东路对应的黄河河段),规划长度为14公里。是一处以工程景观、自然景观和人文景观为主的综合景区。

　　"百里景区"内有8座桥梁,其中铁路桥2座,公路桥2座,浮桥4座。现基本完成了景区主体绿化任务,树草覆盖率达到了90%以上。从临河滩地到淤背护堤地,按照防浪林、行道林、淤背区适生林、背河护堤林四个层次,进行了立体绿化,种植银杏、杜仲、白杨、垂柳等60余万株,形成了一道绿色长廊。济南黄河景区自然风光的特点主要在蜿蜒曲折的黄河百里水域,风景区所处河段,多弯曲狭窄处,河宽仅500~1500米,是黄河下游最著名的窄河段。风景区内还有名山三处,虽不甚高,但却有名。其中华山最高,也仅197米;鹊山、药山都高不过百米。但它们不仅是黄河景区不可或缺的部分,而且是济南著名景观"齐烟九点"重要组成部分。"济南八景"之一的"鹊华烟雨",即由鹊华二山形成。沿岸还有引黄工程形成的玉清湖、鹊山湖。

　　两日徒步线路总里程 55KM，自 220 国道周王庄桥往北 1980M，黄河大坝济南段 0KM 处起，到历城霍家溜险工结束，穿过段店、吴家堡、药山、泺口、大桥、华山、遥墙共 7 个修防段，除泺口浮桥以北到黄河公路桥的 10KM 为沙石路面，其余均为沥青路面，非常平整且车流量很小，适宜长距离徒步。此线路还可根据个人时间和体能装备条件缩短为一天，可以只走前半段或后半段，也可择其精华，只走 14 公里的中心景区或仅登鹊、华二山。

里程记录：

　　D1　起点 0KM—1.5KM 睦里闸—4KM 玉清湖沉沙池南端—7KM 沉沙池北端—8.8KM 北店子闸—9.4KM 北店子浮桥—11KM 新铁路桥—15KM 京福高速桥—16KM 杨庄闸（槐荫河务局）—23KM 济西浮桥—24KM 老徐庄闸—28.3KM 九烈士浮雕—29.5KM 黄河公园烧烤休闲园营地

　　D2　营地—浮桥北大坝—3.5KM 鹊山西村—鹊山主峰—鹊山东村—津浦路桥洞—6KM 王士栋烈士雕像—13KM 黄河公路桥南头—16KM 后张险

工—22.4KM 济东浮桥—25.5KM 霍家溜闸结束

　　0KM处东望是峨嵋山，山南尚有古庙遗迹，睦里闸是小清河源头，玉清湖沉沙池水天一色，此段大坝为南北走向，自北店子浮桥到济西浮桥一段，景色殊佳，坝南全是苗木，梨枣杨柏、银杏雪松女贞悬铃木等等，坝北垂杨依依，所有险工桥头都像花园，绿地如茵；滩涂多柳林，水边有成百的白鹭苍鹭，黄河的激流冲激着石坝。老徐庄到泺口一段更是绿化得好，多浮雕山石。营地可设在黄河公园内，有自来水和公共厕所。第二天由营地过泺口浮桥沿309国道北行到河北大坝右转到津浦老铁路桥西侧，经鹊山南端石阶爬上鹊山主峰的双层挑檐亭子，南望黄河如带、东眺华山浮翠、北临鹊山水库烟波浩淼，西临黄河森林公园郁郁葱葱。沿鹊山东麓而下穿过津浦线铁路桥洞右转百米是王士栋烈士塑像和废弃的营房。再沿大坝北行折东到黄河斜拉桥过桥，到南端沿大坝左转继续往东，右侧是华山、驴山、卧牛山，左侧是无边的芦苇荡。后张险工是拍黄河桥落日的最佳位置。黄河大坝由此东南转东北又拐了个大弯，霍家溜引黄闸和险工更是壮观。可在霍家溜水利工程管理处院内的水龙头洗去征尘，再东行百米右转下了大坝，走1公里小路到云家村路口，搭招手即停的历城公交6路车返回市区。

食品饮水和营地：
　　沿途多处能够采购食品饮水，最多自带一餐即可；营地附近有饭店、烧烤。

交通提示：
　　起点可乘7、78、K56路公交车，在周王庄桥头下车，沿黄河堤防公路右转；终点在云家村路口搭乘6路历城公交车返二环东路历城客运站。由市区到泺口黄河公园可乘4、111、114、K58路公交车。

安全警示：
　　不要太轻视这条紧靠市区的徒步线路，公路路面的长距离徒步行走是很艰苦的，2005年秋季的全民健身沿黄河百里徒步活动中，好多"老驴猛驴"都瘸了"驴蹄"。关键要穿轻便合脚的鞋子，登山鞋并不适于公路行走。不要冒险到黄河游泳，不要涉险通过滩涂或在观鸟拍照时深入芦荡。要靠路边行走，通过浮桥要走人行道。要注意防止紫外线晒伤，黄河边的日照辐射力很强。夏秋季在黄河边野营要采取驱蚊措施。

相关费用：
　　黄河公园门票5元。

4、市中区石青崖村→
兴隆山（玉函山）→南
康村

线路简介:

　　这条登山线路适于只携午餐饮水的轻装徒步，距离市区中心仅7公里，距离二环南路不足2公里，起点终点交通便利。途中景点无任何收费，非常适合学生一日郊游。总里程不足6公里，最高点海拔528米，属于石灰岩白云岩山地。沿途植被较为稀疏，多为侧柏、荆柯、黄栌，经过空军观通站、玉函山摩崖造像、灵官庙遗址。

　　由二环南路沿鲁能泰山足球俱乐部西墙南行，到石青崖村穿村而过，攀上村西南的山坡，钻出柏树林沿山脊往南是一溜逐渐抬升的山脊小径，可以清晰地看到兴隆山顶的雷达天线。小径中途有5米高的断壁，仔细观察能判断出极好的落脚点，可以徒手攀越。登上主峰东西走向的山脊右转，就进入军事管制区。部队的营房有战备公路蜿蜒通往山南的大涧沟。部队营区原为碧霞仙君行宫，早年香火极盛，现仍有山门、碑石、三教堂建筑存留。部队营区有营区的纪律，不要四处观望拍照，如果向战士们讨点水，一般不会遭到拒绝。空气通透度较高时，夜间在兴隆山顶能够望到泰山玉皇顶的灯火。从三教堂北侧沿小径西行，能见到一条碎石形成的冲沟直插西北玉函山之阴，坚定而小心地沿冲沟下行。这里夏秋季藤萝较密，黄栌丛生，深秋满山如同流霞。玉函山阴留有王灵官庙遗址，是用白色方石块砌成，山门完整。由灵官庙东行不远的峭壁下，就是著名的玉函山摩崖造像，开凿于隋代开皇年间，至今将近1500年，虽多有残毁，但较之黄石崖还属万幸。玉函山北侧是公墓，可以向西直攀玉函山西峰，此峰突兀而立，不易徒手攀登，从峰北侧可以勉强攀上。从这里能够清楚地看到省道103线上如织的车流，沿玉函山西麓直插而下1公里，就到了路边的南康村。

食品饮水和营地：
仅需携带午餐和饮水。

 交通提示：
可乘公交总公司发往兴隆庄的K52路公交车，石青崖下车；返城在南康搭乘88、65、67路公交车或10、13路历城公交车。

 安全警示：
盛夏季节中午不适于行进，一定带足当日饮用水。途中有小断崖，不需借助器械，小心即可攀越；下山碎石冲沟较滑。

相关费用：
除去公交车费，其他为零。

5、市中区开元寺→搬倒井→小岭→大岭→涝坡→斗母泉→大佛寺→会仙山

线路简介：

　　自北向南穿越市郊山村和青铜山，直到锦绣川的一日徒步线路,总行程25公里。沿途可观古树、古泉、摩崖造像、古庙，青铜山海拔 754 米，是锦绣川以北最高峰。

游记及攻略
（攻略图见 233 页）

　　真正的徒步是从开元胜境坊开始，大多驴友和山友选择在这里集合出发，但是出发时间越早越好，这一路翻山越岭，真得往前赶，否则途中观景都沉不住气。由出发地到开元寺遗址是石板路，走这条线路的朋友在开元寺很少逗留，大抵是来过多次了。继续向南翻过平顶山和橛子山之间的垭口下到二环南路，在路东侧进入搬倒井村，再沿小路往南翻过山垭口去小岭村，这是一条多年的古道，青石板磨得很光滑。

　　小岭村和大岭村隔着一道山梁，仍呈东南走向，还是翻过垭口，这条线路途中你会翻过高高低低五六个垭口呢，走垭口是为了避免登顶带来的体力消耗。大岭村可以休息一会，村北有小水库，水库上端有泉眼和袖珍型的龙王庙。南部山区多为苦旱之地，有泉才有村，大旱之年若泉水枯竭，可是要命的事，现在有政府出资送水，早年间，各家赶着驴驮子翻山越岭找水的苦日子，老人家还没忘，给龙王爷烧香据说比抗旱还管用，靠天吃饭嘛。

　　大岭到涝坡庄是一段水泥乡间公路，穿过绕城高速公路桥，4公里左右。涝坡庄，当地口音怎么听都像"老婆抓"，庄，读做"zhua"，济南南部土语。出涝坡庄，公路分叉，要沿右侧路下行。到斗母泉，沿公路走是九道拐的盘山路，很累人，最好走小路，可以节省1公里。这段路直到斗母泉南山垭口，海拔提升较高，要不斗母泉怎能称为七十二名泉里最高的一个呢。中午能赶到斗母泉且体能觉得没问题，你下午就轻松多多，反之，你最好在这里大歇歇，灌点泉水。

海拔将近700米的斗母泉村因泉得名，5米宽的公路正好经过泉池旁边，斗母泉在青铜山阴的岩壁间流出，终年不涸，新近整修的泉池，青石护栏，白石雕刻的龙头，一线清流自龙口淌出，3米见方的泉池1米多深的水，时有挑担的村民来打水。也有开车来的游客用大塑料桶往车上装水，水质好啊，泉城人实在不愿喝黄河水啊，不过在斗母泉停车可不是容易事，村子建在山崖上，路又窄，加上时有大车通过。泉池南侧的山崖上，有3棵挂牌的古木，两棵刺楸，一棵车梁木。至于新修复的斗母庙就不多评论了，反正老的砸得只剩块残碑了，难为这么多好心人捐资为斗母娘娘重塑金身，也还有绾着发髻新蓄了胡须的道人愿意住持，也罢。我倒是对坐在斗母殿前用柳条编筐的老人更感兴趣，恁把岁数了，柳条在皱裂的糙手间上下翻飞，筐子也从无到有，从小到大，真让我看得一愣一愣的，保存这样的手艺比起保存斗母庙不知哪个更急迫？

从斗母泉西侧上行百米，是青铜山西侧的一道山梁，这是你徒步翻越

的最后一个垭口，有一座石垒的羊屋和半截垛墙，东西向的山梁全是侧柏林，这里是线路中重要的节点，是十字路口：东向的小径隐没于林中，是登青铜山主峰的捷径；西去的小路在翻过山包后下到边庄子再爬上海拔700米的丁字寨，就可以进入波罗峪景区。体能好的朋友可以先登青铜山，再下到大象山西南的大佛寺，要

想省力，从这里沿南去的羊道擦山坡下沟，也通大佛寺。

　　号称齐鲁第一大佛的隋代摩崖造像就在老庄村东北的山崖上，像高9.05米，外建重檐佛龛，但涂金描红俗不可耐，既然1977年就已经定为省级文物保护单位，怎么就任由如此糟蹋？附近号称直通东海的无底洞，也只能姑妄言之而已，济南地区的喀斯特岩溶地貌因历史上属于降水量较少的地区，不可能形成较大较深的溶洞。以下到327省道的5公里路，除去一处小水库和季节性开花的桃梨花之外，乏善可陈，为迎接旅游开发，道路已全部硬化。经由已经无寺可寻的大小佛寺村，直到会仙山才有古老的柏树林和关帝庙值得一看。

 食品饮水和营地：
带一餐及2升水具，大岭村、斗母泉可以补水。

交通提示：
市区乘K51、K68、64、79、112路公交车到开元山庄附近下车，返程在327省道商家村乘65路公交车到市区。

安全警示：
这一带有时大型运石料的车较多，徒步行走注意避让，不要奢望它会避让你。

相关费用：
往返交通10元以内；看大佛收费3—5元。

6、历城仲宫南泉寺→太甲山→透明山→门牙岭→门牙景区

ZUANSHANGOU 钻山沟

线路简介:
　　属于近郊石灰岩山地的一日登山踏青线路，山下多果树，山脊为侧柏林，山脊线海拔500米左右，观赏梨花季节最佳。徒步沿线的山脊两侧可一览无余地鸟瞰锦绣、锦阳、锦云三川景色。行程7公里。

游记及攻略

出仲宫镇南在327省道左行不到两公里，能见到梨园山庄的路牌指引你右转弯，这就是通往南泉寺的路。南泉寺遗址坐落于太甲山之阴，现仅存几通残碑，山谷的南泉成为附近村庄的封闭水源，古寺遗址几年来办起一家规模不小的饭店，梨花盛开时；这里颇为热闹，有点冠盖云集车马喧闹的景象。南泉一带不只梨花可看，初春杏花也成片开放，衬上暗黛色的太甲山层林岩壁，煞是养眼。

太甲山又名康王顶，相传商汤嫡长孙太甲（商代第四王）葬与此山，但也就是相传罢了，当不得真，因为没有考古实证，倒是山阴石壁的三尊隋唐年间的摩崖造像，以其面相端庄、雕工精细而传名于世。从南泉寺到摩崖造像有小路可循，但从造像处再登顶却要往左侧崖缝里寻找可供攀援的小树荆棘，艰难得手脚并用才行。康王顶上是密密的侧柏林，林间散落着游人用石块摆制的野餐桌凳，看来在康王顶上把酒临风抒思古之幽情的大有人在，就不知喝高了怎么下得山去。康王顶西端三面均为几十米断崖绝壁，登临此地，日落时分鸟瞰卧虎山水库晚霞辉映下的万顷金波，真是美得令人心醉。

沿山脊东去1公里，绕两座小山头北去，可以见到透明山的奇观，山巅绝壁常年受重力作用的影响，岩石崩塌，形成穿过岩壁的洞穴，夏季风生云

起，自洞穴喷薄而出，天朗日清，远望洞若月轮，悬挂于绝壁之上。

再往东去，山脊成了锦绣、锦阳两川的分水岭，山阴可见锦绣川水库像缩微景观，山阳是门牙景区熙熙攘攘游人似蚁。脚下是白色的岩石和薄薄的山土，生命力旺盛的野草就在这贫瘠的山岭上岁岁枯荣。下山到门牙村照例是在悬崖峭壁间小心翼翼地下降，走这条路最好能携带20米辅绳或扁带，以确保安全。

在门牙的农家乐吃晚饭，看满河滩嬉闹的大人孩子，回看自己走过的高山，别有一番滋味。

食品饮水和营地：
自带午餐及2升水具，南泉寺补水后，直到门牙景区之前无水源。

交通提示：
乘67、88路公交车到仲宫步行过大桥向东到东郭而庄右拐，乘65路公交车到东郭而庄下车向南；返程在门牙景区乘67、88路公交车或10、13路历城公交车。

安全警示：
上太甲山和下门牙岭均有悬崖，有小径绕行攀援上下，小心蹬落浮石伤人或失脚滑坠。

相关费用：
往返交通5元。

7、历城仲宫西老泉→黄草岭→仙人桥→莲台山→娄敬洞→大娄峪→石店水库→馒头山

线路简介：

这是一条沿历城区与长清区交界的石灰岩山地徒步翻越的线路，长度15公里。第一天的路基本沿山脊线行进，视野开阔。第二天下山沿水系行进，下午再登山，沿途有古井、峭壁、洞穴、水库、古桥、待开发地质公园，特别适合喜欢尝试洞穴露营的朋友们。此线路按照自己的爱好，可以分段截取改为一日徒步，如截取前段，将徒步线路终点设在莲台山；截取后段，可以馒头山为起点，仍以莲台山为终点。

游记及攻略
（攻略图见238页）

好多济南驴友选择离仲宫更近的王府庄往西登黄草岭，但我却更喜欢由西老泉村开始向西南方向攀登，实在是因为有三爱，一爱村头那眼古老的带辘轳的泉井，水质甘甜清冽，每次都是借老乡的水桶，如同牛饮般灌饱肚子，再灌满所有水具，到莲台山之前没有饮用水源补充了；二爱村南山上那片刺槐林，每逢五月刺槐花盛开，总爱躺在阳光下的草地上，在成千只蜜蜂振翅的嗡鸣中打个瞌睡，知道什么叫做享受了；三爱攀登驴脖岭时那种战战兢兢的感觉。

驴脖岭是条东低西高的山脊线，坡度在40°左右，两侧全是几十米高的悬崖峭壁，南北向的山风劲吹，脚下是最窄处不足二尺的小路，还得不断从一块巨石跳到另一快巨石上，加上20公斤的背囊，真是捏把冷汗。好不容易爬到西头最高端，一条10余米高的峭壁截断去黄草岭的路，这就是村民说的那条你们过不去的"一线天"。一线天仅三米来宽，对面就是雄浑苍茫的黄草岭。可你不能飞过去啊，只好先选择南侧石壁，小心翼翼像壁虎般贴着石壁爬下去，再让队友用绳索将所有背囊一一递下，再一个一个空身下来。好在一线天西侧的石壁有几层台阶，攀上去之后无不欢呼雀跃，沿着黄草岭大草甸子的小径直奔西去。

　　连绵起伏的黄草岭山势浑圆，视野开阔，南望灵岩山摩天岭、泰山层峦叠嶂、石店水库京沪铁路高速公路历历在目，北眺卧虎山水库碧波千顷。秋季的黄草岭天高云淡牛羊散布，难怪好多驴友到了黄草岭都有到了高原的错觉。黄草岭以盛产黄草而得名，黄草性燥，是旧时穷苦人家冬季铺床御寒的"宝物"。偌大的黄草岭上除去夏季偶有捉蝎人在翻石块寻找蝎子，平时只有几个牧人常来，洼地里渗出几汪山泉，白天被饮水的牛羊践踏得如同泥潭。

　　连接黄草岭西端和莲台山东端的峭壁被当地人称作"仙人桥"，过"桥"再翻过山包，就看到莲台山景区的建筑了。向西穿过柏树林间的小径再爬下一段坡度不大的山岩就到了娄敬洞北洞口，这里已经进入景区范围。

　　莲台山是始自宋元时期的道教名山，山间多洞穴，洞穴多以道教传统命名，尤以娄敬洞、王母洞最为著名，娄敬洞穿过近百米的山体，成了贯穿莲台山南北连接大小娄峪的捷径，洞内最高处达 30 米，有成群的蝙蝠栖息；王母洞垂直三层宛如竖井，仅容一人踏石壁铁抓手攀缘。莲台山多黄栌树，是

济南近郊观赏红叶的绝佳处。莲台山有几处洞穴非常适合露营，我们曾在多种气候和季节尝试过，根本不用带帐篷，冬季在朝阳洞、火龙洞，避风暖和，夏季在娄敬洞南口，通风凉快得很，秋季在八卦洞，点盘蚊香，防潮垫一铺睡十几人绰绰有余。

第二天早上可以穿过娄敬洞下到大娄峪村，村北头的范氏老人家的房屋春天总是掩映在灼灼桃花中，我们也喜欢坐在桃园里捧着大碗喝他家的菜粘粥，如今桃花依旧，老人却已经不在了，他的后人仍住在老宅。大娄峪是个不小的山村，村居依山势错落，村里有井泉，村南头有株高大的老柏树，树下是古老的石桥。出村只有一条路，通往乡道。道南是汇集了整个黄家峪之水的石店水库。

在济南近郊众多的水库中，石店水库不算大的，可风景殊佳，尤其从大坝回望北侧倒映的群山，陡立峻峭，如同画卷。从大坝下沿着水系西行，连续穿过京沪铁路桥、104国道大桥、京沪高速桥，就是馒头山。此山下部坡

缓，至山顶部突起高壁，是山东丘陵带典型地貌——"嵛"。馒头山一带是济南西部将要规划建设的省级国家地质公园，张夏—嵛山地区的寒武纪地层总厚度为570米，记录了大约3000万年的海相沉积历史，寒武纪地层底部则是23亿年前开始逐渐形成的变质基底岩系。在馒头山北坡上，有一处裸露的寒武纪地层与变质基底岩系结合面，这个面上下两个地质体形成时间至少相差18亿年。地质公园内还有贮存丰富、保存完整的宝贵古生物化石，尤其是所贮存的三叶虫化石数量多，易采集鉴定。据已经发表的开发规划，"还要改造水域及岸边地貌和自然风光，形成阶梯瀑布喷泉"。真担心这里不久会变成第二个锦阳川门牙村沿河一带的样子，形成阶梯瀑布喷泉不是人为造假景观吗？地质公园怎能"改造水域及岸边地貌和自然风光"？这样下去，总有一天，孩子们将看不到一条真正的溪流。开发！有多少错误借汝的名义而行？

食品饮水和营地：

　　如不打算在饭店就餐，需自带4餐食品，莲台山内食宿为宾馆，价格较贵，起码带第一天两餐，第二天到大娄峪可在村民家早餐，石店水库近旁农家饭店很多。自带水具，首日水源地：西老泉、莲台山；次日水源地：大娄峪。营地选择见攻略，如不打算在洞穴露营，需自带帐篷，最好下到大娄峪在村边设营，也便于在农家就餐。

交通提示：

　　乘88、65、67路公交车或10、13历城公交车到仲宫换乘面的到西老泉，返城在104国道搭乘泰安到济南的客车。

安全警示：

　　通过悬崖谨防滑坠，攀爬洞穴小心摔坏手机相机等重要物品。

相关费用：

　　可能发生的莲台山门票15元，往返交通15元。

8、历城仲宫镇尹家庄
→四道沟峪→火焰山
→于家盈→杨家寨→
锦云川

线路简介：

　　这是一条围绕杨家寨山呈环状的一日徒步线路，总行程不到10余公里，但大都为山路，体力消耗还是不小的。线路中能看到好多人文景观，如，战争年代的指挥部遗址，山村小学，寺庙古泉，生态度假区。

　　尹家庄村子不小，而且位于仲宫到高而的公路边，交通方便；58年前的秋天，这里曾经是济南战役指挥部，一代少林名将许世友曾在这里一个农家小院里指挥千军万马，掀起历史的狂澜。想参观指挥部遗址得到村委会找人拿钥匙开门，平时少有人来。尹家庄北头有一条往西进山的小柏油路，通往四道沟，这是一条"死葫芦峪"，四面环山，一个出口，山峪里分布着四个自然村，因此称为"四道沟"，新建的卧虎山滑雪场就位于四道沟北面的山坡上。峪内当年建有普门寺，现仅剩遗址可寻。

峪内马家庄村南一公里，杨家寨山之阴，建有奶奶庙，旁有终年不涸的泉水，香火很盛，进香人多为祈福求嗣消灾祛病而来，久之，山泉也就成了神水。四道沟峪西南方有羊肠小路翻越火焰山和天马寨之间的垭口，通往长清区张夏镇的于家盘村。

　　站在垭口上，东侧是状如火炬的火焰山，西侧是宛如奔马的天马寨，垭口南坡较平缓，当年首届杏花节开幕，济南的滑翔伞爱好者曾在这里应邀做过飞行表演。于家盘是个不大的山村，背倚天马寨，俯临葡萄湾水库，前年才修通进村的山道，小汽车能直接开进村了。于家盘并不出名，但于家盘小学的张老师却是全国教育系统先进教师，他一个人几十年坚持在这所只有几十个山村孩子的小学校，从一年级到四年级合班上课。几年来很多驴友来到这所学校，给山村孩子提供一点力所能及的帮助。于家盘村东有一棵古柏树，树旁的庙宇早已无存，只剩下台阶和基础，盛夏暑天，老树下凉风习习，是落脚午餐的好去处，但不知为何，村里的老人却建议我别到那里，好像是怕招惹上邪魔鬼祟吧？不管他，"远怕水，近怕鬼"，不知反而不怕。

　　下午沿杨家寨山南山脚下弯弯曲曲的小路向东南方向前进,直到在山腰看到锦云川生态度假区的围栏和铁丝网,就只剩下山的道了。生态度假区内有餐饮设施和水池塘坝,峪内没有丰沛的水源,开发时对水池塘坝均采用了铺设专用防渗膜的措施,要是南部山区都采用这种"先进而节约"的办法,保泉的路可就更艰难了。山峪内树木较山南要茂密得多了,可以在此好好歇歇脚,然后到景区大门口乘车返回市区。

食品饮水和营地:
　　自带午餐,否则在于家盘农家搭伙。四道沟、于家盘均有饮用水补充。

交通提示:
　　由市区乘88、65、67路公交车或10、13历城公交车到仲官换乘到高而的88路支线车或租面的,到尹家庄。返城可搭乘88路支线。

安全警示:
　　火焰山岩石风化严重,不宜攀爬;没有器材及专业保护时不要尝试由杨家寨山的悬崖上下。

相关费用:
　　往返交通不超过10元。锦云川生态园区门票10元。

9、历城柳埠镇袁洪峪
→甫田庄→和尚帽子
→麦穰垛→蔡峪→黄
巢水库

线路简介:

　　一天之内贯穿柳埠镇南部三个自然生态景区的徒步线路，行程 10 公里，以寻访名泉山村、穿越山地丛林为主。整个路线恰好处于由石灰岩地带到页岩花岗岩变质岩地带过渡地域，植被多样。

游记及攻略 （攻略图见 231 页）

　　袁洪峪度假村原来是铁路局投资兴办的罗曼山庄，宾馆、泳池、酒店设施一应俱全，因处两山夹峙的山峪，多有泉水，其中避暑、苦苣二泉同列济南七十二名泉，这里林木葱郁，夏季很凉爽。

　　从度假村内的拓展训练场地北侧登山向东，翻过一座山，在另一条山峪内，就是南田庄自然生态景区，南田庄有几株古槐，附近盛产花椒，周边核桃树也不少，村东的山脊就是从老虎窝山经由和尚帽子山、麦穰垛山直达黄巢水库的南北走向的山脉，和尚帽

子山以北是石灰岩地貌，植被为柏树林，从麦穰垛山开始进入花岗岩山地，植被多为松林。

　　沿山脊线行走向来是令人赏心悦目的，由北往南迤逦而去，先后攀登和尚帽子山和麦穰垛山，这两个山峰的形状与名字极为相似，很传神。好天气时在山上东望，跑马岭野生动物世界好像离得很近。麦穰垛山西侧有很茂密的黑松林和草地，是午餐休息的好地方。

　　由此再往东南就能看到黄巢水库了，翻过山脊下行依次经过罗泉崖、蔡峪、黄

瓜峪三个小山村，就到黄巢水库北沿，一天的行走在这里结束。由黄巢村开往济南市区的客车都会在水库大坝停车，天黑前就能到家了。

 食品饮水和营地：
　　自带午餐，饮水可在沿途村庄补充。

 交通提示：
　　乘67路公交车或10、13路历城公交车到柳埠转租面的到袁洪峪，也可以乘历城客运站发往卧龙村的班车到袁洪峪；返城由黄巢水库大坝乘13路历城公交车到铁路医院或洪楼。

⚠ **安全警示：**
　　登顶麦穰垛山最好从西侧小心而上。

Ⓨ **相关费用：**
　　往返交通不超过10元。

10、历城柳埠黄巢→
斜峪→药乡→长峪→
里卧龙→柏树崖

线路简介：

当初走这条线路的初衷是想寻找一条在植被较好的齐长城沿线山地徒步一天的路径，但后来发现这条不足 10 公里的线路更适合于两天的休闲野营，实在是因为斜峪的小水库山楂林和长峪的靠近山泉的营地太理想，何况还能在省级国家森林公园里漫步一番。

当你乘坐的汽车从窝铺村驶下 103 省道，转过弯弯的山路，一个群山环抱的水库突现眼前，这就是黄巢水库了。唐朝末年，黄巢义军经过多年转战，最后兵败于泰山虎狼谷，传说就是此地。我们的徒步并不在水库开始，而是在水库西边的村子，郊区客车的终点站。下车后沿着通往水库上游的小公路走 2 公里就是斜峪村。

离开小公路左转，是一条 1 公里多长的山峪，直达药乡的山岭。沿山路出村不远的山峪里，几棵老栗子树下，有一汪山泉流出，再往上走是方圆数亩的斜峪小水库，水库上方几层台地，是密密的山楂林，春末夏初，白花满树开放，秋天，红红的硕果压弯枝头。树下浓荫里是浅浅的草地，放下背囊，准备午餐，投身水中享受那份清凉。

下午的路需要爬上山峪尽头的陡坡，山梁上一条土路形成防火隔离带，路边是一眼望不到边的刺槐林，由此就进入山东药乡国家森林公园的腹地。山东药乡国家森林公园是 1992 年经国家林业部批准的国家森林公园，这里距泰山主峰的直线距离仅 8 公里，公园总面积 1233 公顷，处在植被完好的群山环抱之中。由于海拔高度和浩瀚林海的共同作用，园内夏季最高气温比济南市区低 8℃－10℃，空气中负氧离子含量是市区的 380 倍，形成了济南近郊的一座天然氧吧。往左下方就是公园服务区，在离公园西大门不远处，再右转回到齐长城沿线的山岭，向北偏西方向插下，就是长峪沟上端的山坡。长峪沟的沟口其实离上午经过的斜峪村不远，但我们选定的营地却在远离沟口的山峪深处，淙淙的小溪旁边你会找到一座封闭的蓄水池，下方不远就是一片林间

草地，把帐篷扎在这里，取水洗浴十分方便。夜里，头灯照射下，你能看到在溪流石缝间出没的山蟹。在这里，你尽可在夜鸟的啼鸣声里睡到自然醒。

第二天离开营地下行300米，就要沿隐约的小径爬上左边的山脊，在山脊上西望，能看到山下另一条山沟，一条山间公路尽头就是里卧龙村。小径呈之字形在草地、灌木丛、果园里依次穿行，直到村头。这里就有郊区客车始发开往市区，如果你意犹未尽，可以沿公路甩开脚丫再走4公里路到柏树崖，那里有上下两级水库，路边的围山转农家乐园是采摘山果品尝农家饭的好地方。在水库边彻底放松，再到杏圃旁的凉亭里小酌一番，然后搭招手即停的客车就行了。

食品饮水和营地：

自带2－3餐食品，第二天在柏树崖农家乐园午餐，第一天也可在药乡森林公园午餐；沿途补水十分方便，营地选择见攻略。

 交通提示：

第一天早上在铁路医院东墙外乘到黄巢的专线车到终点黄巢村，第二天由里卧龙或柏树崖乘到历城客运站的郊区客车返济南市区。

⚠ **安全警示：**

夏季暴雨天长峪内不宜设营地，可把营地设在药乡山岭南侧较开阔的草地。水库游泳注意安全。

¥ **相关费用：**

往返交通10元，可能发生的药乡国家森林公园门票38元（可打折）

11、历城彩石乡虎门
→空心山→玉河泉→
拔翠泉→道沟→东佛
峪→西营枣林水库

游记及攻略 （攻略图见 232 页）

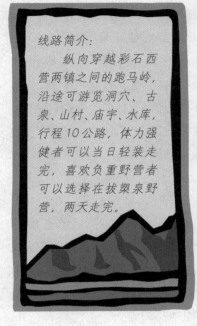

线路简介：
　　纵向穿越彩石西营两镇之间的跑马岭，沿途可游览洞穴、古泉、山村、庙宇、水库，行程 10 公路，体力强健者可以当日轻装走完，喜欢负重野营者可以选择在拔槊泉野营，两天走完。

在彩石镇南部山区，虎门村算是比较大的村子，由玉河泉、青龙峪下来的客水，在虎门南边的徐家场汇成一座水库，夏季丰水期水库水面不小，村里到处能听到流水的哗哗声响。村子当街有一株高大的古槐，村子东南方有一座不算高大的山，但此山以洞传名，严冬季节，山上多处会冒出袅袅雾气，当地称为"空空山"。1999 年，济南的探险爱好者在这里首次发现一个垂直深达 40 米的三层裂隙洞穴，并找到通往另一处洞穴的出口，现在这里已经正式建设为空心山公园。由水库南行左拐，是通往玉河泉村的路。

玉河泉村是一个多水的村子，既然多水也就多桥，村里到处是潺潺流水，街沿水走，家从桥入。玉河泉是济南七十二名泉之一，泉眼就在村里的河道中，村以泉名。村子南头有一条深长的山沟，沟里是渐次抬升的梯田，小径就在梯田间蜿蜒爬升，直到山沟到了尽头，小径仍是倔强地在陡立的石壁间盘旋，直到盘旋进跑马岭西的拔槊泉村，融会到山村错综复杂的胡同。

拔槊泉村是西营镇下辖海拔最高的小山村，坐落在跑马岭山阴的一块台地上，全村找不到一块比篮球场大的平地。车辆进出只有村西一条村道，沿山梁子通到彩石至东岭角的盘山乡道。说是村村通客车，但跑这里的客车只要没客人，就跑到山下的积米峪停下，不再耗油爬坡，村里人如需要第二天出山，自会打电话叫司机开上来，或者干脆跑到虎门去坐车进济南。交通的闭塞，保留了城里人见了称奇的老东西，比如那至今仍在出力的驴驮子，再比如那新婚人家贴的喜联斗方"蓝田曾种玉，红叶自题诗"、"祉及螽斯"之类。拔槊泉村几十户人家错落散布，房子大都石墙草顶，青石板当瓦，很有特色。村子里整日静悄悄，年轻人全外出打工了，只留下老人守着故园。

村中那口著名的泉井旁，可以听老人们讲讲唐王东征，人马干渴，以槊插地，拔槊泉出的古老传说。俯身探视，井壁上一股清流喷进窖井，哗哗作响，井泉不溢，水随暗流下渗，这井泉从不干涸，全村人世代靠这水养活，每逢旱天，视为生命。晚饭可在老乡家搭伙，顺便观赏百年故宅；帐篷支在村边，如逢月圆之夜，银辉洒满小小山村，朦朦胧胧，真是美极了。

第二天沿跑马岭东行，草木葱茏，在一山口处，泉水从草丛里渗出汇成一坑，然后流进石井，井边是几条小路交会的地方，分别通往山南北的佛峪，万粮峪，过去的马帮到此饮马，因此叫做饮马泉。饮马泉南边原为真武庙遗址，现在新修了道观，香火是一无别样的旺盛。由真武庙下去，就走进佛峪沟，这里是锦绣川的源头，道沟村有口井，旁立石碑，刻着"饮水思源"，佛峪村是抗日名将廖容标养伤住过的地方，曾得到百姓的掩护，南下进城当了官，饮水思源，曾接房东进城，待如亲母。

沿路南去，可到达枣林水库。枣林水库汇集佛峪、白炭窑、林枝的山泉水，东望章丘方向的大小寨山倒映水面，水库近旁有饭店，可供休息就餐。

食品饮水和营地：
不愿在外就餐需自带4餐食品，沿途农家就餐很方便，水源极为便利；营地选择见攻略。

交通提示：
由历城客运站乘3路历城公交车直达虎门村，返程由枣林乘坐12路历城公交车直达市区。

安全警示：
营地靠近村庄，夜间注意保持安静，不要惊扰村民。

相关费用：
往返交通不超过10元，空心山公园门票15元（现因故暂停开放）。

12、历城西营葫芦峪→齐长城→四界首→蒿滩→岳滋→七星台

游记及攻略

线路简介:

　　行进在济南、泰安、莱芜三市交界地带的山地穿越线路,总行程15公里,以沿线的齐长城遗迹、黑松林、宿营地的山村溪流瀑布而引人入胜。济南驴友的经典徒步线路。

　　葫芦峪是历城区西营镇东南方向的一个小山村,位于济南历城、泰安、章丘交界处的深山里,村子东边的山岭是七星台景区,西南边是海拔856米的大高尖山,南边就是齐长城横亘的山梁。穿村而过,沿着齐长城阴坡流下的溪水溯溪而上,有一处不大的瀑布从15米高的岩壁上泻入清潭,村民把这里叫做"滴水檐子"。取水歇息,从瀑布左侧绕上,能看到青青的石板小径在缠绕的藤萝间若隐若现,这条从泰安、莱芜翻过长城岭而来的小径,虽然已接近荒废,古时却是贩夫走卒往来三地间的捷径。山路越来越陡,松林越来越密,齐长城也就越来越近了。

　　海拔800米的山梁上,堆砌着黛青色的石块,基础宽3－5米,坍塌处已高不盈尺,自西南方而来,长龙般蜿蜒东去,历尽两千六百年风霜雨雪,只留下这散落松林间的石头。徒步在齐长城线上,很容易引发历史的沧桑感,将军也好,戍卒也罢,都没留下任何的印迹,松风也好,明月也罢,徘徊相伴的只是一堆石头。

　　继续顺岭东去,大约里许,能见到历城、章丘、泰安三地的界桩,这里过去叫做"四界首",右拐南行500米再左转,继续沿泰安章丘交界的齐长城东去。这一带过去山地破碎,小径纵横,林深草密,极易迷途,只有放牧的老人和牛羊在这里住脚,自从2002年砍掉松林,建起那段不伦不类砖混结构的假长城,你就再也不用担心迷路了,代价就是你再也见不到那黑松林间繁花似锦的青草地了。走出一公里之后,离开齐长城线,往东南方的松林里寻找下行的小路,再走一公里,山峪深处有条乡间公路,沿河道通往一处山村,这就是第一天的目的地,泰安上港的蒿滩村。

蒿滩是泰安郊区最靠东北的一个山村，几十户人家，坐落在景色秀美的山坳里，有山泉溪流瀑布奇石果树环绕，以往交通极为闭塞。1998年夏天，来自美、英、法、德、俄罗斯、印度、中国等十几个国家的几十个年轻人参加国际青年"RALEIGH"行动，自费来到蒿滩，一住两个月。他们白天搬石运土和水泥，为村民筑塘坝、盖学校、建公厕、拣垃圾，晚上睡在简陋的帐篷里，一切生活全靠自理，小河边的石头上刻着"RALEIGH"行动的纪念标记。八年过去，蒿滩村的山乡旅游开展得不错，他们把自己的村子戏称为"蒿滩市——中国最大的村辖市"，还盖起砖木结构茅草顶的"市政厅、邮政局、村办大学堂"，其实都是为游客提供的服务设施。

第二天沿村边小河上行到东北方的泰安章丘界碑处，东行上山，能寻到保存完好的一段齐长城，返回界碑处，向北一溜下坡就到章丘垛庄镇的岳滋村。岳滋，当地土语读做"Yaozi"，这里山泉众多，号称百泉村。村东山坡上一层层梯田直达山顶，很有点"云阳梯田"的样子，不同的只是水田和旱地之分。村北有小路可以直接攀上徒步线路终点七星台。

食品饮水和营地：

自带两餐，实在不愿在外就餐需自带4餐食品，沿途蒿滩、岳滋、七星台农家就餐很方便，水源需在山下寻找，齐长城沿线不易找到泉水；营地选择在蒿滩村外小河边即可，无野营装备可投宿农家旅馆。

交通提示：

乘65路公交车到西营转租面的到葫芦峪或乘12路历城公交车到枣林徒步3公里到葫芦峪；返城由七星台搭乘市郊客车直达市区或租面的到西营乘65路公交车。

安全警示：

四界首到蒿滩一带松林密布山地复杂，雨雾天气小心迷路。

相关费用：

往返交通15—20元。

13、历城葫芦峪→高尖山→算盘→藕池→王条沟→南天门→上黄芩→下降甘→西营

线路简介：
　　两天的山地行进路线，需要翻越两座海拔800以上山岭，途径的算盘村有革命纪念地和地主庄园，营地靠近藕池水库，食宿方便。第一天行程8公里，第二天行程15公里，也可以分段变为一日徒步。

　　这条线路从葫芦峪到齐长城山岭的一段路可以参考（线路12攻略部分），不同的是，从到达齐长城山岭之后，要折向西北，沿大高尖山的东北切向算盘岭，从齐长城垭口到大高尖山800米左右，从大高尖山到算盘岭也是800米，基本沿山脊线向西北前进，加上小径曲线，2公里。算盘岭上是典型的松林加草甸地貌，非常适于午餐休息。由此向西南能清楚地看到山下的算盘村，循下山的小路进沟底，全是果树，山杏成熟的时节，无人采摘，往往落满一地。顺沟就走进村子了。

　　算盘村虽然不大，名气不小，1942～1945年，八路军在此建立革命根据地，设修械所、小医院、纺织厂、肥皂厂、粮库等。另外，村内现存马家山庄一处，是旧时古建。算盘村属于藕池小流域自然生态景区，从这里南去，过河穿过藕池村，有一座水库，水库边建有农家饭店，就是第一天的营地。

　　藕池水库上游的群山多沟壑，人称千条沟，南去是齐长城线上有名的关隘南天门，也是济南泰安的分水岭，现今已是荡然无存。千条沟一带山地，群峰并立沟壑相连，海拔600米以下多果树，600～800米多为黑松，尤其南天门以北的台地，更是山林郁闭。山路潮湿溜滑，需手足并用，方能爬上。

　　南天门朝阳面的山坡是大片的刺槐林，山坡虽然较背阴面趋缓，但多细碎沙砾，下山也得小心翼翼。山下的两个村子都属泰安管辖，东边的叫上黄芩，西边的叫吕家庄，从这里向西北沿新修的公路翻山直达历城西营的下降甘村。山口也是原来的齐长城线，路北高坎上筑有孟姜女庙，相

传这里就是孟姜女哭倒长城的地方。到下降甘的中途，王家庄还有一处水库，可以休息午餐。下降甘附近西去一公里有古泉名胭脂泉，时间若早，可以在降甘附近转转。

　　下降甘有通往市区的定点客车，不愿久等的话，可以徒步6公里去西营乘车，一小时的急行军还是蛮过瘾的。

食品饮水和营地：
　　一日徒步自带午餐，二日徒步带两份午餐，晚餐早餐可在水库边农家饭店解决，不愿在外就餐需自带4餐食品；除山脊线外，水源极为便利；营地选择见攻略。

交通提示：
　　乘65路公交车到西营转租面的到葫芦峪或乘12路历城公交车到枣林徒步3公里到葫芦峪，返城在西营乘65路公交车或12路历城公交车。

安全警示：
　　山地坡陡路滑，当心滑坠；夏季雷雨时营地选择要慎重，防范落石和泥石流。

Ｙ 相关费用：
　　往返交通不超过15元

14、历城西营梯子山

村→石槽水库→梯子
山→水帘峡→簸箕掌

游记及攻略

（攻略图见 237 页）

线路简介:

经典的翻越济南第二高峰的线路，常被济南驴友选做远行前拉练体能的山地线路。梯子山村果树环绕，林泉清幽，村民淳朴；石槽水库水质清澈，营地理想；水帘峡泉水丰沛，峡谷幽深；虽处于济南泰安交界山地，但交通便利，难怪被称为"济南驴友的后花园"。线路总里程 15 公里。也可反向穿越或改为一日由梯子山村登梯子山主峰返梯子山村。

梯子山村是西营镇最南头的小山村，村道虽已整修硬化，但较大的客车还是不好开进去，沿路老树枝桠太低，但因此在上降甘村下车徒步两公里也好提前热热身，更何况路边那棵被雷击劈成两半、几乎化为焦炭的老树，年年萌发新枝，生命力之强，真令人感叹。五年前初闯梯子山雪夜投宿，热汤热水热心肠的老张家，如今真的成了"驴友之家"，不论是冬夜大堂屋里聚餐的融融暖意，还是夏日门前池塘边葫芦架下小酌的那份清凉，反正济南驴友大都扑着这里来，喜欢。

离开村子南行进旮里沟，不足数百米左拐进东沟，先上后下翻山梁子，总得在松林里小憩，当天到达石槽水库上端的营地，时间是太充裕了。设好营地，游游泳，逛一逛，和石槽村的牧羊人拉拉呱，真是放松的好地方。歇好了明天好挥汗如雨地爬梯子山。这个营地的最高纪录是 30 多位驴友包饺子聚餐，真难为怎么把家伙材料背上来的？

由石槽南沟登顶，沿途溪流泉瀑奇石怪树目不暇接，忘了那份劳累。毕竟是海拔 976 米的标高，出沟爬到过火山林的草地，卸掉装备，立马躺成一片。然后登顶，然后放眼四望放嗓子喊山，然后沿山脊线一溜暴走。

梯子山连接跑马岭的山梁子是俯瞰水帘峡远眺野生动物世界的好地方，有劲的可以跑到猛兽区护栏边瞅瞅，松林里雨后没准能采一兜松蕈子。下山到水帘洞取水，洗洗征尘；再钻钻通天峡，傻傻地看看庙听听传说，信则有不信则无，也就到了想回家的时候了。背着大包出景区，站住，买票了吗？腰包瘪一瘪，心里恨恨的，下回再不来了……。

食品饮水和营地：

全程穿越携4餐及2升水具，除山脊线缺水，其余多处有水源；梯子山有农家乐饭店，水帘峡有酒店。营地在泰安的石槽村西水库附近。

推荐农家食宿：

南泉农家乐，张现平、雷在梅夫妇，推荐特色菜：蘑菇炒土鸡、炸花椒芽、炸薄荷叶、藿香炒山鸡蛋、炸南瓜花。电话0531－82825319

交通提示：

乘65路公交车或12路历城公交车到西营转租面的到梯子山村，返程由簸其掌村租面的到李家塘乘67路公交车，旅游旺季水帘峡景区有定点班车到济南市区。

安全警示：

梯子山山高坡陡，处于地质灾害多发区，营地选择要慎重，尤其雨季，谨防落石或泥石流。不要在村民的果园里扎营，以免发生不快。

相关费用：

往返交通20元，水帘峡景区门票 20－30元。

15 长清张夏→双泉庵→通明山→车厢峪→梨枣峪→卧虎山水库

线路简介:

　　长清历城两区间石灰岩山地的一日穿越线路，沿途有荒废古寺、奇峰异洞、山乡古泉、水库、摩崖石刻。行程 15 公里。

　　通明山南北走向的山脊，像一道屏风，矗立在张夏镇东侧。山脚下是繁忙的京沪交通大动脉，细心的旅客在天朗气清的日子里，能看到山巅峭壁上月轮般的通明洞，引起一阵惊喜。但很少有人知道，山麓密林里，闹中取静地藏着一个经历了近 600 年风雨的古寺。

　　在镇上打听去双泉庵的路，大多语焉莫详，其实张夏火车站的尖顶水塔是最好的路标。沿水塔南侧的小径向东半里不到，一片桃林截断了山路。枝头光秃的隆冬，你尽可穿林而过，春季桃花灼灼照眼时，主人就不太友善了；等到肥桃压弯枝梢的盛夏，紧闭的柴扉后，迎接你的就是小牛似的恶犬了。绕过桃园，寻侧柏林中的旧路继续前行，当脚下的土径变成石阶，离古寺半为坍塌的山门就不远了。

　　双泉庵依山势而建，山门正殿坐东朝西，有石阶影壁分隔成上下两院，禅房多已荒废。下院是干涸的放生池，池旁石壁上嵌着几通碑刻。上院是正殿，殿前有泉池，雨水丰沛的季节，泉池水溢，流入下院的放生池；干旱时，就只有潮湿的青苔附着在池壁。不能确保常年不断的泉水可能是寺院荒废的原因之一吧，遥想当年，在这里住持修行的比丘尼们，青灯黄卷贝叶梵音还得洒扫庭院砍柴担水，过的准是十分清苦的日子。

　　双泉庵第一可看的是树。满山的侧柏，只有这里生长着阔叶林。每逢初夏，山门北侧的老桑树，挂满紫色的桑葚；下院的古藤虬曲横斜，铺一地的浓荫；深秋的风头照例属于高大挺拔的银杏树，染霜的叶片织就金色的树冠，像华盖笼罩着萧瑟的寺院。双泉庵第二可看的是碑。那兀立于墙角的、镶嵌于断壁的、横卧于草莽的古碑，或完整或残缺，加上滚落泥中的赑屃断头，散碎檐下的瓦当残片，都向偶尔寻至的游人默默诉说着自明朝直到民国的兴衰更替岁月沧桑。

出双泉庵继续上行，钻过密林，是平坦的台地，夏季芳草萋萋，冬季北风白草。举头望去，通明洞近在咫尺，但由台地到山脊的乱石冲沟十分陡峭，不容你小觑，你必得付出更大的力气、更多的汗水，才能战战兢兢小心翼翼地攀上顶峰。待到站在高阔都在丈余的通明洞里，任浩浩山风鼓起衣襟，东望莲台山诸峰拱立，西眺五峰山逶迤苍茫，你才会感叹没有白流的汗水。通明山巅的峭壁高且狭长，贯穿其壁的通明洞深不过6米，可见岩壁之薄。

通明山东边的山峪里，藏着一处部队的仓库，从通明山东坡直接下去，顺部队门口的小公路往东南山峪深处是周家庵，一个有着古井古桥的山村，

与莲台山仅一山之隔；往西北是出山的路，路边有处张将军庙，新修的。有位腿脚不利落的老乡会给你讲，这里神仙灵验，原来他都爬不起来了，拜了此神就能起来走动了，鼓励，继续拜，争取好利索了。过车厢峪村，丁字路口右拐弯，到土屋村休息转转，北去一华里是北泉村，这一带有古寺遗址古钟楼。继续东行，打听梨枣峪，一片三四个小村，散布着三处山泉。喝足灌足了，准备翻越黄草岭。

由梨枣峪王家庄往东北方向直线翻越黄草岭，是到卧虎山水库大坝的最近捷径，但黄草岭除去山顶上大片草甸比较好走，下山的路却荆棘遍布，还

有不少不大不小的断崖，很得费一番力气，尽管水库看上去近在咫尺，却有老走不到的感觉，直到两脚踏上环水库公路，心里才一块石头落了地。坐在大坝上，有点不想动，还得坚持，顺玉符河下行不远，西侧崖岸山上有黄花山摩崖石刻，值得一看啊。

食品饮水和营地：
自带午餐及2升水具，午饭也可在梨枣峪一带村民家搭伙；张夏火车站、沿途村庄均可补水，翻越山地前必须补足饮用水。

交通提示：
搭乘济南到泰安的客运汽车，走104国道到张夏路口下车；返程由卧虎山水库租面的到仲宫坐88路公交车。

⚠ **安全警示：**
穿越铁路注意观望有无列车通过；果园附近小心恶犬；山地多荆棘注意防刺。

¥ **相关费用：**
往返交通15元

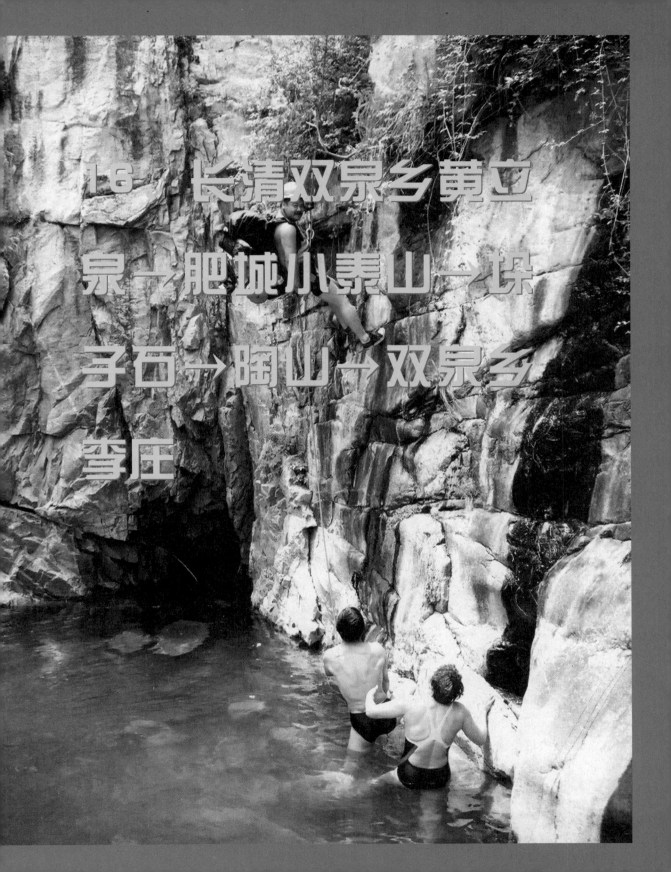

16．长清双泉乡黄立泉→肥城小泰山→珠子石→陶山→双泉乡雪庄

游记及攻略

（攻略图见 230 页）

线路简介：

尽管往返搭乘的均为济南到长清双泉乡的客运中巴，但这条线路上几乎所有景点都在肥城界内，多古寺古墓遗址、洞穴、石刻、奇石，适合周末两日徒步野营。总行程20公里左右，石灰岩山地地貌，山峰海拔500－600米之间，植被多为侧柏林加草灌类。此线路也可以反向穿越，从济南坐早班车当日往返一日游比较紧张，只能小泰山或陶山选一处。

到双泉乡的中巴车走走停停，一个多小时还到不了乡政府驻地，何况还有 9 公里的路才到黄立泉村，人多给司机商量，每人出两三块钱送到地儿，不行就得租辆面的或蹦蹦，好多司机只送到李庄，其实路已经修得好多了，送到肥城交界的山垭口也没有问题。

由黄立泉村南的山峪西向攀上再左拐，沿山脊南去，会发现一段石砌的城垣，南北向近1里多长，南头直到小泰山的40米绝壁夏然而止，城垣有门洞，坍塌的石室。游人多以为是齐长城，其实应该是清末民团防匪所筑。到肥城小泰山的玉皇顶必须通过一座飞架在两个绝壁间的铁桥，雨雾天，桥下乱云翻飞，也还是有那么点意思。也有玉皇庙，碧霞元君行宫，塑像的艺术水准不敢恭维。由石砌的山门走下陡峭的石阶，也算小小十八盘。大绝壁下有一溜三间石屋子，供奉着观音玉帝文昌君，能满足各类不同的需求，很有点神仙超市的意味。其实真正值得细看的东西在北侧的岩壁脚下，石灰岩通体深浮雕的驮碑赑屃，奇怪的是使劲伸着脖子，扭头回向东南，不知啥意思。附近勒石不少，有一通碑文，阴刻楷书，记载着民国十几年肥城教育界师生植树节来此植树的一次活动，敢情孙中山先生早就定立过中国的植树节。

小公路已经通到山脚下，牌坊也起来了，收费站也该设了吧，关王殿村好像家家在修庙，穿村而过，未暇一顾，直奔东南的垛子石而去。这垛子石

也算一景，平坦的巨石坡上，远离群山，突兀立着这么一块4米高的扁圆形岩石，下部仅有小小接触面，却也千年不倒。

由垛子石西望，5公里外就是陶山，气势因了山巅的峭壁而显得雄壮，徒步走去，却很不轻松。陶山，相传当年范蠡归隐江湖终葬于此，一代商祖伴越国娇娃，即便归隐也该回浣纱的清溪，怎会来到这北国的旱地，逐利么？避难么？弄不懂。至于陶山七十二洞，洞洞出妖精，那是美丽的传说，不当真的，不像陶朱公，后人争抢，都请来考古界泰斗，摇唇鼓舌，证其不虚，至少定陶县能和肥城争一争。

陶山已经修好环山旅游路，饭店有了，洞里收费的有了，垃圾酒瓶子也有了，大旅游该有的都有了，就缺来花钱的了。可那不该没的早就没了，比如栖尤寺。但陶山还是值得一看的，不管是石灰岩峭壁上大大小小的岩洞，还是山林里藏着的宋墓，神道边那巨碑石马石翁仲，都该好好地保护啊。

第二天从朝阳洞下来，经由荒草丛中的古庙沿北侧峭壁上的小径，小心攀上山脊，大片的侧柏林密不透风，穿越难度不小，认准北方疾走，看到双泉到湖屯的乡道就走不错了。到李庄歇歇灌点水，走咧。

食品饮水和营地：

全程穿越携4餐及2升水具，除山脊线缺水，山下村庄多处有水源，小泰山、陶山附近均有饭店可以就餐。陶山小泰山部分岩洞、寺庙可露营，也可以将帐篷扎在关王殿村南水库边。

李庄小卖部李怀东老人可任向导或代为联系汽车，购买活羊，此地活羊价格是济南附近较为便宜的，另外此地豆腐皮很好吃。电话：0531－87393083

交通提示：

可在市立五院路口搭乘由长途客运站、堤口路客运站发往长清双泉的中巴车，给司机讲好送到李庄或黄立泉，要加钱，同时与司机商定次日下午到李庄村南边接应返济南的具体时间。否则就要在双泉乡租面的了。

安全警示：

陶山小泰山一带多峭壁，注意安全；露营最好轮流值夜，附近村庄较多，临近开发，人员较复杂，好多庙宇为乡人自办，较拙劣，有乱收费之嫌，不进也罢。

相关费用：

往返交通约计30元之内，陶山洞穴和小泰山景区时有乡人收费3－5元／人，现尚未正式收费，可以自己灵活掌握。

17、长清马山镇→马
山→陈沟→桩庄齐长
城遗址

线路简介：

　　较为轻松的两日线路，可游览长清名山－马山和齐长城杜庄城堡，马山东侧近年来新种桃林面积不小，春季可以观赏桃花。此线路也可以反向穿越，当日往返一日游比较紧张，除非你惯于暴走，否则只能马山或杜庄城堡选一处。行程在18公里左右。

　　比起灵岩寺、五峰山、大峰山这些热门景点来，在长清这个旅游资源丰富的地方，马山实在称不起分量，但马山的确有着独有的魅力。且不谈那个特殊的年代里用柏树种出的五个大字已经成了上海大世界基尼斯记录，也不说当年马山庙会的盛况，就凭那形如天马的气势，那耸立的峭壁，峭壁上的穿心洞，也不该冷落了它，更何况离济南这么近，交通如此方便。

　　前几年从马山镇西去登山的路还是土路，现在汽车已经能开到山腰的停车场了。从这里上山坡，寻找峭壁上的穿心洞直达马山西麓，有一条登上悬崖的险路，真得拿出点攀岩的本事才上得去。山顶的石头相对较平，南侧马脖子处有条大石缝，民间传说是泰山老奶奶留下的车辙印。长清民间传说泰山、五峰山、马山本是三姐妹，为争高低，决定各自发力，一夜间看谁长得高，鸡鸣为止。马山长得最快，泰山心怀嫉妒，先是驱车自马山颈部碾压而过，未果，又拔出金簪，将马山心脏穿透，马山停止长高，泰山得了第一。所以马山至今留下穿心洞和车辙印。传说终归是传说，马山却出了位当代奇人刘丹顺，30年前为了宽慰痛失爱女的老母亲，陪伴她移居当时荒无人烟的马山废庙，一住30多年，伺候老母仙逝后，他至今住在山上。长清毕竟是著名的孝子之乡啊，从古代埋儿的郭巨，到今天的刘老汉，令人唏嘘。

　　马山南端有座小山峰，灵秀挺拔，独立如桩。向西侧山坡下到破旧的关帝庙遗址，有几排旧平房，听当地人讲，这里原是麻风病人的住处，整日静

悄悄的见不到人，不知现在怎样。

经陈沟村到崮头水库6公里，扎好营地早早安歇，攒着劲明天去登杜庄城堡。

从水库返回杜庄再到西山上的古堡，要走将近4公里。杜庄古城堡，是春秋战国时期齐长城的一处重要要塞，距今已有2500年的历史，总面积为1.5万平方米，是千里齐长城上现存唯一的一座古城堡。整座城堡巍峨壮观，以石砌成，屹立于山岭之上。城堡所在的山顶为东西走向，在狭长的山脊两侧，是天然的绝壁，而东端的城顶呈圆形，山的东坡呈缓慢下沉之势，为了防止敌人从东坡突破，城堡在这里建有三道城墙防线。城墙的南北两端都是绝壁深涧，从而形成天然屏障。中间的山脊只有大约三间屋的宽度，是整座城堡最为险要的地方，在这里建有第三道城墙，靠南端留门，门内有大形石屋四间，看规模应该是城堡的指挥中枢和官员居所。城堡的中心面积约为3000平方米。

在这样的古堡里午餐，想象当年戍守古堡的战士，是否也是坐在同一块石头上就餐，晚间就在古堡里枕戈待旦。很后悔没在古堡里过夜，夜里能够听到远古战场金戈铁马的嘶鸣么？让我们下次再来尝试。

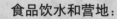

食品饮水和营地：
　　山地缺水，山下村庄有水源，两日可带4餐，陈沟、杜庄、马山镇也有餐饮补充条件；营地设在马山的庙宇或杜庄以北1.5公里处的崮头水库，也可以设在杜庄村，能少走6公里。

交通提示：
从济南到马山乘坐去长清马山镇的中巴在马山景区路口下车。返城在杜庄搭乘双泉乡到济南的中巴。

安全警示：
马山多峭壁，适合攀岩速降，但需注意安全；杜庄城堡请勿乱动建筑砌石。

相关费用：
往返交通20元之内，暂时无景区门票。

18、长清万德镇花岩寺→一线天→朗公石→灵岩寺

线路简介:

  由后山游览海内名刹灵岩寺的一日线路,往返路程较之走 104 国道少了将近五分之二,徒步距离 6 公里,非常适合体力稍弱的驴友锻炼;如果体力好,游览灵岩寺后还可以向西北方向翻山到小寺,看看玉皇庙古铸铁钟和四面石佛,徒步里程增加 4 公里,山色殊佳。

  从历城高而乡到长清万德镇花岩寺村的乡间公路沿途经过多个山村,路边时有古树立于街头,车过东丘庄右转弯驶向通往张夏镇黄家峪的路,一过交界的山口,有一段土路往南经过东野老村直通灵岩山阴的花岩寺。

  花岩寺的村民和其他拥有山泉的山村村民一样,无不为自己家乡的泉水自豪,向井边打水的媳妇们讨点水喝,她们总会笑着对你们说,多喝点,城里哪有这么甜的水。就像城里的孩子对山里的孩子夸耀城里的麦当劳,孩子不知道,对于我们的生存来讲,这一掬清泉的价值,岂能用什么麦当劳来相比。

  通往灵岩山一线天的小路在山林间爬升,十分好找,到灵岩寺去卖东西的山民,快把这条小路踩成通衢了。一线天宽仅三尺,高可数丈,两壁直立,仰视确实是一线天光。出一线天,整个灵岩寺就在灵岩山的怀抱里,也在你的眼睛里了。那辟支塔、千佛殿、墓塔群,在葱茏的绿色中争着露出自己的脸。相传前秦苻坚永兴年间（公元 357—358）,高僧朗公来此说法,猛兽归服,乱石点头,故称灵岩,并建寺为灵岩寺,兴于北魏,盛于唐宋,与天台国清寺、当阳玉泉寺、南京栖霞寺同称天下寺院之“四绝”。可惜一道围墙把它们圈在一起。来灵岩必看的就是寺,就是寺内那被梁启超誉为“海内第一名塑”的宋代泥塑罗汉。好多驴友问,走后山去灵岩寺还得买票吗,我总是毫不迟疑地说,买。你只爬山不看寺庙真不必来灵岩。值得看,值得仔细看,今天你还能看到灵岩寺的国宝实属万幸,当初如果不是空军占据着灵岩

寺作为军事禁区，这里的一切和济南千佛山、开元寺一样，绝逃不过那场浩劫。当然，进庙之前，你可以先游览山上的朗公石和积翠证明龛，龛内的释迦牟尼坐像为唐初开凿，高五米，体态丰满，典型的唐代风格。

灵岩寺内多名泉名木，新七十二名泉它就入选进三个，这里还是歇脚的好地方，如果赶上阴雨天，再不是周末，那份清净，你尽可享受。

食品饮水和营地：
自带午餐或在灵岩寺就餐，带2升水具，花岩寺、小寺、灵岩寺古泉井很多，可以补水。

交通提示：
乘88路公交转乘到高而的支线车，再租面的到花岩寺村，给司机约好下午何时再来接，仍原路原车返回，如到小寺，返程就得由小寺搭乘面包车送到104国道的青杨，搭泰安方向来车回济南。

安全警示：
翻越灵岩山到小寺一段山路有难度，注意安全；灵岩寺及小寺四面佛均为文物保护单位，千万不要乱涂乱刻。

相关费用：
往返交通费用15元左右，如游览灵岩寺门票需45元（团队可优惠）。

19、章丘市马家峪→太平庄→胡山→朱家峪古村

线路简介：

　　游览明清古村落、废弃荒村、胡山古寺庙遗址的一日线路，徒步距离10公里，胡山主峰海拔693米。喜欢荒村野营寻求刺激者，可以午饭后出发，次日午后返济南。

　　马家峪人都认为村子占了个好风水，胡山西南麓环抱之中，圈手椅子坐高官，村里也的确出了不少处级以上的"官"，但我想这是因为马家峪和朱家峪一样，一直有着崇尚耕读的好传统，村里也有文昌阁。

　　出村东头向胡山前的太平庄方向去，一步比一步高，最后几步石台阶，几乎是陡立着，村子的山门尚存，村子却空无一人，太平庄是一处被遗忘的废弃荒村。太平庄又叫"二xing台儿"，这是章丘土语，我实在写不出，知道是二层台的意思，是指庄子坐落在胡山主峰南侧一块方圆十几亩的台地上，村西侧一溜沿山的梯田。村里有一处积水塘，多处旱井，村头一处土地祠，仅三尺见方，镶在土墙内，楹联刻的是："土厚能育物，地德可配天"，横披"一方保障"；土墙上还留着清代光绪十三年胡山八庄士绅为太平庄勘界的证明碑。村北山洼还有一处石砌关帝庙，高三尺有余，五尺见方，门柱也刻有楹联"二心臣子愧，同胞兄弟羞"，横披"神勇大帝"，巧的是村西山头上有块奇石，远看酷似关云长头像。村里两条南北胡同，十几处土坯石基院落，有的院门挂着锈迹斑斑的铁锁，有的门户洞开，还有的半已颓圮。院子里，土屋里，窗台上，屋梁上，土囤里，锅台上，土炕上，到处散落着主人当年生活的印迹，从土墙上镶嵌的拴马石，院里歪倒的石缸，直到窗台上摆放的破半导体收音机。太平庄很像一个农耕时代中国自治乡村的博物馆。只是主人都不在了，常年苦旱，交通不便，靠天吃饭的局面，使当地政府下决心分散搬迁了太平庄山民。就像一张定格的胶片，太平庄保留着大量的信息，成为可供研究中国乡村社会的学者利用的标本，可是谁来保护她哪？荒村之夜是有点恐怖的，怪鸟嘶鸣，山风呼啸，各种莫名的声响，让人一夜难眠，难怪

老乡说这里时常"不素净"。

胡山主峰留着大量庙宇的基础，散落着残碑断碣柱础，已完工和未完工的飚厕，尚未坍塌的山门，这一切显示出极盛时期宏大的规模。1970年初期，胡山曾经举行过一次很大的军事演习，山顶遗留至今的碉堡暗道就是当时所建，从建碉堡的材料能看出当时是拆掉了古庙。

出东山门往北，山坡衰草中裸露散落着成片的灰白色石灰岩露头，像放牧的羊群。一直走下山峪，再拐个弯，就走近明清古村朱家峪了。

较之五年前那个萧瑟的冬日，第一次来这里采风时，朱家峪有了太多的变化，这个历经600年风雨的古村，总算保留下如此之多的财富，祠堂依旧，石桥依旧，故园依旧，城垣依旧，只是人变了，当年袖手靠在北墙根，漠然看一眼我这偶至的外乡人，又闭眼追梦的老人已经永远逝去，换成摆着地摊、热情招徕生意的村妇。这是另一种追梦，中国农民追求富裕的千年之梦，这一年年一代代的苦苦追寻，总有感天动地的一天。只是村外山头上多了些俗气的暴发户似的宝塔亭阁。

出朱家峪北门，踱出石板古道，沿新修的公路走到309国道，回望高耸的胡山，又别是一番滋味留在心头。

食品饮水和营地：
　　自带午餐或在朱家峪就餐，带2升水具，马家峪、朱家峪有古泉井，可以补水。太平庄旱井集贮水需慎用，必要时必须煮沸。

推荐特产：
朱家峪山民出售的自产山韭花酱不错。

交通提示：
在甸柳庄客运东站搭乘济南章丘间客车到双山路口下车，租面的到马家峪。返城在309国道搭乘淄博方向开来的客车到济南；周末节假日朱家峪有专车通往明水，可搭乘再转乘章丘至济南客车。

安全警示：
胡山北侧多峭壁，注意安全。太平庄荒村野营，风大且多夜鸟哀鸣，但无大碍，实在害怕就燃小堆篝火轮流值守。

相关费用：
往返交通费用25元左右。朱家峪景区可能产生的门票15元。

20、章丘市晋集镇三山峪→沫糊顶→邹平葫芦峪→上回峪

线路简介:

　　翻越章丘与邹平之间长白山的一日徒步线路,行程9公里,主峰沫糊顶海拔826米,山势雄浑荒凉,仅有草灌植被,山峪内有果树,登山途中无树阴及水源,不适合盛夏高温季节穿越。途中经过打响章丘抗日第一枪的起义纪念地和古庙遗址。

游记及攻略

（攻略图见239页、243页）

　　由普集到三山峪经过一座中型水库,很好听的名字,杏林水库。乡道在水库边往北去,经过4－5个村子,路到了头,也就到了三山峪,三山峪不算小,分成南北两个自然村,北三山峪最北头,一条进山的小路逆着出山的水沟而上。沟口孤立着一块圆形巨石,前边有香炉和香灰,村民说,此石有灵气,是山神爷。沟西有庙,庙前有碑,革命纪念地,爱国主义教育基地,细读,此庙叫做石峪寺,乃1938年2月李曼村带领80名热血

青年起义组建章丘人民抗日军的地方,有骨气。

　　山沟古称杏花沟,沫糊顶古称摩诃峰,单从名字看,今人不如古人有文化。这长白山历史上可是大大有名,隋朝末年,章丘铁匠王薄第一个在这里高举义旗,全国风起云涌,造成了隋王朝的灭亡。出沟右行,沿着羊道往山脊攀登,注意到此山几乎没有一棵树,爬到沫糊顶往西北山沟眺望,一片黑红色的裸岩,狰狞恐怖,真是拍摄西部影

片的极佳外景地。长白山诸峰形成于侏罗纪晚期的燕山造山运动，是三次较大的火山喷发而成，难怪岩石看上去与济南南郊的岩石极不相同。沫糊顶附近有建筑遗址，另有部队留下的工事洞穴。站在这里能非常清晰地看到明水、王村、邹平及胶济铁路、济青高速公路。

从沫糊顶往东下山几乎没有路，这是真正的荒山，老乡轻易不会上山顶，整个行程竟然没遇到一个人，这让我感到久违的孤独。下到葫芦峪沟，开始听到水声，山泉从巨石下涌出，趴下一阵牛饮。果园里有了农妇，看着我就像看外星人，可见轻易没有人从沫糊顶下来。葫芦峪到上回峪再到由家河滩，基本沿着一条溪流而下，见到小水库，就离着邹平西董镇不远了。

食品饮水和营地：
自带午餐和3升水具，在北三山峪和葫芦峪、上回峪补充饮用水。

交通提示：
在甸柳庄客运东站搭乘济南到章丘普集镇的客车到普集，转租面的到北三山峪，返城可由上回峪租农用车到西董镇搭乘中巴到邹平汽车站或济青高速邹平入口搭车回济南。

安全警示：
沫糊顶一带较为荒凉，最好不要单身行动。如果盛夏高温季节穿越，谨防缺水或中暑。长白山植被多为荆棘草棵，穿越时一定要带防刺手套穿防刺的衣裤。

相关费用：
往返交通费用30元左右。三山峪寺庙，乡人时有收费3－5元/人，现尚未正式收费，可以自己灵活掌握。

21、章丘垛庄水库→
百丈崖水库→小石屋
→团圆沟→林枝→日
岽窑→枣林水库

　　垛庄镇是章丘最南部的一个山区镇，过去交通不便，很少被外人所知，它的北部是东西向一溜海拔700－800米的山地，南边是连绵起伏的长城岭，海拔高度在800－900米，历史上，齐长城有两处重要的关隘在垛庄通过，分别是天门关和北门关。随着山区公路的开通，近年来，越来越多的驴友将目光投向这片较为原始的山地。我们推荐的这条线路，就是沿着垛庄北部山地的南坡直达历城西营镇的枣林，沿途经过9个山村，两座海拔800米以上的山峰，4座水库，作为一天的徒步线路，还是比较具有挑战性的。

　　出垛庄西行，先是经过最大的垛庄水库，这里正在开发为海山湖风景区，经下琴子桥折向西北，过黄沙埠在百丈崖水库露营，很适合烧烤游泳。第二天上行经过西车厢小石屋转东南登大小寨山，高者海拔814米，均为突起的孤峰，南壁为绝壁，没有专用攀岩装备是无法登顶的，北侧可以攀援而上。

　　由此再向西可以经团圆沟到林枝村、白炭窑抵达终点枣林水库；也可以

从团圆沟西直接沿水系下到白炭窑水库、枣林水库。这段路水库呈梯级，愈往下水库容积愈大，愈往上水库水质愈清。

此线路徒步最好沿水系小路直切，如果沿乡道公路行进，路既远又枯燥累人。

线路简介：

章丘历城交界地带的一日山地徒步线路，图上直线距离15公里，加上海拔升降和小径曲线，实际在25公里左右，途中高程在600—800米之间，属于从石灰岩山地到花岗岩山地的过渡带，需较强体力；喜欢野营的驴友，也可以头天下午出发，在百丈崖水库设营地，次日穿越。此线路途中多水库山泉，经过多处小山村，大小寨山山峰峻拔，风光宜人。此线路也可反向穿越。

食品饮水和营地：

一日徒步自带午餐3升水具，野营者带三餐；沿途村庄均可补充饮用水。百丈崖水库是理想的营地，适合烧烤野炊。

交通提示：

在匀柳庄客运东站搭乘济南到章丘垛庄镇的客车到垛庄，打算节省体力者可租面的直接送到百丈崖，到官营的车可以在下琴子桥下车。返城由枣林搭乘12路历城公交车回市区。

安全警示：

大小寨山峭壁很危险，尤其小寨山，无安全保护不要冒险攀岩；山间水库水温较低，游泳小心抽筋，注意安全。

相关费用：

往返交通费用20元以内。

22、莱芜独路→天门峡→九天峡谷→王石门村→九龙峡谷→金泰山→房干村

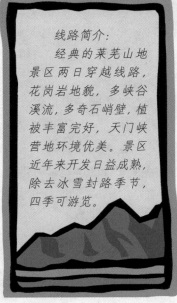

线路简介:

　　经典的莱芜山地景区两日穿越线路，花岗岩地貌，多峡谷溪流，多奇石峭壁，植被丰富完好，天门峡营地环境优美。景区近年来开发日益成熟，除去冰雪封路季节，四季可游览。

游记及攻略

　　徒步线路的起点独路村村头有棵古老的栗子树，树形极具沧桑，独路村北原为齐长城重要关隘天门关，后来修筑枣徐国防战备公路时被拆掉了。王石门景区的专用进山公路西线已经通到独路村。可以由此往东偏南翻山直插槐花谷，尤其 5 月，漫山的刺槐花好似花海。进入景区西门先到水库边休息，然后沿水库北侧下到天门峡，奇石遍布状如龙首，窄处二石夹峙如天门半开，峡谷东头溪流潺潺北去，林间台地芳草如茵。曾多次在此露营，感觉属于济南周边最好的营地之一。

　　由水库到王石门村，山路要走 1 公里，王石门海拔 800 米，号称"天上人家"。开发前曾来考察，夜里在村委办公室

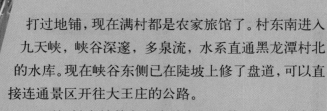

打过地铺，现在满村都是农家旅馆了。村东南进入九天峡，峡谷深邃，多泉流，水系直通黑龙潭村北的水库。现在峡谷东侧已在陡坡上修了盘道，可以直接连通景区开往大王庄的公路。

王石门村东就是九龙大峡谷尽头的"壶口瀑布"，由此下去，实际进入房干村的景区范围，两家多有冲突，也曾多次发生堵门查票的事。九龙大峡谷西头黑龙潭又属于另外一个村庄，也会设岗售票，真让游客满头雾水。这也是村级旅游景区普遍存在的弊病，就那点老祖宗留下的山，都在围山啃，谁不想多啃点，直到把游客啃烦了，啃得再也不来第二回为止。九龙大峡谷最壮观的地方是擎天崖，刀砍斧劈的峭壁通天拔地，让人心惊。登上峡谷南壁的亭台俯视黑龙潭也是一景。金泰山上也有探海石，酷肖东岳。总之值得一游。

房干景区还想继续开发，课题很大，适于旅行社团队操作和会议旅游，对于驴友来说，总感觉不太对味，这得怪自己，谁让咱有享不了的福，没受不了的罪呢。

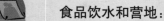

食品饮水和营地：
　　自带头天午餐2升水具，其余可在农家饭店就餐，沿途补水方便，自带帐篷可在天门峡内林间草地小溪旁或王石门村南小水库附近野营，住农家旅馆也很经济，还能减少负重。

推荐特色农家菜：
鲜姜芽炒肉丝、松莪炒山鸡。

交通提示：
在甸柳庄客运东站搭乘济南经由独路到泰安方向的中巴到独路下车，返城由九龙大峡谷或房干搭乘到济南的客车。

安全警示：
峡谷穿越小心上方落石；山间水库水温较低，游泳小心抽筋；天门峡营地暴雨季节不要离溪流太近。

相关费用：
往返交通费用30元左右；可能发生的门票王石门景区21元、房干景区31元（团队可优惠）。

23、泰安徂徕山双泉→龙湾→马场→太平顶→中军帐→圳珞山→南上庄

线路简介：

　　从徂徕山东北麓登顶，第二天从北麓下山的山地穿越线路，如住马场，首日行程9公里，次日行程13公里，除去马场到中军帐为较平缓的山间公路，其他均为穿越峡谷密林的小径。徂徕山主峰太平顶海拔1028米，马场为徂徕山林场分场驻地，中军帐有古庙奇松。

　　到徂徕山旅游的人大都乘车，不管是从西边的大寺还是东边的光华寺，进山都能把车直接开到太平顶，可我总觉得那样有点辜负了这座泰山的姊妹山。这座位于泰安新泰两市交界处东西绵延百里的大山，有那么多人文古迹、森林奇峰、山泉溪流，植被覆盖率远好于泰山，真该用自己的双脚走进她的怀抱，用心去感悟她的启迪接受她的考验，同时欣赏她的魅力。

　　化马湾到双泉的路再往里走就不好通行大车了，到龙湾还得徒步走1华里，但路边的老树已开始让你领略到徂徕山的古老和沧桑。龙湾实际上是拦住山溪的小小水库，水清得一眼到底，水库北边住着一家姓胡的老夫妇。不想进山的游客好多就在这里转转，在老胡家吃点饭。5月樱桃熟了，在附近的樱桃园里采摘点樱桃买走，双泉一带是著名的樱桃之乡。

　　去马场的山间小路从这里西去左转，翻过山头下行，看到沟对面崖壁上的巨大牛心石，再下去就该越过溪水从左侧的山坡上行。喜欢溯溪的朋友可以从龙湾直接沿溪水走，只是中途有一处断崖，溪水从崖上飞泻而下，攀上这个15米高的断崖，需要费点周折。上行的小路穿过密密的松林，直到出现了荻苇丛和大片的草甸刺槐林，太平顶上的铁塔就时隐时现了。走到山间公路左转，就直接找到马场了，马场是徂徕山林场的一个分场，有奔马雕塑立在小小的广场上，周围有饭店和木制的牌坊。广场南侧就是长寿泉，游客可以在这里吃饭歇息，再翻过小山坡登太平顶。

　　太平顶是徂徕山的主峰，多巨石奇松，这里是俯瞰徂徕山山阳的极佳位置，东有贵人峰，南有万松岭，山下林海，莽莽苍苍。近旁的山路在奇石间上下穿行，险处多加铁栏杆保护。主峰上有发射铁塔，工作人员不少，从他们餐厅外边堆放的一排排空酒瓶子可以判断出常年在这高山值守还是比较寂寞的。

晚间在山上野营的游客很少，马场的细沙地很平整，空气又是那么清新，赶上月夜，真舍不得早早进帐篷睡觉，在月影如筛的松林间漫步是浪漫的事。中军帐的两颗巨大的古松下，同样是月夜露营的理想之地。

中军帐位于马场西北方向，6 公里缓缓的山间公路，走着很轻松。相传吴王伐齐时，中军设于此，故名。清康熙年间在原址建三清殿，后又增建吕祖阁、灵宫殿、蓬莱观等，今存道观一间是后来重建。

殿前有古松 3 株，遮天蔽日，虬枝长伸，东有升山泉，西有坞旺泉，并有招军石及石臼等。院中有清康熙年间立《新修蓬莱观三清殿记》、《修醮祝寿碑》及嘉庆年间立《祖徕山重修中军帐正寺殿记》等碑碣。北依悬崖，南临深壑，丹壁凌空，松涛云飞。游人最喜爱的还是这三棵古松，大都在松下徘徊流连，相互拍照。

沿中军帐后山的石阶盘道直上望岱峰，峰顶建有望岱亭阁，守林人常年住在阁下的小屋里，用望远镜观察林区是否有火灾隐患，他们才是这百里林海的守护神。借望远镜向泰山方向遥望，傲徕峰玉皇顶历历在目。告别守林人，沿山脊东去数百米，有小径隐隐约约向北边

松林深处穿行，顺路而下，直到松林变成刺槐林，山坡变成深沟，清清的溪流又在石缝里欢畅地跃动。沿溪水行走是不会迷路的，总能走出大山。远远闻得鸡犬之声，山回路转，溪涧东畔出现一座小石屋，又是独居的老人。卸下背囊，和老人聊聊天，也算歇息。再往下走，就到坷珞山了。度假村小饭店又比肩而立，离徂徕镇所在的南上庄就只剩下柏油路可走了，回望徂徕群峰，又是云深不知处了。

 食品饮水和营地：

　　除去冬季，徂徕山各景点均有餐饮供应，价格也不贵，可以自带2餐，解决途中进餐。自带水具，沿途可以补水，马场的长寿泉水质很好。营地可以根据行进速度和体力，设在马场和中军帐均可。

推荐餐饮：

马场农家饭店，翟岱国，电话13583816306。

交通提示：

乘坐走京沪高速到新泰蒙阴方向的客车在化马湾下车，转租面的到王家庄西边的双泉，约计13公里，由此徒步进山，返城在南上庄有直通泰安的客车，到泰安再转济南。

安全警示：

徂徕山道路复杂，山沟很深，尤其夏秋季，容易迷途，最好与熟悉路况的人同行，或在双泉龙湾找人带带路。林场防火等级较高，进山后严禁烟火。

相关费用：

往返交通50元，徂徕山门票25元，团队可打八折。

24、泰山天龙水库→天井湾→窑子沟→西尧观顶→北天门→玉皇顶→南天门→中天门→红门→岱庙

游记及攻略 （攻略图见236页）

线路简介：

现已被全国各地背包驴友熟知的从后山登顶，再走前山传统景区下山的路线，当初实际是山民往岱顶挑运物资的小路；既能领略泰山后山的原生态，又能瞻仰传统登山御道的丰富人文遗迹，不失为最佳选择。此线路假日人流已经不少，迷途的可能很小。后山行程8公里，前山行程9公里。

出沙岭庄到天龙水库的路，今年又有了很大改观，以往的土路已经铺成了水泥路面，要不是在山膀子拐弯处有几棵老板栗树的枝桠太低，就连33座金龙大巴旅游车也能开到水库上边了。以往开车停在水库，就怕下雨，进得去出不来，现在倒是甭担心了，可如今林区检查站把着山门设卡收费，也不免让人怀念任意通行的美好岁月。于是有驴友赌气宁愿多走两公里山路多爬一座山，也决不认宰，是啊，驴子有驴子的邪脾气，累死事小，花钱事大。

到天井湾的路两条：

1. 走山坡的羊道，也是担山工的路，直到天井湾瀑布上沿。

2. 溯溪而上，在巨石和水潭间翻越，直到天井湾瀑布下的深潭。选哪条路？看自己的雅兴了。其实最终合而为一，天井湾是休息的第一站，嬉水、拍照、摆pose，真正的玩家会从西边的峭壁沿绳速降，再跳入瀑布下的深潭游上来，看着都刺激。

再往山里继续行进，开始的路还算悠哉游哉，但逐渐的，逐渐的，呼吸开始急促，感觉背包也越来越重，窑子沟上半截的山坡，看上去坡度好像也不太大，但就是那么漫长而艰难，难怪老驴子把这里称为"熬人坡"。直到进入海拔1200米的松林，山垭口隐隐约约在前方露面，心里想，快熬到头了。

翻过窑子沟上端的土塄子，景区的石阶路出现了，心下一松，卸下背包，大口补水，坐下放松。热心的猛驴会返回去接那些仍在爬坡的伙伴，帮MM

背包，甚至把耍赖的小驴驮在肩上，再一次冲上来。休息透了，再踏上到西尧观顶的台阶，才发现脚步是更沉重了，石阶右侧的井泉补足饮水，今晚的饭就靠这些水了，井泉枯竭时只好到饭店买热水，价格就看届时的供求关系了。

西尧观顶看晚霞，再向南穿过北天门，沿天街到碧霞祠，顾不得浏览，那是明天的节目了，当务之急是在黑天前选好营地。背风处头灯闪烁，汽炉的蓝色火舌舔着小锅，香味四溢时是今晚最快乐的时光。酒足饭饱不急着睡，仰头看满天的星星，低头看山下万家灯火。

拂晓时分在岱顶是别想睡到自然醒的，下半夜登顶的游人一群群一帮帮呼男唤女找背风的地儿，裹着租来的军大衣，瑟缩着等日出的那一刻。东方出现鱼肚白，欢呼声起，再现玫瑰红，欢声更起，日头从地平线一冒头，整个玉皇顶成了山呼的海洋，沸腾的鼎镬。

看完日出，满山都是惺忪的睡眼未理的云鬟，就这么逛，逛了碧霞祠再逛唐摩崖，直到逛遍天街，找地方捧着大碗吸吸溜溜啜烂面条子，这一会没了绅士没了淑女，谁都甭笑话谁，梳头洗脸那是下到云步桥以后的项目。

出南天门人流分成两叉，往右跑是去赶乘缆车下山的；咬着牙往下打量天梯般的十八盘的，是打算步行下山的。我一直把那些来去腾云驾雾的伙计看成冤大头，这泰山要不用自己的脚一步一步量，那叫白来。这么多历史沉淀的碑刻，这么无限的风光，不就在这徒步的路上吗？对不起谁也别对不起这么贵的门票啊。十八盘、升仙坊、对松亭、朝阳洞、望人松，步步走来步步景，回头不断拍照，直到云步桥下哗哗的溪水旁，休息，洗脸，不对，石壁上古人留下的大字分明叫"洗心"，是啊，这神圣的泰山，的确净化人的心灵。由中天门到红门的路虽然较为平缓了，却那么漫长，别急了，徐徐行来细细看，不急着赶车。

出红门就是3路公交车，坐到岱庙，也是不能不看的地方，天贶殿的庄严、泰山神起跸回銮图的神采、汉柏院的古老、历代碑刻的珍贵，这一切看过，你才会发出由衷的感叹，大哉泰山。

食品饮水和营地：
   不打算在景区就餐的话，就需要带4餐，3升水；非黄金周节假日，岱顶食宿价格并不很高，可以根据自己体能决定负重量。营地选择在岱顶停机坪为好。

交通提示：
由济南乘88、65、67路公交车或10、13路历城公交车到仲宫租面的到天龙水库；由岱庙乘泰安3路公交车到火车站转乘火车或汽车返济南。

 安全警示：
防火期严格禁止烟火；天井湾盛水期在瀑布上端嬉水要小心，水流湍急会把人冲下瀑布；窑子沟到尧观顶的这段路消耗体力较大，要调整好步幅和呼吸节奏；南天门到红门下台阶路要利用自身下降势能，以避免腿部肌肉拉伤，最简单的办法是观察担山工下山的动作要领。

相关费用：
往返交通根据组队人数淡旺季和个人砍价能力不同，在30－40元，可能发生的泰山景区门票50－80元不等。

25、泰山玉泉寺→卖饭棚→老平台→玉皇顶→三叉→桃花峪

线路简介：

这是一条由泰山北麓登顶，然后由西麓出山的两日经典驴行线路，首日16公里次日18公里。首日走过的登顶线路实际是古代济南历城人登泰山的捷径，帝王封禅也曾经由此路登顶或下山，后随着前山道教文化的兴盛及济南至泰安公路的修通，这条小路几近荒废，只有护林人和当地牧人、采药人踏足。近年来，随着背包驴友的踏入，这条线路逐渐为来自济南、山东乃至全国的驴友所青睐。但泰山管理委员会至今尚未将北麓的徒步线路纳入正式开发旅游景区的范围，所以，打算徒步走这些线路的驴友，首先要具备独自承担旅途艰辛的心理和体能方面的准备，确保自身安全；其次，一定要有高度的爱护泰山原生态的责任感，否则你最好不要轻易涉足本书以下介绍的几条泰山徒步线路。

徒步的起点在玉泉寺景区大门，这里是泰山林场玉泉寺分场，购票后可沿石阶路到玉泉寺。玉泉寺位于岱顶之北，直线距离为6.3公里，山径曲线加海拔提升盘旋在16公里有余。寺南山岭上，临近卖饭棚子工队，北依长城岭，西为摩天岭，古寺隐于群山环抱密林掩映之中，东出有水泥路通往山外。玉泉寺创建于北魏，金代又有僧重建，元代僧普谨增建七佛阁，后屡兴屡废。因南有谷山，东有玉泉，又名谷山寺、谷山玉泉寺，俗名佛爷寺。今遗址内存碑碣10块，周围有千年古栗树20余株，台前有古银杏3株，相传为唐朝所植，高大蔽日，每逢秋日，满树金黄灿烂。树下有元代《重修谷山寺记》碑及明代《田园记》碑；正殿东侧山冈上，原有药师七佛阁，后来阁毁于清代。今存元代《药师七佛阁记碑》。碑后有古松一株，名一亩松。寺东堰下有古泉，俗称八宝琉璃泉。现在的建筑大都为近年来修复或重建。寺南为谷山。

　　游罢古寺，千万别忘记将你的水具加满，从这里开始就要真正进入泰山腹地了。出古寺山门寻石阶右侧小路下山谷，绕过谷恩岭右拐是一条很深的山谷，能看出明显的防火路，由此往西南上行不足1公里，要仔细辨别左侧有离开山谷向山坡盘旋上升的小径，坚决上行，否则就会沿山谷走到摩天岭南侧去了。小径中途还会有岔道，仍要沿左侧小径继续向上。这一段山路藤萝密布，松林青翠，景色宜人但海拔提升较大，要注意适当休息调整呼吸与步幅节奏，一般体力爬到卖饭棚都要有较长的休息。

　　卖饭棚子位于谷山之南，三侧高峰耸峙。旧时济南、历城、章丘等地朝山进香者大都沿这条山路登岱顶，有僧人在此行善舍饭施水，也有山民搭棚卖饭卖水，故称为卖饭棚子，今为玉泉寺景区卖饭棚子工队驻地。工队的房屋是白色瓷砖贴面，有铁栏围墙，条件较之当年要好多了，但常年多雾潮湿，还是让人难耐，只要是晴天，一般你都会看到工队晾晒的被褥。卖饭棚子还有一处羊圈，有姓孙的牧人在这里常年放牧，有时大雾天气走过此处，会听到他吆喝羊群的声音在山谷内回响，但只闻其声不见其面。

　　老平台海拔1217米，是卖饭棚南边的一处孤峰，峰顶较平，俗称老平台。台南是小天牢谷，其间终年不见天日，冰冻盛夏方能融化，又名凌冰洞。往岱顶的小径就由台西峭壁下擦过，再往东南4公里与从天井湾登顶的窑子沟汇合进入岱顶。在这段路穿过老平台后约计3公里处有向右侧的岔路通往三叉，不要错走这条路，否则就下山了。

　　玉皇顶是泰山主峰，古建筑碑刻、摩崖石刻非常集中，可以认真游览，同时选择好自己的营地，最好傍晚后再支帐篷，否则引来太多好奇人观望，有时，还会遭到景区管理人员的干涉。玉皇顶瞻鲁台到拱北石一带是观日出的最佳位置，既然露营，就离这里近点为好，省得早上收帐篷再急匆匆赶山路。

　　通往三叉的步道石阶在月观峰北侧通往桃花源的索道站北边，就是昨日你经过的地方，一路基本是下行石阶，可以看到缆车在空中上上下下。三叉是三条溪流交汇处，现在叫做桃花源，下山的公路就从这里开始，建了宾馆

饭店，真正的三叉工队的老房子还在东南方老林子里，很冷落了。体力差的朋友可以由此乘车直达桃花峪西门，但以下13公里公路沿溪风光，你只能"走车观花"、心怀遗憾了。这段路基本是沿着彩石溪徒步，沿途经过猴愁涧、一线天、鹦鹉崖、黄石崖工队、牛角洞、核桃园工队、元宝石、一线泉、钓鱼台、桃花峪等景点，最值得一看的是沿途山溪中那五彩缤纷造型奇特的泰山纹理石；再就是春天满谷的桃花，风吹花落，纷纷扬扬撒在山溪里，真正是桃花流水。身边一辆接一辆飞驰而过的旅游汽车，满车游客看着你背负大包撒脚丫子奔，会笑你傻。嗨，谁傻谁知道呀？

食品饮水和营地：

自虐的驴子会携带4餐及3升水具，第一天的路在玉泉寺补水后直到岱顶，你可能在卖饭棚林区工队讨到水，但林区工人很可能外出巡山，你自己寻找水源有一定难度。老平台阴侧峭壁脚下有泉水，但往往被牛群污染而不能为人类直接饮用，所以，省着点喝为上策，次日途中不会缺水。如果你对岱顶和桃花源的餐饮价格不计较，就没必要带4餐，一餐足矣。打算在宾馆过夜的，轻装走这条路较为轻松，但那不是驴子的喜好。我个人认为岱顶最佳的营地是八一招待所下面的停机坪，可在招待所买热水热饭，避风且平整，早上看日出也方便，当然，岱顶可以露营的地方不少，但注意不要靠近悬崖和风口。

交通提示：

由济南乘88、65、67路公交车或10、13路历城公交车到仲宫租面的到玉泉寺，返城由桃花峪景区泰山西山门乘16路公交车到泰安火车站或104国道路边搭车返济南；时间晚了可在西山门租面的到104国道。

安全警示：

此线路在山谷沟内、老平台以南多歧路，小心迷途；夏季雷暴时不要冒险通过卖饭棚至岱顶的山脊线，尤其老平台一带，"老平台戴了帽，大雨一霎就来到"；冬季雪后慎重行事，要对自己的能力和装备有准确估计；防火期这条线路是不准进入的，其他时期也要严格禁止烟火，你丢下的烟头即便不引发山火，也会给护林员带来扣工资奖金的处罚，想想他们常年为保护泰山而付出的艰辛，你于心何忍。

相关费用：

往返交通根据组队人数淡旺季和个人砍价能力不同，在30—40元，可能发生的泰山景区门票10—80元不等。

26、泰山樱桃园→腰边→三叉→黄石崖→浅沟→卖饭棚→石屋峪→天井湾→天龙水库

线路简介：

西南——东北向沿山林小径徒步穿越泰山腹地的两日线路，中途露营一夜。首日行程18公里，翻越海拔1000米山岭一座；次日行程13公里，翻越海拔1100米山岭一座。基本沿四条分水溪流行进，最后结束于泰山东北麓的天龙水库。

樱桃园是泰安城西靠近泰山西麓的一个村庄，外地人过去不太知道这个地方，泰安当地人其实多年来一直把这里当成春季赏花的好去处，每年4月初，满谷的樱桃花盛开，到6月就是成熟的樱桃下树的时节了。樱桃园西有横岭遮护，北以岜山为屏障，山溪水量丰沛，的确是一块风水宝地，自清同治年间，山下王庄的鲁姓父子在此构筑房舍种植樱桃，并植竹荷，作为避暑幽地，后又有人在其上筑屋而居，渐成上下樱桃园两个村落。这几年，随着抽水蓄能电站的建设，大型施工机械车辆的轰鸣，打破了山谷千年的寂静，大量外来人口聚集到樱桃园，樱桃树下开始变得垃圾充斥。

到腰边去的小路有两条，一条从电站专用公路的检查点向右离开公路，走岜山前的山梁，约计3公里，就可以到腰边；另一条北向进岜山老沟，翻上岜山垭口向东北而下，在废弃羊圈处右折，上山梁子循山道再到腰边。前一条小路最为便捷，腰边的牧羊人小杨就常经此下山回家，后一条路先要爬上相对高度400米的岜山垭口，再下行复上行，较之走山梁远着将近一半，但景色好，尤其岜山垭口一带，巨石伟岸，老沟深邃，对面黄崖山及风门口的绝壁拔地通天，景色不输黄山。老沟还有一条路，绕过岜山，在后沟有一巡山人用的简易木梯，可直接与垭口下来的小路连接，等于少爬了一座山，两侧危岩耸立，沟内巨石嶙峋，颇为刺激，但雨季很不安全。

"腰边"是泰山一带山民的土语词汇，指大山的山腰地带，你在山里问路，牧人常会指着对面说，西边腰边过去，再上山膀子，驴友们经常把这条线路上的"腰边"写成"窑边"、"遥边"，实在是误会。这里的腰边，位于北猎石屋连接龙角山的东西向山梁的南侧山腰,北边老鸹尖和东南边1004制高点均有防火视频头日夜监视着这块林木郁闭的山坡小台地。台地多年前曾经驻扎过林场工队,留下已经残破的一排石屋和东山梁上运送间伐树木下山的钢丝绳索道,北屋较完好,樱桃园村的杨姓牧羊人寄居于此,放牧着一群山羊。腰边附近有核桃板栗银杏,北坡是郁闭的刺槐林,附近有常年不涸的山泉,实在是世外桃源般的隐居之地。近年来好多驴友专程奔这里杀羊烧烤野营,已经引起森林警察的忧虑与关注,还是应该收敛着点为好。

由腰边沿溪水北上,小路中止于一处峭壁,仔细在峭壁右侧寻找,能发现隐约的羊道盘旋上峭壁顶端,毫不犹豫地上行,即便找不到小径,也会翻上北边标高1071米和1053米两座山峰之间的平缓的防火道,那里是中途休息的好地方,夏季草丛中盛开着星星点点的野花,油松林里能找到一座牧人临时避雨用的小小石屋,下山去桃花源的小径就在石屋北侧附近。

离开山脊北行不远有一片泰山林区很少见的白桦树林,秋天,黄色的叶子白色的树干在蓝天的映衬下分外妖娆。途中在一处小山梁的顶部,小径又有分岔,继续左行,右行的小径是通往老三叉工队的。左行的路在密密的深林里曲曲弯弯地穿行,下山的路毕竟轻松,直到看到一处有电线引入的护林站,门前是清浅的小溪,可以歇脚补充饮水了。由此到桃花源的路就不能称之为小路了,石板铺就,宽达两米,农用车或越野车都能轻松开进来,但路边的溪水也越发喧哗，直到汇入彩石溪。桃花源的游人看着一行从深山里冒出的背大包的队伍，往往会感到惊奇。

沿景区公路下行，经过猴愁涧、一线天、鹦鹉崖，直到黄石崖工队，大约不到3公里。工队就在路右侧的高台上，几排石砌的房屋，花树环绕，古松树下是石制的圆桌，傍晚时分，几位林工会聚在松下晚餐。伙房的董师傅为人和善，大概林工们的家都在山外，平时罕有游客来这里，所以愿意与人聊聊。工队的自来水是从山泉引来，水质甘冽，在这里灌满水具，穿过工队的院落，继续沿上山的小路往北，1公里后就是预定的营地，一片老核桃树林下的青青草地。旱季，泉水在山涧巨石下呜咽，雨季，溪水会终夜伴着你的鼾声欢唱。

次日，沿浅沟继续向卖饭棚艰难地攀登，离开营地1公里就是仙女湾，这是上午的补水点。卸下背囊，在上面的小瀑布下洗浴，山溪从东边深山的老平台脚下一路跳跃而下，在这里汇集到砂质的浅湾。到卖饭棚的小路，基本在浅沟左侧的崖畔上穿行，一条电话线从山下通往卖饭棚，所以，在这里是不可能迷途的。

卖饭棚照例是让人躺下放松的地儿，周围的奇峰和牛栏都是摄影爱好者的涉猎目标，从这里到石屋峪、天井湾，基本是下山的路了。途中右侧是造型奇特的悬崖，左侧是黄石崖的松林。当沟底长满橡子林，老平台东侧的溪流又出现在路边。有兴趣沿溪水上行去看看天牢峪峭壁下的滴水泉，这是泰山最好的山泉，四季不枯，不管雨再大或天再旱，永远只会从石壁间流下如线的一缕。

石屋峪羊圈住着一位姓陈的老牧羊人，家在山下的沙岭村，家中孙男嫡女一大帮，他却舍不下自己的羊群，独自守在既无电又无人家的深山里，伴着门前那口一尺见方的甘泉。日常的用粮由孩子们从山下挑来，好在山里从不缺少烧柴。一只半导体收音机维系着他对世事的了解，偶至的驴友会在此讨口茶喝，你有背来的酒菜，他也不推辞与你在豆棚瓜架下推杯换盏。喝高了可以睡在老陈柴屋的草堆里，厚厚的橡树叶，又软又暖和，忠实的狗儿会守在你的脚下，其实那本来就是狗儿的窝。

出山就是沿水一条路，下两处瀑布就到天井湾。天井湾三面石壁，深潭在下，犹如天井，老平台和窑子沟两股水系汇集在天井湾，形成两个瀑布，冬季是晶莹剔透的两座冰壁。好多只想休闲不想爬山的游人，往往从天龙水库步行到天井湾，观赏瀑布深潭，然后回去到水库边享受预订好的午宴。你的两日徒步也将在天龙水库结束，疲劳的你是否也想在天龙水库的碧波里畅游以解浑身的酸痛，然后在凉亭里享受一顿美味可口的泰山农家饭和冰凉的啤酒呢？

食品饮水和营地：

除非你打算在桃花源宾馆食宿，否则必须自带4餐及3升水具，沿途在腰边以上山脊及次日浅沟以上山脊无可靠水源补充，较好的水源补充点是腰边、三叉、黄石崖工队、仙女湾、石屋峪。营地设在黄石崖工队以北1公里处浅沟南端的核桃林台地，靠近水源地，台地平整多浅草。

推荐餐饮：

天龙水库又一村农家园，主人孙一村，电话0538－6556489

交通提示：

乘坐经由104国道到泰安的客运汽车，过大河水库后在抽水蓄能电站路口下车，步行到后樱桃园进山，也可租面的或轿的，到电站检查站开始徒步；返城在天龙水库租面的到仲宫转乘88路公交车到济南。

安全警示：

此线路徒步中负重较强，体能消耗大，第一要有一双合脚的鞋子，再就是小心腿部及膝部的拉伤扭伤，经由沙砾路面要谨防滑倒。冬季雪后慎重行事，要对自己的能力和装备有准确估计，防火期这条线路是不准进入的，其他时期也要严格禁止烟火，不要存侥幸心理，沿途制高点已经安装24小时值守的视频探头，你的一举一动有可能已被记录。

相关费用：

往返交通根据组队人数淡旺季和个人砍价能力不同，在30－40元左右，可能发生的泰山景区门票50－80元不等。

27、泰山大津口乡小明家滩→老虎口→窑子沟上口→尧观顶→后石坞→天烛峰景区

游记及攻略 （攻略图见236页）

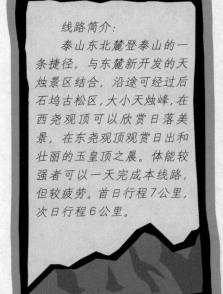

线路简介：

泰山东北麓登泰山的一条捷径，与东麓新开发的天烛景区结合，沿途可经过后石坞古松区，大小天烛峰，在西尧观顶可以欣赏日落美景，在东尧观顶观赏日出和壮丽的玉皇顶之晨。体能较强者可以一天完成本线路，但较疲劳。首日行程7公里，次日行程6公里。

沿着明堂园到天烛景区的公路南行1公里，就是小明家滩，路右侧的进山小路设着一根可升降的铁栏杆，紧靠一间护林检查站，时常有几位把关的村民。登山的路由此开始，沿着西侧固头山和东南侧歪头山之间的山谷，向南转西再转南，约计2公里之后就到了歪头山和药山的连接处老虎口，森林防火检查站新近设立起铁栅栏，查留火种兼着稽查票证，有一夫当关万夫莫开的架势。正南方的尧观顶在这里向北伸出一条山梁子，把登顶的路分成两条，东边的小路往南直取后石坞，约计2公里；西边的小径往西南方沿乱石冲沟而上，绕过尧观顶西侧，与窑子沟上来的路会合。两条路在这一段抬升都很快，有难度，西侧路将近3公里才到西尧观顶。你有勇气也可以攀山梁子直接上尧观顶，1公里，没路，挑战自我，别忘了带绳索等攀岩器材。药山岭上小叶杜鹃丛生，5月底花开红艳艳。野牧的牛群满山跑，毛色如绸缎，让人感叹，下辈子做牛也得选个好地方。

上尧观顶的石阶路右侧30米左右的松林里有口井泉，有时还加一铁盖，水面较低，伏下身子使劲够，够不着就得用小绳把水壶栓在登山杖上，要打算在尧观顶露营，还就得取好饮用水。坐在西尧观顶，背靠岩石，只等夕阳下山的那一刻，晚霞映红西边的天际，桃花源索道的缆车在霞光里飘飘忽忽。东尧观顶有一块挺大的石坪，在这里露营看星星最清楚，不像玉皇顶有太多的眩光。因为没有游客，夜里特别静。早上钻出帐篷，直接看日出东方，更壮观的是朝阳初照的玉皇顶，山石峭壁一片通红，游人的闪光灯连成一片地闪。

　　顺石阶下到后石坞，泰山古松最为密集的区域，赶上雾天或大雪初霁，摄影迷可就闹着了，可着劲拍，怎么拍都有。还有大小天烛峰、双凤岭的秀丽峻拔、望天门的险要，三折瀑的恢弘，仙鹤湾的清幽……这天烛峰的下山路准让你目不暇接，当然，连续的下石阶，也会让你腿疼得呲牙咧嘴，总得付出点代价吧。

食品饮水和营地：
　　必须自带4餐及3升水具，营地设在东尧观顶平台，窑子沟到尧观顶拐弯的石阶路右侧路边有一处泉井可以提水，但景区水源受人源污染，烧开前最好不要直接饮用。

交通提示：
　　由济南乘65、67、88路公交车或10、13路历城公交车到仲宫租面的到小明家滩，返程由天烛景区门口乘泰安2路旅游公交车到泰安火车站搭乘火车汽车返济南。

安全警示：
　　尧观顶一带虽属景区范围，但夜间基本无人，最好避免单身在此露营；后石坞多珍贵古松名木，严格禁止烟火。老虎口到窑子沟上端，山路负重行走体力消耗很大，注意防止腿部肌肉拉伤。

相关费用：
　　往返交通根据组队人数淡旺季和个人砍价能力不同，在30元左右，可能发生的泰山景区门票50-80元不等。

28、泰山芙蓉峰→傲徕峰→扇子崖→黑龙潭→天外村

线路简介：

这是一条领略泰山西麓旷区的非传统旅游线路，沿途可见芙蓉峰之秀丽、傲徕峰之险峻、扇子崖之挺拔、元始天尊庙无极庙之清幽、黑龙潭瀑布之奔放，能在一日之内遍游两峰一崖两庙一瀑，真可谓尽兴而归。当然，你必须尽早起床动身，否则这 10 余公里山路你很可能在太阳落山之前无法走完。

该线路有两个起点，身在泰安时，可以从天外村西行不足 2 公里，再循小径直登海拔 753 米的芙蓉峰；由济南出发的驴友，大多乘济南到泰安的汽车，过大河站后下车，经由小王家庄村东的芙蓉峰后沟直接进山。小王家庄东头有一座输电铁塔，从这里奔东北的小径就是了。行约两公里，沟里有块平整的巨石，高约 1 米，方可丈余，由此，小径离开沟底，折向左边的山坡，呈"之"字形向芙蓉峰北侧垭口攀升。到垭口稍歇，东望可见庙宇和扇子崖，南去小径沿峰脚石壁西向，绕上不远就可登上芙蓉峰；打算继续攀登海拔千米的傲徕峰，就得从垭口向北翻越两个巨石山梁，去找傲徕峰南壁下橡树林中的小路；不打算登傲徕峰，就由垭口直接向东经月亮泉和元始天尊庙奔扇子崖。

傲徕峰昂首天外，南侧是高达百余米的垂直峭壁，只有向西翻上山脊再折回才能从巨石缝里手脚并用爬上峰顶。站在傲徕峰上，俯瞰泰城一览无余，北望岱顶遥遥在目，山风浩荡吹衣有声。

傲徕峰向东是一条幽深的峡谷，两壁如削，谷底巨石累累藤萝密布，北侧岩壁上嵌有天生巨石状若宝瓶，此峡因此得名；宝瓶正对着南面的扇子崖。

扇子崖自东往西看是擎天一柱，由南往北看则如屏似扇，很是壮美。崖上有明人题刻的摩崖石刻"仙人掌"。崖西有铁梯，攀援可登崖顶。由此沿石阶下行可达元始天尊庙和无极庙这两座道教庙宇。

由无极庙门前石阶路过长寿桥，就能听到黑龙潭瀑布的轰鸣声震峡谷。看龙潭水库状如翡翠，你要是会游泳，可以沉住气在这里洗去一日的汗水与征尘，天外村近在咫尺了。

 食品饮水和营地：
自带午餐和饮用水 3 升，饮用水可在元始天尊庙以下补充。

交通提示：
济南泰安间交通极为便利，火车汽车均可搭乘，返回济南可由天外村乘公交或人力三轮车到火车站，站前有发到济南的汽车。

 安全警示：
在傲徕峰顶不要过分靠近悬崖边，通过宝瓶峡不要久留，以防上方落石，扇子崖顶不要翻越护栏，龙潭水库水很深，游泳要量力而行。

相关费用：
往返交通费 30 元，扇子崖景区收费 5 元。

29、泰山牛山口→摩天岭→沙岭石屋→花园→三叉→风门口→岜山沟→樱桃园

游记及攻略 （攻略图见 236 页）

线路简介:

重装备东北西南走向纵穿泰山腹地的挑战型徒步两日线路，两次翻越海拔千米的山脊，纵向行程 30 余公里，加上海拔抬升和小径曲线，实际徒步 40 公里；线路经过山脊、陡坡、溪流、公路、峡谷、险要隘口等复杂地貌，植被多样，人迹稀少。此路线亦可反向穿越。

从历城高而乡通往泰安大津口乡的历泰公路早已完工，南北路面硬化平整，但不知为何，在两区交界处留下一个土堆，让过往的车辆颠簸摇晃，大客车仍不能通过，是否是怕超载的大货车轧坏路面，还是担心断了省道 103 线收费站的财路？不得而知。我们的徒步线路就从这里开始，沿着济南泰安的分界线向西南方行进，接连三座山峰，迅速抬升的小径，给你一个下马威。约计 1 公里之后，是架设在 847 高地上的防火监测哨房，高高铁塔上 24 小时不断摇转的视频头提示我们，这里是国家一级防火林区。这个哨所监视着拔山、北黄石崖、玉泉寺直到摩天岭一带大片的山林，林场派驻的护林工常年独守在高山哨所，生活艰苦，寂寞枯燥，一台小小的黑白电视机，聊胜于无。挪开树枝篱笆的柴门，坐在哨所的台阶稍憩，护林人热情地问你喝水不？同时会一再叮嘱你野外防火的规定。饮用水是人家从山下的泉边用塑料桶背上来的，不好意思给他添麻烦，聊聊天，道别，背起大包，走啦。

沿山脊线的防火带行进，是茸茸的细草星星的野花，前方 1 公里是凤凰岭景区修建的望岳亭，进亭子休息，让鼓荡的山风吹干汗水，向北俯瞰凤凰岭的全貌，人工次生林在山坡构成浓淡深浅各不同的景色。西南方的摩天岭看上去那么近，走起来还得绕3公里，在几个山头的阳坡阴坡绕行，这里其实是古齐长城的遗址，残存的墙基成了小径的基础。摩天岭海拔高度在988米，山顶的几棵苍松下，是登顶的驴友们用石头摆放的象征性的吗尼堆，这里是济南为数不多的海拔900米以上的山峰，再往南就进入泰安地界了。摩天岭往南1.5公里就是965高地，这一带山间小径错综复杂，先是拐往东北的破头沟可到玉泉寺，再就是沿965高地北坡往东南直达卖饭棚，西去穿过落叶松林，是满山坡的刺槐，小径时隐时现，认准西方的山谷，直接切下，沙岭石屋工队的护林房还没露面，鸡鸣犬吠声已经可闻了。

沙岭石屋工队坐落在一片背风向阳的山间平地，三排房屋，两排已经半为坍塌，现在充为羊圈鸡舍，墙壁上遗留着"文革"时代的"最高指示"，只有一排4间房仍做护林人的办公起居处，至今没通电，只有值班的电话和对讲机与林场联系。工队的3000余亩山林的安全，由护林员小房个人承包，散养着几百只鸡，还有一只叫做"黑儿"的狗，每到晚间独守一盏如豆的油灯。今年引进了新项目，从东北来了一位姓张的养参人，这片山洼的土质小气候适合种养高丽参，两人也好做个伴。从这里到长清武庄乡的东房、青天村只

有五六里山路，沿溪流南行两公里就是桃花峪景区的公路。这一路溪流内多为斑斓的泰山纹理石，偶有牧羊人吆喝着成群的黑山羊穿过峡谷。

沙岭石屋峪的沟口正处于泰山桃花峪公路的中间位置，西行8公里到泰山西大门，东行7公里到三叉，也就是桃花源索道下站，沿彩石溪上溯，景色之美，真让你感到那些

下了索道就搭汽车出山的游客真叫傻，同样，那些坐在汽车里看着身背大包徒步登山的你，心里没准说你彪。彩石溪汇集三叉诸溪之水，旱季潺潺而流，雨季奔腾而下，大大小小的石头，经过水流亿万年的冲刷，五彩斑斓，沿溪沿路遍植着山桃、碧桃，春末桃花芳菲尽，一溪胭脂出山来。可惜从花园、黄石崖直到三叉，沿景区公路两旁都禁止野营，营地要么设在沙岭石屋峪

内，要么就赶紧通过三叉进入北猎石屋峪。

　　三叉到鹦鹉崖的溪流上原来有一座吊桥，桥边一块巨石上刻着三叉一带探险线路略图，但吊桥现已拆除，通往鹦鹉崖一线天的小路也被截断，竖起警示牌，这也充分暴露出管理者矛盾而无奈的心理，既希望开发这一段探险线路，同时又十分担心游客和林区的安全。一线天确实险，攀着铁链上行到最高最窄处，登山包都会被石壁挤住，下行更随时面临滚石伤人的潜在威胁。穿过一线天左转不远就是听瀑亭，雨季这里确实是听瀑布轰鸣的绝佳处，回望岱顶，也是在云雾缭绕之中。由此上行就进入北猎石屋峪，小径也被乱石堆砌的短墙截断，这条山峪呈东北西南走向，森林密布，溪流淙淙，藤萝缠绕，不见天日，时有朽倒的巨树横卧溪流之上，溪流石头上有黄色油漆做的路标，指引你通往北猎石屋的小径。两公里之后，你会在小径左侧见到一座牧羊人巡山人避雨用的小石屋，我们的线路由此左拐上行直达两峰夹峙的风门口。如果你不拐弯继续西北行，将在1公里后来到北猎石屋主峰北边的垭口，一条南北向的冲沟被荆棘藤萝几乎封死，沟长3公里，高度下降600米，还有峭壁跌水，直通核桃园工队南侧的公路，这是一条很具挑战性的探险路线，只适合轻装携带砍刀绳索的队伍，最好不要轻易冒险涉足尝

试。到风门口的小径在连翘丛中钻行，连翘春季盛开，一片耀眼的金黄，远看十分迷人，当你背负20公斤65升以上的重装备试图穿越时，就不那么美妙了，那柔韧的枝条会上下缠绕着你，剪不断理还乱，其中还混生着带刺的荆棘，稍不留神，你裸露的四肢就会划得惨不忍睹，打头开路的先锋一会儿就会大汗淋漓，尾随的队员也别掉以轻心，时刻得小心折断的枝条刺伤眼睛。

风门口在桃花峪和樱桃园之间的分水岭上，两侧是高耸的奇峰，海拔1122米，狭窄的山口，常年山风浩荡，气候突变时，风生云起穿门而过，十分壮观，由山口南向下行可以直达岂山后沟，上部仍然是密密的灌木丛，下部是陡立的石壁峡谷，开始两公里直插西南，直到横岭的二崮墩山北侧，峡谷折向东南，再行3公里，就到了后樱桃园的抽水蓄能电站专用公路，这段路程的后半部最为壮观，岂山后沟峡谷两侧巨石参天，通体呈赭红色，奇松间杂在巨石之巅，奇秀不次于黄山。两天的艰苦行程终于结束，可以在樱桃园附近的溪流里将自己清洗一番，再找个饭店好好补充补充，晚饭可以到家吃了。

食品饮水和营地：

自带4餐和3升饮用水，沿途在沙岭石屋、花园、黄石崖、三叉、岂山沟等处可以找到泉水补充；营地根据自己的行进速度选择沙岭石屋到花园一带或三叉到风门口的北猎石屋峪内，沿桃花峪一带景区公路两侧是禁止野营的，遇到管委会工作人员会遭干涉的。

交通提示：

由济南乘65、67、88路公交车或10、13路历城公交车到仲宫租面的到济南泰安交界的十八盘村南；返程在泰安樱桃园到104国道拦客车，招手即停。

安全警示：

摩天岭一带小路分叉较多，小心迷途；三叉鹦鹉崖的一线天既窄又陡，岩石极不稳定，千万小心落石伤人，风门口两侧藤萝密布缠绕，负重通过难度较大，小心刺伤手部面部和眼睛，雨季营地选择不要过于靠近溪流。最重要的是防火，此线路属于林区防火的重中之重，绝对不要在途中吸烟用火。

￥ 相关费用：

往返交通根据组队人数淡旺季和个人砍价能力不同，在30－40元左右，可能发生的泰山景区门票50－80元不等。

30、泰山普照寺→三阳观→竹林寺→大虎峪→九女寨→龙角口→桃峪→月观峰→尧观顶→老虎口→明家滩

线路简介：

南北向纵穿泰山的非传统线路，2日行程，20公里，沿途经过峻峭的龙角山、天险九女寨，在桃峪穿过落叶松林直插月观峰，夜宿尧观顶，次日观日出（凭运气），从后山出山到明家滩，是避开天龙水库天井湾的另一条捷径。这条线路更为清净，同样也可以反向穿越。

普照寺是泰山南麓一处著名的佛教寺院，曾有几十年清幽的岁月，只有看门人伴着六朝古松的清风月影，记得30年前，经常在松下品茗以销永昼的那份清净，如今已是一去不返，自从那位反对烧香礼佛的基督将军冯玉祥的纪念馆从普照寺迁出，普照寺的香火日盛一日，住持者向宗教管理部门上交的承包费年逾数十万，一个卖香的摊位都年租逾万，冯先生泉下有知，当作何感慨？当然，这也只是道听途说而已，从未见有关部门公开披露过相关数据。从普照寺西侧开始徒步攀登凌汉峰山腰的三阳观，先得穿过业已荒废的部队营区，营区门前还有留守的战士值守，对打听三阳观的外地游客还是蛮热情周到的，除去泰安当地人，毕竟少有外地游人寻找这处远离旅游热线的古道观。

三阳观，松柏葱茂，麻栎蓊蔚，泉石铿然，幽奥静僻。明嘉靖三十年（1551年），东平道士王三阳携徒隐此凿石以居而得名。明于慎行于阁老为之题记："入门三重，得蹬道而上，有殿有阁。又左为客寮四楹，以待游镳。"道观以门阁、三观殿、真武殿、混元阁、天仙圣母大殿为中轴，两侧配以道房、客室，1976年拆除，仅剩山门、混元阁及圣母殿天梯石阶。殿址前石崖壁立，上书"全真崖"。观内外曾经残碑断碣，荒草蔽掩。近年来经巨资修茸重建，已是重具规模，今存明万历年间萧大亨撰、王应星正书《三阳庵新建门阁记》，于慎行撰、王应星书《重修三阳观记》，于慎行撰书《登岱六首》，三阳弟子訾复明立《钦差太监樊腾遵奉大明皇贵妃郑淑旨皇醮记文》及冯玉祥《赞满大炼师碑》。观内有双泉，清洌旺盛，但覆盖加锁，游人不得自行取水。

山门外道西有道士林，王三阳及其道徒墓和墓碑尚存。但不知为何，至今尚没有挂单住持教务的道长，怕是价格没谈拢吧，眼下四处承包寺院道观的真假和尚道士充斥江湖，闲着偌大个道观岂不可惜。

从三阳观西侧小门而出，沿林间小径往西翻上山脊，是林场的防火检查站，对于经由此地进山的游客，除了戒严期之外，大都网开一面，毕竟多为当地居民晨练打泉水者居多。沿岭上防火带东去是到中天门的捷径，北去下山谷才是到竹林寺的小路，路尽头是一排林场房屋，再上去就是天外村到中天门的公路。由此到黄溪河沿着公路走3公里，途径竹林寺检查站，遇到旅游旺季，偶尔会在此稽查门票年度登山证，平日没啥。竹林寺也是这几年重建，金碧辉煌的禅林，开了年把又闲置了，据说承包的和尚亏了本不干了，又是据说，反正中天门下来的旅游车在此不设站停车，眼看一车一车的"财神爷"就这么直接给送出天外村去了，真不知道泰山人这生意经咋念的？怎么这么多年就不能开通在西路多设站点的旅游车，也好方便游客游览黄溪河、竹林寺、无极庙、黑龙潭甚至扇子崖，不想留人还不想留钱么？

正对中天门到黄溪河的步行道口，有一条通往大虎峪的小支流，支流内不到30米远，巨石下有清泉自一根水管汨汨流出，巨石上有红漆描刻的"福寿泉"三字，这是泰安城每天来此打水的中老年朋友所筑。据说喝福寿泉水能延年益寿，我想，一个人能坚持长年风雨无阻，徒步穿过空气清新的山林来福寿泉打水，这本身也就会益寿延年吧。在福寿泉灌好泉水，再沿公路上行拐个大弯，河道对面出现一条沙石筑成的路，3米来宽，转弯蹩进峡谷，这就是通往龙角口的大虎峪。进峪1公里之后，是护林人老胡的房屋小院，坐落在龙角山下向阳处。老胡是个典型的红脸汉子，早饭喝半斤白酒不耽误上山赶牛放羊的好汉，和他那聋哑的老伴一起，养着几条狗，鸡群羊群牛群满沟满坡转，北至龙角口九女寨，南到沟口，整个大虎峪是他的天下，吆喝一嗓子那叫满谷回声。在老胡家休息补水，再往北就是直通龙角口的盘道，龙角山双峰兀立，近百米高的整体绝壁直插云际，令人叹为观止，这一带绝少有游人涉足，只有泰安济南的山友偶尔慕名前来览胜探奇。

离龙角口不足百米，离开盘道右转钻入松林灌木，极难辨识的小径沿峭壁上下蜿蜒，松树主干上，前人用砍刀留下的路标已经被黏稠的松脂遮蔽，

难怪好多山友在此找不到去九女寨的路，无可奈何抱憾而返。九女寨，据《岱史》载："昔有九女避兵于此。"但从实地考察看，峰顶现尚存二三间房基和吊桥遗迹。泰安的吴绍麟先生以为，在难以攀登的孤峰之上，避兵九女无力修吊桥、建房舍，故民间传说是樊崇的九妹所率女兵的营寨倒是可信。不管九女寨究竟何人何年所建，在这四面绝壁，只有一线天埑连接的孤峰上生存，是需要极大的勇气和坚韧的意志的。九女寨顶部面积约计数亩，山门墙垣犹在，一应木结构均已荡然无存，舂粮的石臼究竟是人工雕凿还是第四纪冰川留下的冰臼，有待学界考证，反正泰山的各处孤峰之上散落着很多类似的臼状物。山门外侧基柱石上留有对称的两个圆孔，当是吊桥的栓枢，其他的房基多已掩蔽在草莽丛莽之中，有的已难辨识。

　　翻越龙角口之后，山道上下分叉，下行两公里到桃花源，上行600米可到望府山西侧的桃峪护林站。桃峪护林站的房子建在马蹄状的山峪里，背风向阳，房子西侧一条小路也通往桃花源，东侧上行是美丽的落叶松林，可以直接登上月观峰，直线距离900米，实际登攀距离要超过两公里。桃峪护林人姓刘，是长清武庄乡人，夫妇二人同守着这片山林和羊群，即便逢年过节也得坚守岗位，所幸桃峪通了电，有光缆，可以收看不少电视频道。我们去时，女主人正在津津有味地欣赏一部韩剧，这可比沙岭石屋工队强多了。

　　负重登月观峰是当天最艰苦的一段路程，因为担心尧观顶的泉井干涸，所以在桃峪几乎将随身携带的水具全部灌满，以备今晚明晨的炊事之需，负重已超过25公斤。事后证明这种决策是正确的，尧观顶林间的泉井虽未干涸，但污染不能饮用，就靠桃峪背来的水坚持到老虎口。翻过几道石梁，月观峰微波站、索道站的建筑就凸现眼前了，小路从两站下方绕到索道进口，满坡的建筑垃圾生活垃圾让人无法落脚，气味难闻。泰山在旅游大潮的冲击下已不堪重负，当我们翻过南天门和桃花源索道站来到石泉一带时，更加触目惊心的污染让我们震惊：岱顶天街一带所有宾馆饭店的生活污水及粪水，全部汇集到石泉近旁的封闭式污水池，未加处理的污水外溢横流，冲过到桃花峪的步行道，直接排放到三叉以上的山林，臭气使人作呕令人窒息，冬季曾结成大片的肮脏冰瀑，石阶路上写着"路滑危险请绕行"。长此以往桃花源直到彩石溪的青山秀水将在劫难逃,我们这人类自然文化双遗产的民族神山将在劫难逃！三条索道给泰山带来滚滚的人流,数以万计的游客在泰山极顶的方寸之地吃喝拉撒睡,究竟有几个真正做到"除了照片什么都不带走,除了足迹什么都不留下"?

尧观顶之夜山风呼啸,夜半辗转难眠,天未明就到东尧观顶等待日出,东尧观顶上又多了一处设计制作都很拙劣的中华太极台。心情郁闷,太阳也躲在云层后面不忍露面。

由尧观顶北去后山明家滩,有两条常走的路,一条在西尧观顶西侧绕行而下,顺冲沟乱石直通歪头山西侧;另条路从东尧观顶东侧后石坞北边沿峡谷向北,也在歪头山西侧与前条路会合,都通到老虎口防火检查站。检查站以下的山形地貌很像天井湾一带的风光,只是溪流瀑布流量较小。出山的路在果园里穿行,直到绕过固顶山脚,就是小明家滩村了。走惯崎岖山路的双脚乍一踏上平整的柏油路,反倒不知如何是好了,人呐,就是活该受罪的动物。

食品饮水和营地:

不打算在岱顶补充给养的话就得携带4餐;没有野营装备者可以在山顶住旅馆,携3升水具,沿途在黄溪河福寿泉、大虎峪、桃峪、西尧观顶南侧、老虎口、明家滩可以补充饮用水;营地可以设在东西尧观顶之间的林带,不打算看日出时,建议提前在桃峪护林站设营地,用水做饭更为方便。

交通提示:

由济南乘火车或汽车到泰安,在泰山火车站乘14路公交车到普照寺开始徒步;返程在明家滩、大津口附近租面的到仲官,再乘88路公交车返济南。

安全警示:

龙角口到九女寨的小径不容易找,而且紧靠峭壁,比较危险,需谨慎行事;尧观顶夜间没有游人,最好结队扎营,避免独身露营;由尧观顶下山最好走山沟,除非你攀岩经验较丰富并带有绳索,沿山梁下撤峭壁很多,且不易观察落点,容易滑坠。

相关费用:

往返交通根据组队人数淡旺季和个人砍价能力不同,在40－50元左右,可能发生的泰山景区门票20－80元不等。

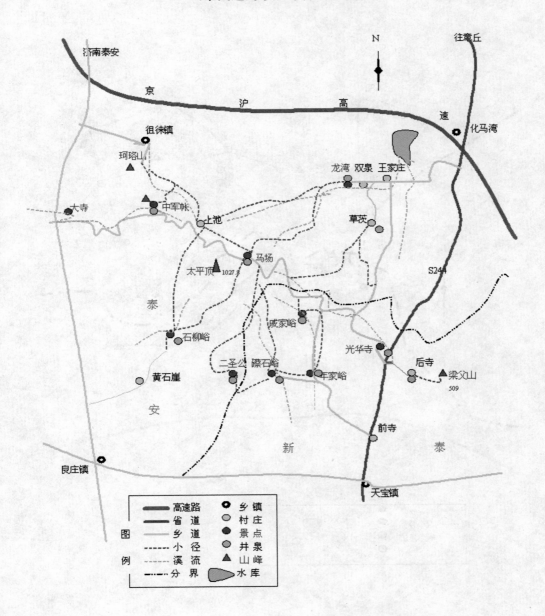

徂徕山自驾车／徒步旅游攻略图

（本图适用于67页、195页）

N

往章丘

济南泰安

京 沪 高 速

化马湾

徂徕镇

珂珞山

龙湾 双泉 王家庄

大寺

中军帐

上池

草茨

马场

太平顶 1027.8

S24

泰

石柳峪

戚家峪

安

光华寺

黄石崖

二圣公 礳石峪

牛家峪

后寺

梁父山 509

前寺

新 泰

良庄镇

天宝镇

图
例

高速路	乡 镇
省 道	村 庄
乡 道	景 点
小 径	井 泉
溪 流	山 峰
分 界	水 库

肥城陶山、小泰山周边攻略图
（本图适用于52页、169页）

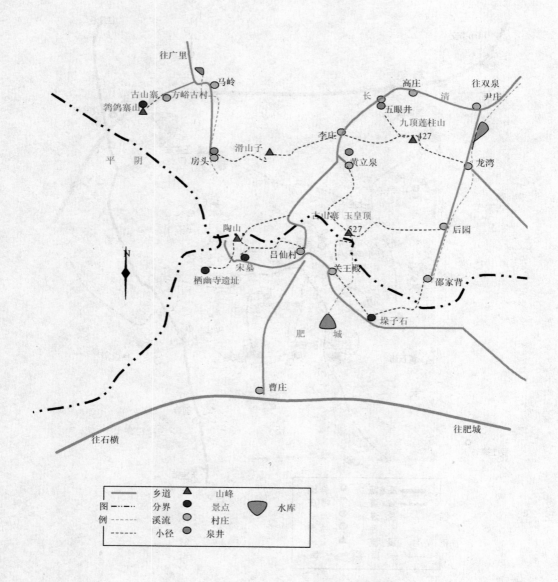

往广里

马岭

古山寨　方峪古村

鹁鸽寨山

长　高庄　清

五眼井　往双泉

尹庄

九顶莲柱山

平　阴

房头　滑山子　李庄　▲427

黄立泉　龙湾

陶山　古山寨　玉皇顶

527　后园

N

吕仙村

宋墓　关王殿

栖幽寺遗址　邵家背

垛子石

肥　城

曹庄

往石横　往肥城

图例		
——— 乡道	▲ 山峰	
—·—·— 分界	● 景点	◆ 水库
------- 溪流	○ 村庄	
- - - - 小径	◉ 泉井	

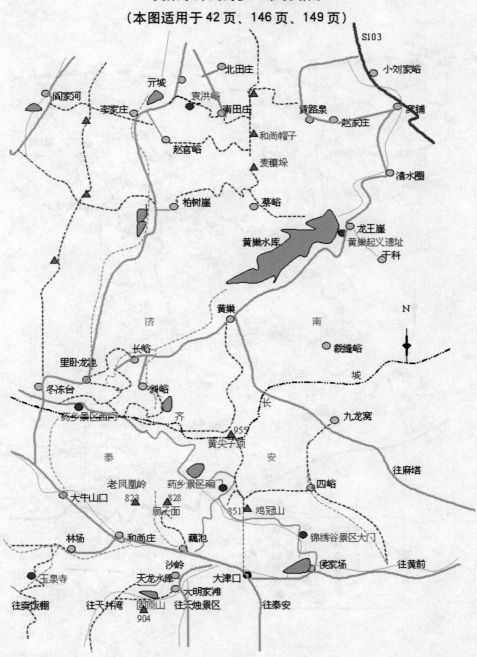

黄巢水库到药乡一带攻略图

（本图适用于42页、146页、149页）

S103

小刘家峪
北田庄
亓城
袁洪峪
南田庄
黄路泉
赵家庄
窑铺
阎家河
李家庄
赵官峪
和尚帽子
麦穰垛
清水圈
柏树崖
蔡峪
龙王崖
黄巢水库
黄巢起义遗址
于科

黄巢
南
济
裁缝峪
城
长峪
N
里卧龙池
剑峪
冬冻台
齐
九龙窝
药乡景区西门
955
黄尖子顶
长
安
往麻塔
泰
老凤凰岭
药乡景区南门
四峪
大牛山口 823
828
扇子面
851 鸡冠山
林场
和尚庄
藕池
锦绣谷景区大门
侯家场
往黄前
沙岭
玉泉寺
天龙水库
大津口
往卖饭棚
往天井湾
固顶山
往天烛景区
往泰安
904
大明家滩

历城拔槊泉周边地带徒步攻略图

（本图适用于 16 页、152 页）

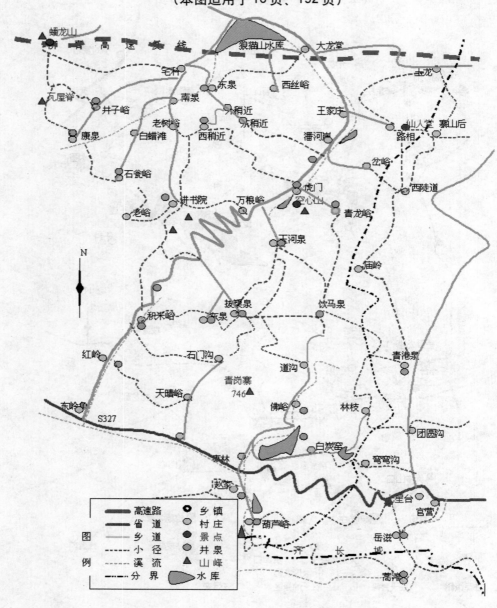

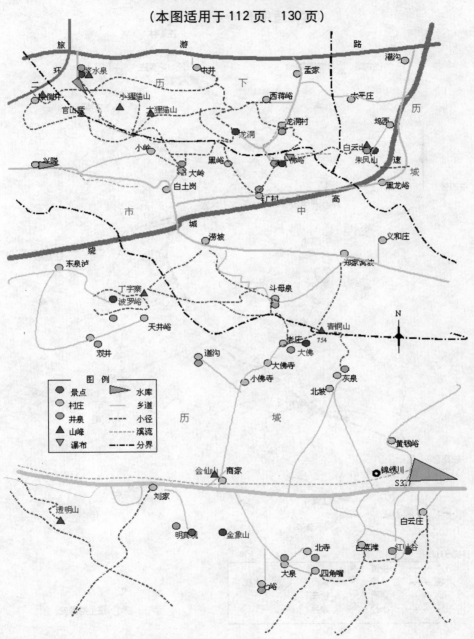

龙洞斗母泉、锦绣川周边攻略图

（本图适用于112页、130页）

藕池、千条沟山地徒步攻略图
（本图适用于36页、159页）

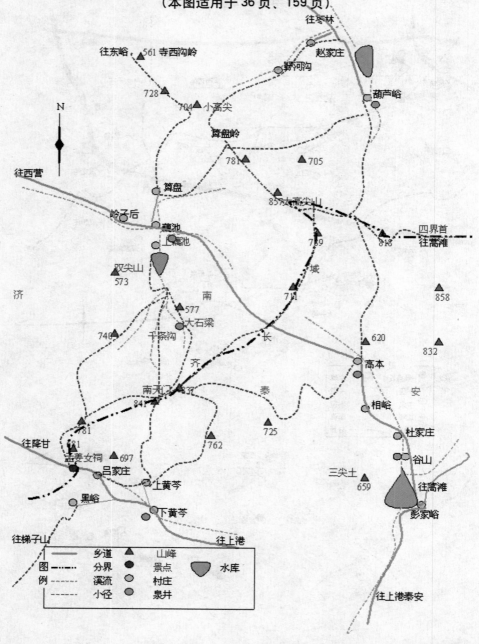

平阴洪范池、大寨山、云翠山攻略图
（本图适用于55页）

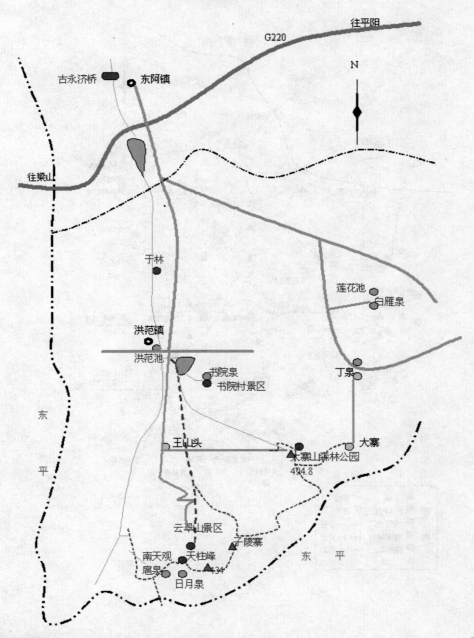

往平阴
G220

N

古永济桥　东阿镇

往梁山

于林

莲花池
白雁泉

洪范镇
洪范池

书院泉
书院村景区

丁泉

东
平

王山头

大寨

大寨山森林公园
494.8

东
平

云翠山景区

子陵寨

南天观　天柱峰
扈泉　　△434
日月泉

235

泰山徒步攻略示意图

（本图适用于64页、199页、203页、207页、212页、215页、218页、223页）

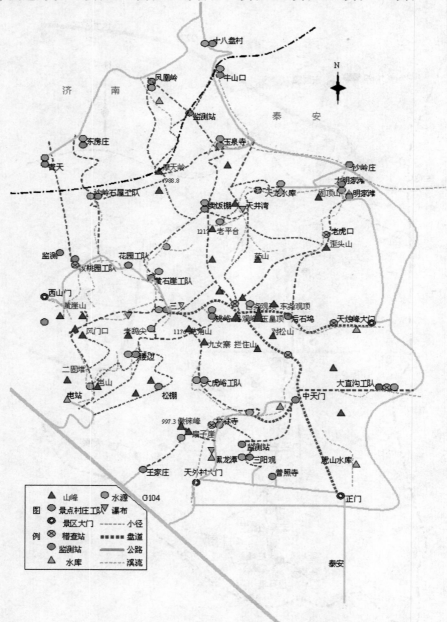

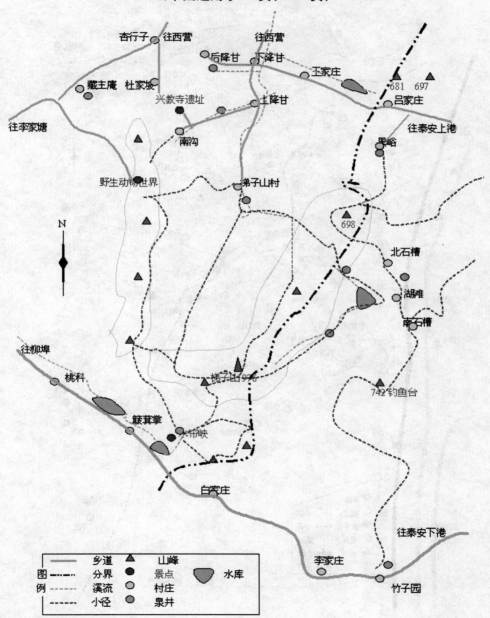

梯子山徒步攻略图

（本图适用于 39 页、162 页）

卧虎山、黄家峪、灵岩山攻略图

（本图适用于45页、137页、143页、165页、177页）

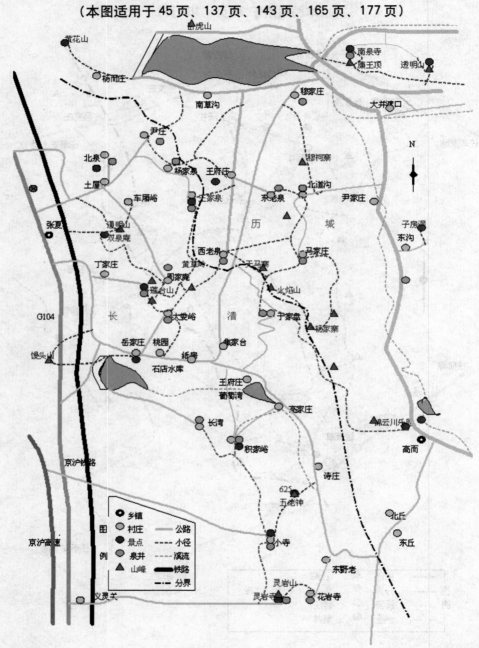

卧虎山
黄花山
南泉寺
康王顶
透明山
杨而庄
穆家庄
大井湾口
南草沟
尹庄
穆柯寨
北泉
杨家泉
王府庄
北道沟
土屋
尹家庄
车厢峪
三家泉
东老泉
子虎洞
东沟
张夏
通明山
历　　城
双泉庵
西老泉
马家庄
丁家庄
黄草洼
天马寨
围家庄
火焰山
莲台山
于家盘
太婆峪
清
杨家寨
G104
长
岳家庄
桃园
年家台
慢头山
纸房
石店水库
王府庄
锦云川乐园
葡萄湾
高家庄
长湾
高而
京沪铁路
积家峪
诗庄
62S
五老神
北丘
乡镇
村庄　　公路
东丘
图　景点　　小径
例　泉井　　溪流
京沪高速　山峰　铁路
分界
小寺
东野老
义灵关
灵岩山
灵岩寺
花岩寺
N

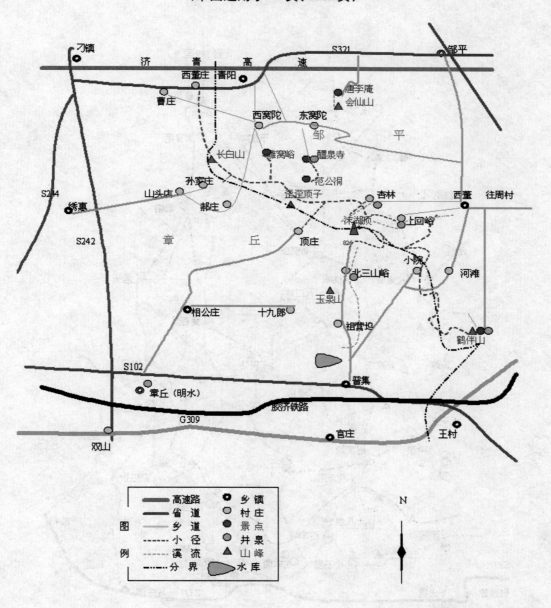

ZUANSHANGOU 钻山沟

章丘长白山徒步登顶攻略图
（本图适用于82页、185页）

刁镇
济青高速 S321
邹平
西董庄 青阳
曹庄
唐李庵
会仙山
西窝陀 东窝陀
邹
平
长白山 雕窝峪 醴泉寺
范公洞
孙家庄 歪歪顶子
S244
绣惠 山头店 杏林 西董 往周村
郝庄
沐湖顶 上回峪
章 丘 顶庄 826
S242
小院
北三山峪 河滩
玉泉山
相公庄 十九郎 鹤伴山
祖营坞
S102
章丘（明水）
普集
胶济铁路
G309
双山 官庄 王村

图例

▬▬ 高速路	◎ 乡 镇
━━ 省 道	○ 村 庄
── 乡 道	● 景 点
--- 小 径	◓ 井 泉
--- 溪 流	▲ 山 峰
-·- 分 界	◢ 水 库

N

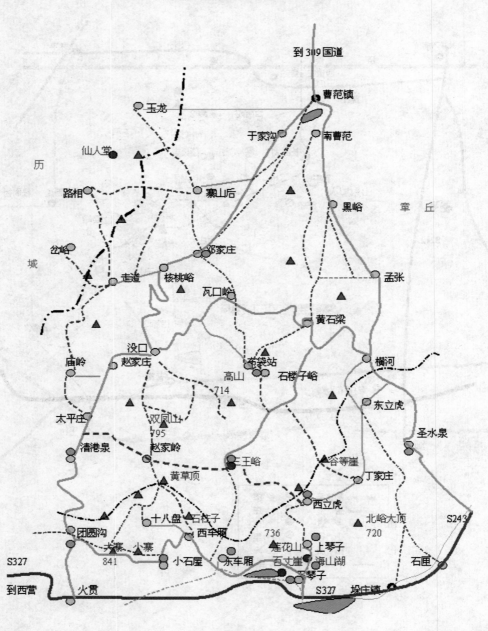

章丘垛庄、曹范山村攻略地图
（本图适用于22页、189页）

到309国道

曹范镇

玉龙

于家沟　南曹范

仙人堂

历

路相

黑峪　章　丘

城

岔峪

寨山后

走道　邓家庄

核桃峪

瓦口峪

黄石梁

没口
赵家庄

花袋站

石楼子峪

横河

庙岭

高山
714

东立虎

太平庄

双凤山
795

圣水泉

清港泉

赵家岭

王王峪

黄草顶

谷等崖

丁家庄

十八盘　石柱子

西立虎

北峪大顶
720

S243

团圆沟

西牟厢

736

莲花山　上琴子

石匣

大寨　小寨
841

小石屋　东牟厢

百丈崖　海山湖

下琴子

S327

到西营

火贯

S327　垛庄镇

240

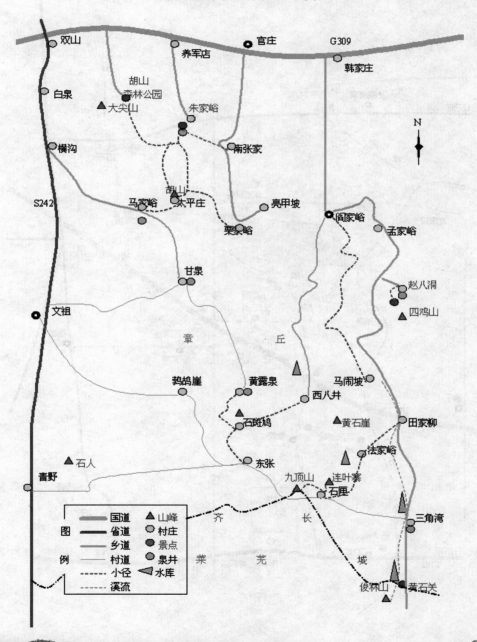

章丘胡山、赵八洞周边攻略地图

（本图适用于 20 页、181 页）

N

图例

国道	山峰
省道	村庄
乡道	景点
村道	泉井
小径	水库
溪流	

双山　养军店　官庄　G309　韩家庄

白泉

胡山森林公园　大尖山　朱家峪　南张家

横沟

S242

马家峪　胡山　太平庄　亮甲坡　阁家峪　孟家峪

栗家峪

甘泉　赵八洞　四鸡山

文祖

章　丘

鹁鸪崖　黄露泉　马闹坡

西八井

石斑鸠　黄石崖　田家柳

青野　石人　东张　法家峪

九顶山　连叶寨　石匣

齐　长　城　三角湾

莱　芜　俊林山　黄石关

章丘湖滨古迹驾车／骑行攻略图

（本图适用于27页）

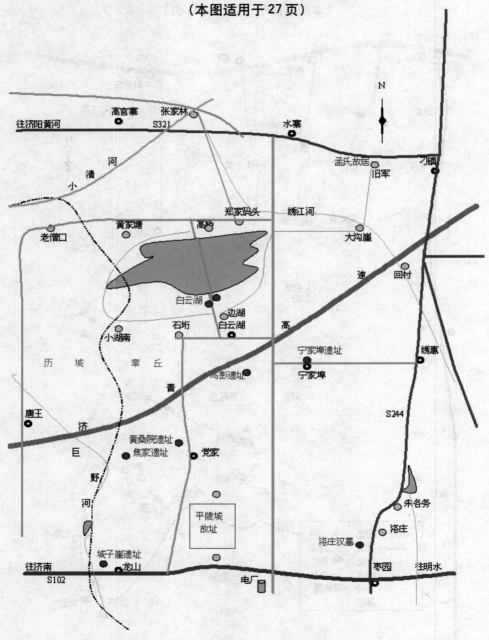

N

往济阳黄河　高官寨　张家林　S321　水寨

小清河

孟氏故居　旧军　小颜

郑家码头　绣江河

老僧口　黄家塘　高桥　大沟崖

速　回村

白云湖　边湖

石坞　白云湖　高

小湖南

历城　章丘

宁家埠遗址

青

马彭遗址　宁家埠

唐王　济

绣惠

巨

S244

野

黄桑院遗址　焦家遗址　党家

河

朱各务

洛庄

平陵城故址

洛庄汉墓

城子崖遗址　龙山

往济南　S102

电厂

枣园　往明水

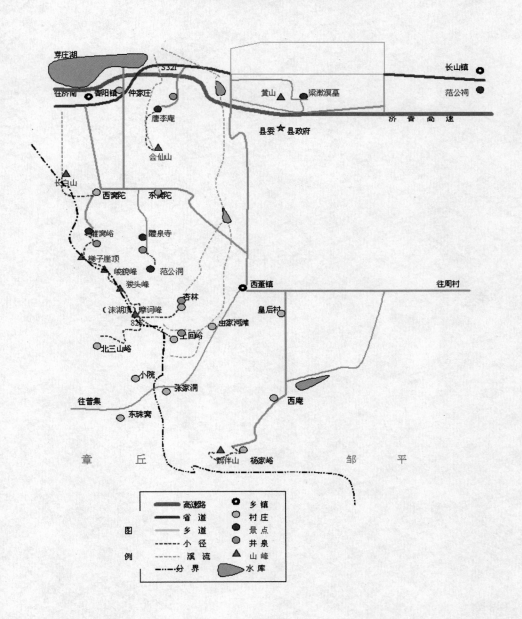

邹平县自驾车旅游攻略地图
（本图适用于82页、185页）

图例

高速路		乡镇	
省道		村庄	
乡道		景点	
小径		井泉	
溪流		山峰	
分界		水库	

附录资料

济南公交公司部分郊区公交车线路及收发车时间

【65 路】(市郊车)　**票价三元**　**刷卡二元七角**　**月票无效**

还乡店[6:00-18:00]－轻工学院－鑫达小区－花园路－洪家楼－洪家楼西路－山大路北口－省胸科医院－解放桥北－解放桥南－山东新闻大厦－银座商城－泉城广场－趵突泉－杆石桥－省委－英雄山－信义庄－八一立交桥南－二七新村－六里山南路－四季花园－重汽技术中心－市林业局－十六里河镇政府－分水岭－南康－大涧沟－西仙村－上店子－二仙村－终军广场－仲宫龙山路－仲宫洪福路－东郭而庄－于家－南杨家－邱家－东路家庄－稻池－刘家庄－敝而庄－商家－牛家－麻池－锦绣川－红叶谷－白云村－九曲－云河村－汪家场－晾米台－**西营**[6:00-18:00]

【67 路】(市郊车)　**票价三元**　**刷卡二元七角**　**月票无效**

八里桥[11月-2月6:00-18:00　3月-10月6:00-19:00]－堤口路西口－铁路宿舍－无影山－长途客运中心－黄屯小区－交通医院－制革街－成丰桥－天桥南－大观园－经七纬二－八一立交桥南－英雄山－二七新村－六里山南路－七里山南村－四季花园－土屋路－重汽技术中心－市林业局－十六里河镇政府－二环南路－车管所检测站－分水岭－南康－大涧沟－大涧沟南－西仙村－上店子－二仙村－刘家峪－终军广场－仲宫北－仲宫龙山路－仲宫洪福路－金宫山庄－并渡口村－大门牙村－小门牙村－突泉村－西坡村－历城三职专－柳埠镇政府－柳埠东－四季村－四门塔－大会村－**李家塘**[11月-2月6:00-18:00　3月-10月5:30-19:00]

【88 路】(市郊车)　**票价一元**　**刷卡九角**　**月票无效**

齐鲁医院[11月-2月6:30-19:00　3月-10月6:00-20:00]－铁路医院－省委－英雄山－信义庄－八一立交桥南－英雄山－二七新村－六里山南路－七里山南村－四季花园－土屋路－重汽技术中心－市林业局－十六里河镇政府－二环南路－车管所检测站－分水岭－南康－大涧沟－大涧沟南－西仙村－上店子－二仙村－刘家峪－终军广场－仲宫北－仲宫龙山路－仲宫镇政府－**仲宫**[11月-2月6:30-19:00　3月-10月6:00-20:00]

【88 路支线1】(市郊车)　**票价一元**　**刷卡九角**　**月票无效**

仲宫[7:30-17:00]－仲宫镇政府－宏福路－金宫山庄－并渡口村－大门牙村－小门牙村－突泉村－西坡村－历城三职专－柳埠大桥－柳埠中村－石桥－**九顶塔**[7:00-17:00]

【88 路支线2】(市郊车)　**票价一元**　**刷卡九角**　**月票无效**

仲宫[7:30-17:00]－仲宫镇政府－宏福路－金宫山庄－并渡口村－东罗园－张家－尹家店－汤家－东沟－邢家庄－北高而－孙家崖－锦云川乐园－**高而**[7:00-17:00]

*以上信息如有变动，以最新公告为准。

济南历城客运汽车站班车线路及时刻

历城公交 1 路

洪楼广场－甸柳庄－丁家庄－高新开发区－小鸭集团－济南炼油厂－殷陈－济钢－韩仓－锦平－郭店镇政府－郭店－郭店铁矿－高而－康山－历城四中－**孙村**

历城公交 2 路

洪楼广场－历城区政府－益寿路－公交公司－甸柳庄－二环东路－七里河－丁家庄－贤文庄－牛旺－邓家－义和庄－殷陈－济钢－济钢东门－韩仓－锦平－铁厂－郭店镇政府－郭店－李东－齐鲁制药东厂－历城二中－董家北－李家－杨家－吕家－吕家路口－时家－温家－甄家－袁家－全节河－**潘新**

历城公交 3 路

洪楼广场－历城区政府－百花公园－甸柳庄－丁家庄－贤文庄－小鸭集团－安家－建工学院－港沟镇政府－邢村立交桥东－邢村－青干院－百合花卉－力诺集团－汇泉会议中心－山东科学院基地－小龙堂－彩石镇政府－东彩石－商职学院－二岔河－彩石中学－大龙堂－玉龙路口－葫芦套－王家－潘河崖－中泉－**虎门**

历城公交 4 路

洪楼广场－历城区政府－百花公园－甸柳庄－丁家庄－贤文庄－雅居园－齐鲁软件园－建工学院－港沟镇政府－邢村立交桥东－邢村－青干院－百合花卉－力诺集团－汇泉会议中心－山东科学院基地－小龙堂－彩石镇政府－东彩石－**商职学院**

历城公交 5 路

洪楼广场－历城区政府－百花公园－甸柳庄－丁家庄－贤文庄－雅居园－齐鲁软件园－建工学院－港沟镇政府－邢村立交桥东－邢村－青干院－百合花卉－力诺集团－汇泉会议中心－山东科学院基地－小龙堂－彩石镇政府－东彩石－商职学院－两岔河－朝阳－北宅科－南宅科－**南泉**

历城公交 6 路

洪楼广场－花园路口－鑫达小区－全福立交桥－荷花路－还乡店北－山头店－马加桥－卧牛－堰头－孟家－北辛店－刘姑店－霍家－西李家－云家－蔡家－谷家－小河套－南河套－北河套－梁家码头－小孙家－大孙家－小李家－大李家－大杜家－马官寨－杨史道口－陈孟圈－赵河－**秦家道口**

历城公交 7 路

洪楼广场－山大西门－七里堡市场－轻工学院－全福立交桥－齐鲁制药厂－黄台电厂－大辛庄－张马屯－王舍人镇政府－济南三院－济钢西门－济钢－韩仓－锦平－郭店镇政府－郭店－李东－齐鲁制药东厂－历城二中－董家北－荀于－王辛－苏新－大涨－四凤闸－陈岭－东王－唐西－唐东－唐王镇政府－韩西－**唐王**

历城公交 8 路

洪楼广场－洪楼广场－花园路口－七里堡－轻工学院－全福立交桥－齐鲁制药厂－黄台电厂－大辛庄－张马屯－王舍人镇政府－济南三院－济钢西门－济钢－韩仓－锦平－郭店镇政府－郭店－曹家馆－十里堡－五里堂－老万锅炉－抬头河－大正集团－埠东－英才学院－**大正小区**

历城公交 9 路

洪楼广场－花园路口－鑫达小区－轻工学院－全福立交桥－肉联厂－还乡店－电厂－大辛庄－张马屯－轻骑路－王舍人镇政府－市立三院－工业北路口－济钢－韩仓－机场路口－重型－谢家－林家－简家－向阳莱钢－大辛－遥墙－南郭而－西大郭－**机场**

历城公交 10 路

省体育中心－马鞍山－信义庄－八一立交桥－英雄山－二七新村－六里山南路－四季花园－土屋路－重汽技术中心－林业局－十六里河镇政府－二环南路－车管所检测站－分水岭－北康－南康－大涧沟－西仙村－上店子－二仙村－刘家峪－终军广场－仲宫北－龙山路－仲宫－金宫山庄－并渡口－大门牙－小门牙－突泉－西坡－红旗－摩天岭－柳埠镇政府－柳东－四季村－四门塔－干洼－大会－李家塘－龙门－涝峪－卓沟－黄家－**桃科**

历城公交 11 路

洪楼广场－历城区政府－甸柳庄－丁家庄－贤文庄－高新开发区－小鸭集团－安案－建工学院－田庄－港沟镇政府－邢村立交桥东－邢村－青干院－百合花卉－力诺集团－汇泉会议中心－山东省科学院基地－彩石路口－东港沟－庄科－济南特尔电气有限公司－大正路口－四五六厂－白谷堆－**鸡山**

历城公交 12 路

洪楼广场－历城区政府－甸柳庄－姚家－政法学院－武警医院－石河岭－北胡－南胡－港沟－章锦－盘龙－冶河－寨而头－里子－夏家庄－龙湾－西营－东岭角－西岭角－枣林－佛峪－**道沟**

历城公交 13 路

洪楼广场－解放桥－省体育中心－八一立交桥－英雄山－七里山南村－十六里河－大涧沟－西仙－上店子－二仙－刘家峪－仲北－仲宫镇政府－金宫山庄－并渡口村－门牙－突泉－西坡－

东坡－红旗－柳埠镇政府－北峪－柳中－柳西－柳东－榭疃－周家峪－岱密庵－刘家峪－唐家沟－窝铺－清水圈－菜峪－于科－**黄巢**

历城公交 14 路

洪楼广场－历城区政府－甸柳庄－丁家庄－贤文庄－高新开发区－小鸭集团－济南炼油厂－殷陈－济钢西门－济钢－韩仓－锦平－郭店镇政府－郭店－李东－齐鲁制药东厂－历城二中－董家北－荀于－王辛－苏新－大张－四风闸－鸭旺口－大陈家－张越家－桥南－越家寨－韩辛－唐王镇政府－范家－崔家－亓家－大徐家－唐王渔场－**老僧口**

*历城公交收发车时间较随意，站内的时刻表也不可靠，夏季从各乡镇一般 5：30 左右发车，到洪楼客运站 6：30 左右返回，下午 17：30 左右发车，18：30 返回；班次间隔时间 15—60 分钟不等。

济南现存摩崖造像

黄石崖造像群

黄石崖造像群位于济南市千佛山南罗袁寺顶主峰西侧，因石质呈赭黄色而得名。窟龛及造像分布在长约 30 米的峭壁下部，现存石窟 1 座，大小浅龛 20 多个，造像 75 尊，题记 7 则。从北魏正光四年（523 年）到东魏兴和二年（540 年），历时 17 年开凿。窟在峭壁东北端，由天然石洞改造而成，呈三角形，正面无造像。东壁造像 7 尊，除立佛、坐佛各 1 尊外，余皆为菩萨。立像与坐像身后刻有椭圆形背光和圆形头光，头光内为莲荷卷草纹饰。西壁造像 17 尊，佛像头光之上浮雕飞天，造型生动活泼。窟门上沿及洞壁顶部留有壁画残迹。石窟西为摩崖造像，其中 4 尊飞天手中各持乐器，身上除飘带外全部裸体。造像风格受北魏汉化的影响比较明显，躯体修长，面容清瘦，刀法简朴厚重，可惜不少精美造像头部已被毁或被盗走。

大佛头造像

大佛头造像位于济南市历下区姚家镇羊头峪村南佛慧山上。北宋景佑二年（1035 年）刻，为单体摩崖造像。就崖凿刻，高 7.8 米，宽 5.35 米，半身式，方圆脸，眉间饰白毫相。1923 年增建石窟保护，高 9 米，平面方形，拱门上方镌刻清末御史张英麟书"大雄宝殿"。像西刻"李思重……万历丁未三月吉日重妆"；像东刻明人李伯春题"大慈大悲"。佛龛东侧有北宋遗存的深浮雕密檐七级玲珑宝塔两座，虽已半毁，仍不掩当年风采。

千佛山石窟造像

位于济南市历下区千佛山阴悬崖上，1995 年被公布为市级重点文物保护单位。千佛山古称历山，相传舜耕于此，故又名舜耕山。隋开皇年间依岩石镌佛，遍布山崖，遂称千佛山。现存有9个造像石窟。最早的雕像距今已有1400多年，为开皇七年(587年)刘景茂的造像。此外，还有初唐贞观年间的造像130余尊。崖下极乐洞、龙泉洞、黔娄洞内也有佛造像。"文化大革命"中受到严重破坏。该石窟群是国内少有的隋代造像群之一，对于研究隋唐文化具有极为重要的价值。

开元寺摩崖造像

位于济南市郊区佛慧山北部山腰。1995年被公布为市级重点文物保护单位。据清道光版《济南府志》及乾隆版《历城县志》载：开元寺始建于唐，北宋景佑及南宋建炎年间，曾重修。以后历代均有修葺，现已圮废。在寺庙遗址所处的东、南、北三面约50余米长、高6米的峭壁上，刻有佛造像75个，有的地段分二至三层乃至数层造像，有的一龛一躯。大多数为结跏趺坐，作禅定像，少数为站姿。其中南壁佛龛一无首造像通高3米余，其他身高为50~60厘米。从雕刻技法看，人物比例适中，刀法娴熟洗练，多为唐代作品。另外尚存有玄武碑趺一尊。寺内崖壁上现存宋、明、清、民国题记13方，文字大部清晰可辨。

由于年久风雨摧蚀，再加上"文化大革命"期间严重破坏，全部造像都有残损。

玉函山石窟造像

玉函山石窟造像位于历城区十六里河镇分水岭村东南玉函山北麓，为西佛峪摩崖造像。玉函山北面山腰西北方有巨石，上刻"佛峪"，东约150米即石窟造像。现存隋代造像95尊，其面部在"文化大革命"中被毁，佛身尚好。像旁有隋代题记12则，唐代2则，元代3则。石窟下有佛峪寺遗址。

佛峪石窟造像

佛峪石窟造像位于济南市中区十六里河镇钣村东北佛峪尽头处，有般若寺遗址。自佛峪胜境牌坊拾阶而上，有长百米、高数十米的悬崖，崖上刻造像20余尊，为隋唐风格。清光绪二十九年(1903年)冶山居士书"云殿泉厨"，光绪九年(1883年)刻大"佛"字及"别有洞天"、"严阿仙境"、"林壑优美"、"洞庭少宝"等大小题记30余则。

龙洞造像及石刻

位于历下区姚家镇龙洞村南龙洞山(亦称禹登山)。1992年被公布为第二批省级重点文物保护单位。山的西峰悬崖上有一天然喀斯特溶洞，高约2.7米，阔1.3米，深约500米，呈东西走向，传为神龙蛰居处，故名"龙洞"。洞口旁镌一联："真气森喷薄，神功接混茫"。造像群集中在洞口及洞外的石壁上，主洞呈天然穹窿状，如巨钟覆盖，内有东魏天平四年(537年)造像8尊，均为立姿高浮雕，其中约4米的大佛3尊，法相庄严，宽衣博袖作无畏印状。据清代毕沅、阮元《山左金石志》载：造像者为汝阳王姓，而后有东骑将军乞伏锐及征北将军衔名。乞伏锐时为齐州长史，元象二年(539年)在黄石崖造有佛像。在洞外石壁及另一狭窄的天然石洞中，多雕刻隋唐造像。大洞门外雕元代佛、菩萨、天王、力士以及护法狮子等造像龛。共计石刻50余躯，其中有梁师都永隆四年及元延祐五年(1318年)题记。

千佛崖造像

千佛崖造像位于历城柳埠镇神通寺遗址西山腰石崖处。1977年定为省级重点文物保护单位，1988年定为全国重点文物保护单位。南北长65米，有大小造像221尊，造像题记43则，从唐高祖武德时(618~626年)始凿，到高宗时最盛，至睿宗时止，前后历时70余年。余为后人重修或游人题记。南端第一窟，是显庆三年(658年)南平长公主造像窟，窟内刻坐佛1尊。由此往北，有两个大窟，即贞观十八年(644年)和显庆三年(658年)僧人明德造像窟。千佛崖中部悬崖有一群体像，大小均匀，排列整齐，共35尊。北部造像稀疏，最后为两个大窟，有大小造像27尊。

大佛寺石窟造像

大佛寺石窟造像位于历城区锦绣川乡老庄村北青铜山南麓悬崖上，坐北朝南。大佛寺荒废无存，仅存石窟造像。窟高9.5米，深4.5米，宽4.7米，拱形窟门。内有大坐佛1尊，佛身高8米，宽4.7米，佛座高1.5米。侧有菩萨和比丘立像。菩萨高2.2米，肩宽0.7米，手持枝条和净水瓶，额冠上有坐佛。比丘高1.8米，宽0.6米。大佛右侧上有小佛4尊。全窟共9座造像，均为高浮雕，系隋唐雕刻。大佛寺造像为省级重点文物保护单位。

太甲山石窟造像

太甲山石窟造像位于历城仲宫镇东郭而庄南太甲山北麓。有造像3尊，最大者高2米、宽1.25米，最小者高0.9米、宽0.7米，均系高浮雕，刻工细致，面庞端庄，具有隋唐风格。

黄花山石窟造像

黄花山石窟造像位于历城区仲宫镇朱家庄东南，黄花山半腰处。窟为天然洞，离山下玉符河河面80米，离山顶100米，长方形，深6.67米，口宽3.52米，底宽2.55米，高4.2米。造像借自然洞而凿，为高浮雕，分上下两层，上层佛像5尊，下层罗汉18尊，各有部分被破坏。洞内有金承安二年(1197年)杨十三郎造像碑1块，清代碑2块，造像题记20则。1979年定为济南市重点文物保护单位

灵鹫山造像

灵鹫山造像位于历城柳埠镇南灵鹫山上。山崖有造像3处，计17龛80余尊，体量大者为40~50厘米，小者15~20厘米，形态、服饰、发髻等特点具唐代风格。有3则造像记，其中两则不清，唯"李舍那造像记"尚可辨认。

方山造像

方山造像位于灵岩山方山之巅的积翠证明龛内，为唐初开凿。龛平面呈椭圆形，中雕高约5

米的释迦坐像，面部硕圆生动，体态丰满，身着袈裟，结跏趺坐。龛东西两壁各有菩萨一尊(原有四尊，两尊已失)，雕刻手法与释迦同，均为唐时所造。龛内唐、宋题记颇多。明嘉靖三十八年(1559年)又在龛外增修方形室，墙为朱红色，远望如"万绿丛中一点红"，故又称红门。

莲花洞石窟造像

莲花洞石窟造像位于长清区五峰山西，聚仙峰西侧峭壁上。窟高3米，外砌券拱门，额置"天启六年五月圣佛莲花洞"题刻。窟内正壁雕一佛二僧二菩萨，四壁及拱门两侧雕小佛242尊，窟顶藻井雕莲花。洞外东石壁雕小佛10余尊。洞内题字大部漫漶，能识者尚有东魏武定五年(547年)及北齐乾明元年(560年)造像题名。1979年定为济南市重点文物保护单位。

王泉摩崖造像

王泉摩崖造像位于长清区张夏镇王泉村东南山谷中，分别开凿于南、北山腰处，均为自然岩洞略加雕琢而成。朝阳洞主佛高1.07米，迦叶、阿难佛高0.54米，小龛内有53尊佛像。背阴洞内有菩萨佛，并刻有动物及武士像，为隋唐雕刻，保存尚好。

神宝寺四方佛唐代石刻

位于长清县张夏镇小寺村内。该村为唐代神宝寺遗址，现存该造像及部分石刻。该遗址于1995年被公布为市级重点文物保护单位。四方佛为一巨石圆雕，头部及手臂残损，残高1.30米，四佛大小相同，按东、南、西、北4个方向，向外坐在束腰须弥座上。四佛颈部中心均有一卯孔，系为后人安置佛头所致。袒右胸，着通肩大衣，形体丰满，衣纹轻薄贴体，左手扶膝，右臂前伸，手部残损，似作说法状。南面造像为善跏趺坐，余者均为结跏趺坐。佛身下为束腰须弥座。座四边为下垂密褶桌布，束腰部南面为半圆小龛，龛内浮雕3尊伎乐天；北面素面无饰，东西两面浮雕5个半球状宝珠，宝珠周围有花牙子式包皮。束腰上下均出叠涩层，再上下为仰覆莲花瓣。据佛教内容，四佛应分别为"东方香积世界的阿门众佛，南方欢喜世界的宝相佛，西方极乐世界的阿弥佛，北方莲花世界的微妙声佛"。该造像造型稳健有力，比例适度，装饰精美华丽，堪称唐代雕刻艺术中的杰作。

神宝寺遗址原有圆首唐开元二十四年（736年）《大唐齐州神宝寺之碣》一通，上世纪60年代迁到泰安市岱庙中保存。

赵八洞石窟寺造像

位于章丘县阎家峪乡赵八洞村南800米的山岭北麓，宋、元代凿刻。1979年被公布为市级重点文物保护单位。洞坐西朝东，平面呈不规则形，口宽8米，深约50米，高5～20米，为自然石洞，进洞5米处南北两壁始有浮雕造像，有关公、关平、周仓、如来、观音、罗汉等像。北壁造像44处，南壁造像37处，保存基本完好。进洞口1.5米处南壁有石匾一方，上书"通天透天"四个大字，落款为"明嘉靖巳酉岁四月雪裳子苏洲为中麓山人龙洞题"。

济南现存古村落与废弃的山村

朱家峪

位于章丘市官庄乡明水城东南五公里处，胡山东北角下，原名城角峪，后改名富山峪。明洪武二年，朱氏进村，因系国姓，故名朱家峪。该村自明代以来，虽经六百年历史风雨沧桑，仍较完整地保存了原有祠庙、楼阁、石桥、古道和古泉。朱家峪为梯形聚落，上下盘道，高低参差，该村三面环山，北依平原，南达胡山与圣水灵泉，东依长流泉，西连半井龙泉与胡山森林公园。

朱家峪现遗存大小古建筑近二百处，大小石桥九十九座，井泉六十六处，自然景观一百余处。现已开发为收费民俗村。

贤子峪

位于平阴县平阴镇，距平阴县城东南5公里的群山环抱处，至今仍完好保存了明代村落的原始风貌，距今已有400多年历史。因明代贡生张宗旭曾在此创设函山书院而得名，历代文人墨客多会于此，古村内至今保留着明代祠堂、书院、伏魔堂等。桃花源、抱珠泉等泉水流过古村落。古村因交通不畅，大部分村民搬出山去，现只有两户村民仍在古村居住。

方峪

位于长清区孝里镇南10公里的鹁鸽寨山东侧，是明代洪武年间由山西移民方姓后裔建立的宗族聚居村落，至今历600余年风雨，仍存留明清风格北方山地农居300余栋。新村移往老村以北山外地带之后，老方峪村大都只剩老人留守，日夕相伴旧宅老街老井老碾子，度清幽绵长的日子。鹁鸽寨山有清末太平军捻军战乱时期构筑的山寨。

太平庄

位于章丘市官庄乡胡山南麓的一块台地，海拔500米，背靠海拔693米的胡山主峰，周边与"胡山八庄"交界，原有村民十几户。乾隆四年李氏先祖在此置地修宅建碑立庙，始成村落，至1990年代全部村民经当地政府协调分散外迁安置，遂成弃村。现遗存土石结构村屋聚落废墟及旱井石缸石槽，尤其珍贵的是清代关帝庙土地祠及胡山八庄首事堪界碑保存完好，成为研究清代乡村自治民间习俗的原始标本。

黑峪

位于济南市中区十六里河镇以东8公里的黑峪林场南侧500米的山间台地，四面环山，北临龙洞沟；该村既不通电也不通公路，有水源但不可靠，一遇旱天，吃水都无法解决，村民外出只能徒步翻山往返。原有十几户村民，后经当地政府协调动员，分别迁移到山外几个村庄落户。村内现遗存石头垒砌房屋院落十几处，屋顶多坍塌，石槽石磨石碾犹在，环村有桃杏柿子树及少量农田。

济南新七十二名泉位置详表

济南没了泉水就没了灵气，敬请每位朋友都争做爱泉护泉的模范。

泉名	位置	说明
趵突泉	济南市区趵突泉公园内	曾列古七十二名泉
金线泉	济南市区趵突泉公园内	曾列古七十二名泉
皇华泉	济南市区趵突泉公园内	曾列古七十二名泉
卧牛泉	济南市区趵突泉公园内	曾列古七十二名泉
柳絮泉	济南市区趵突泉公园内	曾列古七十二名泉
马跑泉	济南市区趵突泉公园内	曾列古七十二名泉
无忧泉	济南市区趵突泉公园内	曾列古七十二名泉
漱玉泉	济南市区趵突泉公园内	曾列古七十二名泉
石湾泉	济南市区趵突泉公园内	曾列古七十二名泉
湛露泉	济南市区趵突泉公园内	曾列古七十二名泉
满井泉	济南市区趵突泉公园内	曾列古七十二名泉
登州泉	济南市区趵突泉公园内	曾列古七十二名泉
杜康泉	济南市区趵突泉公园内	曾列古七十二名泉
望水泉	济南市区趵突泉公园内	曾列古七十二名泉
五龙潭	济南市区趵突泉公园内	曾列古七十二名泉
古温泉	济南市区趵突泉公园内	曾列古七十二名泉
贤清泉	济南市区趵突泉公园内	曾列古七十二名泉
天镜泉(江家池)	济南市区趵突泉公园内	曾列古七十二名泉

西蜜脂泉	济南市区五龙潭公园内	曾列古七十二名泉
月牙泉	济南市区五龙潭公园内	新入选名泉
官家池	济南市区五龙潭公园内	新入选名泉
回马泉	济南市区五龙潭公园内	新入选名泉
虬溪泉	济南市区五龙潭公园内	新入选名泉
玉泉	济南市区五龙潭公园内	新入选名泉
濂泉	济南市区五龙潭公园内	新入选名泉
黑虎泉	济南市区环城公园内	曾列古七十二名泉
琵琶泉	济南市区环城公园内	新入选名泉
玛瑙泉	济南市区环城公园内	新入选名泉
白石泉	济南市区环城公园内	新入选名泉
九女泉	济南市区环城公园内	新入选名泉
漺泉	济南市区省人大院内	曾列古七十二名泉
珍珠泉	济南市区省人大院内	曾列古七十二名泉
散水泉	济南市区省人大院内	曾列古七十二名泉
溪亭泉	济南市区省人大院内	曾列古七十二名泉
濯缨泉(王府池子)	济南历下区王府池子街	曾列古七十二名泉
芙蓉泉	济南历下区芙蓉街69号居民院内	曾列古七十二名泉
玉环泉	济南历下区省府前街路西	曾列古七十二名泉
舜井	济南历下区舜井街路西	曾列古七十二名泉
腾蛟泉	济南历下区王府池子街北头路东	曾列古七十二名泉
双忠泉	济南历下区双忠祠街西首	曾列古七十二名泉
浆水泉	济南历下区浆水泉村回龙岭下	曾列古七十二名泉
砚池	济南历下区姚家镇政府南侧	新入选名泉
涌泉	历城区柳埠镇四门塔景区内	曾列古七十二名泉
苦苣泉	历城区柳埠镇袁洪峪度假村	曾列古七十二名泉
避暑泉	历城区柳埠镇袁洪峪度假村	曾列古七十二名泉

泥淤泉	历城区柳埠镇泥淤泉村街旁	曾列古七十二名泉
突泉	历城区柳埠镇突泉村皇姑庵旧址	曾列古七十二名泉
白泉	历城区王舍人镇纸坊村北侧	曾列古七十二名泉
玉河泉	历城区彩石镇玉河泉村内河底	新入选名泉
缎华泉	历城区柳埠镇九顶塔景区	新入选名泉
大泉	历城区锦绣川乡大泉村	新入选名泉
华泉	历城区华山镇华山景区	新入选名泉
圣水泉	历城区红叶谷风景区内	新入选名泉
斗母泉	济南市中区十六里河镇斗母泉村北首	曾列古七十二名泉
林汲泉	济南市中区龙洞村南佛峪寺东崖	曾列古七十二名泉
甘露泉	济南市中区佛慧山开元寺旧址	曾列古七十二名泉
无影潭	济南市天桥区无影山	新入选名泉
百脉泉	章丘市百脉泉公园龙泉寺内	曾列古七十二名泉
净明泉	章丘市明水西麻湾景区内	曾列古七十二名泉
东麻湾	章丘市百脉泉公园东	新入选名泉
墨泉	章丘市百脉泉公园龙泉寺西南	新入选名泉
梅花泉	章丘市百脉泉公园清照园	新入选名泉
西麻湾	章丘市明水西麻湾景区内	新入选名泉
袈裟泉	长清区万德镇灵岩寺内	曾列古七十二名泉
卓锡泉	长清区万德镇灵岩寺内	新入选名泉
檀抱泉	长清区万德镇灵岩寺内	新入选名泉
清冷泉	长清区五峰山志仙亭下	新入选名泉
晓露泉	长清区张夏镇积峪村	新入选名泉
洪范池	平阴县洪范池镇政府驻地	新入选名泉
书院泉(东流泉)	平阴县洪范池镇书院村	新入选名泉
扈泉	平阴县洪范池镇云翠山北崖下	新入选名泉
日月泉	平阴县洪范池镇云翠山元代南天观遗址	新入选名泉

济南较为著名的古树名木

　　2003 年，按照省建设厅"关于搞好全省古树名木普查工作的通知"要求，济南市对全市范围内的古树名木进行了较系统的调查统计。全市共有古树名木 1928 株，分属 26 科、52 种，其中一级古树 753 株（千年以上的 11 株），二级古树 1153 株，名木 22 株，古树群 12 处。并进行了挂牌保护，建立了完整的古树名木名录和档案资料。

济南千年以上古树古树群详表

请关爱每一棵树木，珍视每一分绿色。绿化祖国，人人有责。

古树

编号	树种	誉名	地点	树龄（年）	胸径（厘米）
1	侧柏	汉柏	长清区灵岩寺内	2000	42
2	侧柏	九顶松	柳埠四门塔北侧	1300	172
3	国槐	唐槐	千佛山半腰	1300	
4	侧柏	摩顶松	灵岩寺大雄宝殿西北侧	1300	98
5	国槐		章丘市辉柳村	1300	73
6	银杏		十六里河镇矿村白云观西侧	1300	185
7	侧柏	九顶塔灵柏	柳埠九塔寺前平台上	1000	42
8	侧柏	九顶塔灵柏	柳埠九塔寺前平台上	1000	40
9	青檀	千岁檀	灵岩寺接待室西侧	1000	90
10	青檀	千岁檀	灵岩寺接待室西侧	1000	85
11	海棠	宋海棠	珍珠泉池北侧	1000	35

古树群

编号	树群名称	树种	株数	树龄（年）
1	千佛山古树群	侧柏	203	300
2	华山古树群	侧柏	50	300
3	中山公园古树群	侧柏	58	110
4	平阴县洪范古树群	白皮松	42	450
5	长清区五峰山古树群	侧柏	245	300
6	长清区崮山古树群	侧柏	80	300
7	锦绣川孤山古树群	侧柏	30	300—500
8	章丘市锦屏山古树群	侧柏	100	150—300
9	平阴县翠屏山古树群	侧柏	56	500
10	平阴县云翠山古树群	侧柏	120	200
11	历城区柳埠镇灵鹫山古树群	侧柏	30	200—300
12	历城西营镇藕池古树群	板栗	200(102)	300

济南野外观鸟地点

　　大天鹅、野鸭、雁、鹭、鹤、鹳等水禽涉禽的主要观赏带位于黄河滩区、章丘白云湖、近郊美里湖、玉清湖、鹊山湖，市内大明湖冬季也可常见。市中区青龙山多夜鹭群栖。

　　观赏雕、隼、鹰、鹞等猛禽和野鸽主要在南部山岭峭壁，泰山、徂徕山、龙洞、门牙岭、黄草岭、杨家寨以及章丘、长清、平阴等县区山地。

　　观赏鸥类主要在华山华阳宫，白日成群栖憩于古柏。零星遍布城乡。

　　鹃、鸠、莺、鹊、啄木鸟散布广大林区、农村。

　　鸟类是人类的朋友。嘘！安静，请倾听小鸟的歌唱。劝君莫打三春鸟，子在巢中盼娘归。

济南周边的花信和重点赏花地带

迎春花

盛花期在2月底至3月底，遍布济南南部山区，以石灰岩山地为多，从近郊乡义寺、龙洞、黄石崖到远郊梯子山、千条沟都可观赏。

杏花

盛花期在3月中旬，在济南南部山区的林果种植带分布较多，尤以长清区张夏镇焦台村至于家盘村一带较为集中，每年3月中旬当地举办杏花节。自驾车经104国道张夏转经莲台山景区路口前往，也可经仲宫-高而-诗庄前往；在济南长途汽车站乘济南至泰安的客车到莲台山下车转乘旅游专车可进山游览；也可在青龙山客运站乘济南至诗庄的客车直达风景区。

桃花

盛花期在3月下旬至4月中旬，按不同品种略有先后，在济南南部山区的林果种植带分布较多。历城区彩石镇玉龙村的玉龙雪桃盛开于3月底，自驾车沿经十东路到彩石路口右转过狼猫山水库大坝经大龙堂往东即可，或乘3路历城公交车前往。

肥城十万亩桃园，盛花期在4月中旬，自驾车经泰安转肥城或长清、马山、老城到肥城转桃园镇，全程140公里。也可在济南各长途客运站乘长途客车到肥城转乘短线车。

连翘花

盛花期在4月至5月初，多生长于济南南部花岗岩结构深山区，以梯子山和泰山最为集中，花型如迎春但较大，色嫩黄。自驾车经西营、降甘、到梯子山村，徒步登山观赏。或乘65路公交车12路历城公交车到西营租面的前往。泰山连翘集中带在樱桃园-腰边-龙角山，岜山至北猎石屋一带，或玉泉寺-老平台途中，均需徒步进山。

梨花

盛花期在4月上旬，广泛分布于济南南部山区，重点在仲宫镇南，西起卧虎山水库南岸东到锦绣川水库一线，以太甲山、透明山之阴最为集中，距济南市区20公里，自驾车很方便。乘88、65、67路公交车可达。

杜鹃花

盛花期在5月上中旬，品种为灌木小叶迎红杜鹃，在泰山北侧药山一带多见集中生长。交通线路可参阅本书观赏红叶线路。

刺槐花

盛花期5月上中旬，广泛分布，重点景区有泰山腰边北侧、徂徕山马场、莱芜王石门村槐花谷、七星台至药乡一带的齐长城南坡。

石榴花

盛花期在6月上旬，最著名观赏区位于山东枣庄市峄城区西部。自驾车经由京福高速峄城出口下高速。也可乘济南－枣庄、峄城长途车直达。

荷花

济南市花，盛花期在7－8月。广泛分布于市郊西、北、东部湖泊水网滩区。主要观赏区有大明湖公园、历城区遥墙镇万亩荷花园、章丘市白云湖，省内滕州微山湖湿地红荷风景带更为著名。

芦花

最佳观赏期在秋末冬初，降雪后折败，济南黄河滩涂广泛分布，著名观赏地章丘市白云湖沿岸、淄博市博兴马踏湖区、东营市河口黄河湿地。除芦苇之外，济南南部山区潮湿地带多有荻苇丛生，其花型更为清秀飘逸，浆水泉公园南部庙子沟、龙洞一带多见。

野菊花

盛花期在10月末至11月末，广泛分布于济南周边山区，花色黄、白、紫均见。近郊龙洞、黄石崖、大小岭、青铜山一带观赏方便。泰安徂徕山为盛。

注：济南的花信及各类花卉盛花期受气候及山地海拔高度的影响较大，如，倒春寒会影响春季花期、霜期的提前或延迟会影响野菊花花期。深山区的花信较近郊一般会延迟半个月，比如刺槐花，市区4月底始开，深山区要到5月中下旬始开。

可怀赏花之心，莫生采花之意。

济南周边观赏红叶的景区和最佳时间

龙洞景区

红叶以黄栌为主，偶见银杏黄叶，门票15－20元。位于济南近郊历下区姚家镇龙洞村西南，市区沿经十东路到石河岭右转沿龙洞路南行8公里，可搭乘115、119路公交车或3、4路历城公交车到石河岭换乘面的前往。

玉函山阴

红叶以黄栌为主，无门票。位于济南近郊市中区十六里河镇分水岭村东南，出二环南路沿省道103线1公里左转到玉函山公墓步行可达，或乘65、67、88路公交车，10、13路历城公交车南康村下车向东翻山1公里徒步可达。

红叶谷

红叶以黄栌为主，间杂火炬树、枫树，门票30元。位于济南历城区原锦绣川乡锦绣川水库以南，沿省道103线仲宫左转省道327线东行16公里可达，市区乘65路公交车到红叶谷下车。

莲台山景区

红叶以黄栌为主，门票15元。位于济南长清区张夏镇小娄峪村，沿104国道过张夏2.5公里左转2公里可达，市区在市立五院路口搭乘去泰安的客运车到张夏转租面的前往，或在青龙山客运站乘到诗庄的郊区客运车到莲台山。

泰山北麓药山、北黄石崖东岭、西南麓三阳观

五角枫为主，（林区检查站收费面商20－80元），自驾车沿省道103线到仲宫转乡道经高而到十八盘村翻济南泰安交界垭口到泰安大明家滩天龙水库停车，总里程80余公里；济南市区乘88路到仲宫包租面的到泰安天龙水库，自此徒步进山，经天井湾沿窑子沟上行400米左拐沿水系向东南600米到药山枫岭；经天井湾右拐上行，沿老平台东溪约800米，到石屋子老陈家羊圈折东北方向上山400米到北黄石崖东岭。三阳观可由泰安普照寺上行。

注：关于济南地区观赏红叶的最佳时间，一般在10月中旬至11月上旬，农历重阳节为盛，也就是二十四节气的霜降始至立冬止，根据届时的天气条件变化会略有提前或延后。

济南周边较理想的野营营地推荐

　　近郊沿黄河风景带营地：黄河公园、黄河森林公园（收费景区），各险工坝顶草地，济南公路大桥北岸林带，章丘黄河林场，济阳沿黄河林带。夏秋季营地，适合休闲烧烤垂钓类露营及月光晚宴晚会。饮用水需自带或在村民家讨取，黄河水沉淀后可供洗漱，不适于饮用。沙地土地适于挖野战餐桌。缺点是夜间蚊子较多。黄河多暗流，水的能见度几乎为零，不易施救，一般泳技不要下黄河游泳。

郊区山地滨水型营地：

市中区大岭村水库，兴隆水库，佛峪，斗母泉村。

历城区西营千条沟藕池水库，梯子山村，拔槊泉村，白炭窑水库；

柳埠镇黄巢水库，斜峪水库，长峪沟，柏树崖水库，袁洪峪（收费景区）；

高而乡出泉沟水库，东沟子房洞，四道沟；

仲宫西老泉，波罗峪景区（收费景区）；

彩石镇狼猫山水库，徐家场水库，西稍近村。

章丘市垛庄水库，百丈崖水库，岳滋村；

普集三山峪；

枣园大站水库，朱各务水库；

阎家峪乡黄石关水库，三角湾水库；

白云湖（收费景区）。

长清区崮云湖（收费景区）；

张夏石店水库，葡萄湾水库，于家盘村，大娄峪村；

万德灵岩山（收费景区），花岩寺村；

武庄乡凤凰岭（收费景区），武庄水库，黄豆峪，辛庄；

五峰山（收费景区），钓鱼台水库；

马山，崮头水库；

双泉乡双泉庵，黄立泉，李庄，书堂峪，刀山峪；

平阴大寨山，云翠山（收费景区），洪范池水库，书院村，贤子峪。

莱芜王石门（收费景区）水库，石门峡，槐花谷；

泰安麻塔水库，泰山天龙水库，药乡森林公园（收费景区），徂徕山双泉龙湾水库，上港彭家水库，蒿滩村，石槽水库。

以上均属四季营地，多井泉山林古迹古村，适合登山休闲垂钓游泳类野营和夏秋季烧烤及月光晚宴晚会。取水便利，向村民购买食品或餐饮服务亦方便。

登山探险型营地

齐长城沿线高山林带草甸，泰山腰边、黄石崖浅沟核桃林、卖饭棚，东尧观顶、玉皇顶停机坪（收费景区），徂徕山马场、中军帐（收费景区），长清莲台山（收费景区）洞穴，张夏双泉庵古寺，肥城陶山洞穴，章丘胡山太平庄，市中区龙洞黑峪村，平阴大寨山顶石寨。

以上多为徒步登山探险中途营地，枯水期最好自带充足食品、饮用水，夏秋季可野炊，冬春防火期严禁烟火；雷雨季节小心地质灾害和雷击，冬季雪地露营注意防止冻伤；夏秋季洞穴露营不必带帐篷，但需准备蚊香及驱虫剂。

重要提示：冬春防火期严禁烧烤和使用篝火；尊重当地村民，活动勿扰民。不要私自采摘村民的农果产品，购物过程中要讲诚信。收走垃圾，勿随地大小便。集体性营地夜间轮流值守。凡在收费景区野营必须先征得景区管理者同意。

济南周边适于攀岩速降的天然岩壁

济南浆水泉公园南岸（收费景区），石灰岩地貌，岩壁完整无浮石，开线高度15米左右。
仲宫镇康王顶南侧，石灰岩地貌，岩壁较完整，有少量浮石，岩壁高度30米。
长清马山主峰东西侧，石灰岩地貌，岩壁完整无浮石，开线高度30米左右。
长清五峰山迎仙峰南侧（收费景区），石灰岩地貌，岩壁完整无浮石，开线高度18米左右。
长清开山殿山桥主峰东侧，石灰岩地貌，岩壁完整无浮石，开线高度12米左右。
肥城小泰山北侧，石灰岩地貌，岩壁较完整有少量浮石，开线高度40米左右。现仅供速降。
章丘胡山主峰北侧，石灰岩地貌，岩壁较完整有少量浮石，开线高度20米左右。
章丘垛庄小寨峰南侧，石灰岩地貌，岩壁较完整有少量浮石，开线高度48米左右。
平阴云翠山天柱峰南侧（收费景区），石灰岩地貌，岩壁完整无浮石，开线高度25米左右。
泰安徂徕山中军帐北侧（收费景区），花岗岩地貌，岩壁完整无浮石，开线高度35米左右。
泰山天井湾南壁，花岗岩地貌，岩壁完整无浮石，开线高度15米左右。现仅供速降。
莱芜九天峡西壁（收费景区），花岗岩地貌，岩壁完整无浮石，开线高度25米左右，现仅供速降。

济南周边适于溯溪溪降攀冰运动的场地

泰山天龙水库—天井湾（收费林区）

线路长1.5公里，相对高程200米，水潭深度1-3米，一般跌水1-3米，瀑布落差15米，多独立花岗岩巨石。夏秋季为盛水期，冬季有冰壁，春季为枯水期。

泰山天井湾—药山

线路长1公里，相对高程300米，水潭深度1—2米，一般跌水1—3米，多整体花岗岩巨石。夏秋季为盛水期，冬季结冰，春季为枯水期。

泰山天井湾—老平台东

线路长1.5公里，相对高程250米，水潭深度1米，一般跌水1—3米，瀑布落差25米，多整体花岗岩巨石及鹅卵石。夏秋季为盛水期，冬季有冰壁冰坡，春季为枯水期。

泰山浅沟仙女湾—老平台西

线路长2公里，相对高程400米，水潭深度1—3米，一般跌水1—3米，瀑布落差10米，多整体花岗岩巨石。夏秋季为盛水期，冬季有冰壁，春季为枯水期。

泰山黄溪河—大虎峪（收费景区）

线路长2.5公里，相对高程300米，水潭深度1—2米，多鹅卵石。夏秋季为盛水期，冬季结冰，春季为枯水期。

泰山岜山后沟

线路长2公里，相对高程200米，水潭深度1米，多鹅卵石。夏秋季为盛水期，冬季结冰，春季为枯水期。

徂徕山双泉—上池东沟

线路长1.2公里，相对高程150米，水潭深度1—1.5米，多鹅卵石及独立花岗岩巨石。瀑布落差10米，夏秋季为盛水期，冬季结冰有冰壁，春季为枯水期。

莱芜王石门天门峡（收费景区）

线路长0.5公里，相对高程50米，多鹅卵石。跌水高度3—4米，夏秋季为盛水期，冬季结冰有低矮冰壁，春季为枯水期。

重要提示：本书介绍的攀岩速降溯溪溪降攀冰场地、天然岩壁，不包括景区营业性岩壁，虽然已经专业户外运动俱乐部勘测，但在未有专业教练指导保护和可靠的器材支持时，仍存在极大风险。敬请广大户外运动爱好者以自身安全为重，谨慎从事，最好参加可靠的俱乐部组织的训练活动后再加以尝试。

济南周边适于翼伞滑翔活动的场地

大兴隆山顶

距离市区7公里，行车十几分钟可达，有战备公路直通山顶起飞场，山脊东西走向约6公里，山峰海拔528米，相对高差300米，着陆场平坦，常年多南风，上升气流稳定。是非常适合初级滑翔和飞行的教学训练场地。

七星台

距离市区50余公里，行车1小时，山区公路路况良好。海拔800米，相对高差300米，周围山地和气流较复杂，着陆场条件较差，多林木有山间水库。适于较高级别的飞行滑翔。

天马寨东垭口

距离市区30余公里，位于长清张夏镇于家盘村北侧1公里，西临天马寨、东靠火焰山，在两山垭口南侧，起飞场有10°－15°坡度，小型汽车经乡道可由山下直达山村，到起飞场徒步20分钟可达。风向多南风，气流较强，南下方为东西走向山谷，着陆场平坦但多果树，有水库及乡间公路，飞行条件一般。

莱芜雪野北岭山

位于莱芜市雪野镇风窝村，南邻雪野水库，海拔高度580米，相对高度大于300米，山脊呈东西走向绵延数公里，多峭壁断崖，山南侧为空旷的大片农田和雪野水库，视野开阔，热气流较强，多南风。从降落场至起飞场的距离大约为6公里，单程时间约为20－25分钟，越野车及短车身车辆可轻松直达起飞场。距济南二环东路为70公里，行车60分钟，路况良好。抄近道从风窝村徒步十几分钟可达起飞场。非常适合动力飞行和越野飞行。

济南周边适于漂流探险的河段

济南南部山区的锦阳、锦云、锦绣三川，以及下游的玉符河、兴济河，本属季节性河流，不能确保全年径流，加之水库逐级密布，致使下游常年无径流通过，除非偶尔开闸放水，基本无常年漂流的可能。近年来，济南附近玉符河、锦阳川、三王峪等地开发了部分商业经营性漂流河段和人工水道，但这和真正意义的运动漂流不可等同。本书仅介绍适于漂流的黄河河段。

黄河山东段属于下游河段，流经地域为华北平原和鲁中山地的衔接处，属地上悬河，河道无险滩，但黄河在此段河道多险工激流和漩涡，加上众多滩涂和几十座浮桥形成的险阻，漂流中还是很具挑战性的。其中，东平湖口到平阴大桥之间，浮桥集中，又有银山、位山夹峙，水流湍急形成浪涌，驾舟的感觉最为刺激。利津之下到河口入海处，属于三角洲自然湿地，红柳芦苇遍布，鸟类众多，是漂流观赏的极佳水域。黄河两岸林木很多，取水方便，夏秋季非常适合露营。汛期和小浪底水库调水调沙时，山东河段流量可达3000立方／秒，平时在100－800立方／秒，可以利用汛期和调水期进行橡皮舟、皮划艇，甚至竹木筏操桨漂流。黄河山东段无暗礁，只要注意避开险工抛石坝，即便是静水艇也能漂流。

个人漂流可随舟携带野营装备，晚间上岸休息；集体漂流可随队配置后援保障车辆携带装备和对讲机，预先安排营地和登陆点，也便于漂流结束运舟返回。

一日漂流可选择如下河段

1．东平湖口、平阴大桥；2．北店子、济南公路斜拉大桥；3．泺口浮桥、济阳浮桥。

两日漂流可选择如下河段

1．东平湖口、北店子浮桥，中途在平阴设营地过夜；2．北店子浮桥、济阳浮桥，中途在济南公路斜拉大桥北岸设营休息。

一周漂流

可由济南泺口下水直到东营河口，中途分别在济阳浮桥、惠民清河镇、滨州大桥、利津水文站、河口湿地保护区瞭望塔设营休息。

安全提示：黄河水含沙量极高，能见度为零，不易施救，漂流者即便泳技不错也需穿救生衣。最好使用不会下沉的木桨和高强度塑料桨。夏秋季河上日光辐射极强，河边蚊虫很厉害，尤其河口地带尤甚，注意携带防晒霜和避蚊药。黄河主河道极不稳定，要仔细观察寻找主流；部分河道内的淤沙崖岸高达5米，受激流冲刷会产生较大面积崩塌，不要过于靠近或试图由此登陆。放舟点和登陆点要避开抛石坝和淤泥滩，最好选择砌石坝和较硬沙滩。

济南周边适于定向越野和HASH跑运动的场地

山东药乡国家森林公园（餐饮住宿有保障的收费景区）

位于济南市南郊，距市区33公里，距泰山主峰8公里。公园总面积1233公顷，处在群山环抱之中。由于海拔高度和浩瀚林海的共同作用，夏季最高气温比济南市区低8℃－10℃，负氧离子含量是市区的380倍，形成了济南近郊的一座天然氧吧。园内有森林、草地、灌木丛林等植被，山地、溪流、水库等多种地貌，且道路小径小桥纵横交错，非常适于开展定向越野运动，也是HASH

跑运动的理想场地。

波罗峪休闲度假区（餐饮住宿有保障的收费景区）

位于山东省济南市南部山区，面积约2586亩，距济南市区19公里，交通便捷。整个风景区内环境清幽，空气清新，九大山岭将整个区域分割成十大峪沟，沟沟相异。园区内植被生态质量较好，地表有大量灌木及野草，山上大面积覆盖柏林；台地上尚有果木类树木约18000棵，以杏树、桃树、苹果树、柿子树、核桃树、花椒树等为主。名胜古迹众多，有香山寺遗址、三圣佛洞、降龙洞、伏虎洞、不老泉、情侣树、弥勒佛山、八亩地、月亮地、卧虎岭等等。游人生活区可接待会议、住宿、游泳、垂钓、儿童戏水，铺有近10公里林阴石阶小路，四处相连。非常适合一日团队或企业开展初级定向活动。

交通提示：乘65、67、88路公交车到大涧沟南站下车，转出租车即到。自驾车自103省道南绕城高速以南2公里处路口东行7公里即到。

凤凰岭生态旅游区（餐饮住宿有保障的收费景区）

坐落于风景秀丽的济南南部山区，长清区武庄乡境内。北靠武药公路、经高而、仲宫与市区相通，西连武庄乡与104国道相接，距济南市区35公里，交通便利，并与著名的泰山相连，在此可南望泰山极顶，北眺灵岩圣境，是济南目前仅存的面积最大的保存最完好的纯生态旅游区。生态旅游区内溪流潺潺、清泉喷涌、潭水碧蓝、虫吟鸟鸣、彩蝶翩翩、松青野绿、山花烂漫。既可以欣赏奇石名泉，又可以登上望岳亭观望松涛林海、巍巍泰山。区内拥有济南市最高峰摩天岭，又有红石崖、百鸟林、蟠龙洞、神龟潭、霸王石、凤凰石、寿星石、卧象石、吻泉等众多的自然景观。凤凰岭生态旅游区气候温润，森林茂密，是天然的氧吧。山泉甘冽清澈，富含人体所需的矿物质。旅游区还为富有探险精神的朋友提供安全的野营设备。

张夏双泉庵

位于长清区张夏镇火车站东的山林之中，以废弃的古寺双泉庵为中心，周围密布侧柏林、灌木丛、果园、山间小径，以山地丘陵地貌为主。寺内平时空无人迹，到处是残碑断碣。是理想的定向越野场地。

交通提示：沿104国道到张夏镇路口往东1公里，在张夏火车站前停车，徒步穿过京沪铁路，在车站给水塔南侧沿小路向东1公里。

鹊山

位于济南黄河北岸，经由泺口浮桥可直达市区。鹊山虽然仅百余米高，但山上有多条路径，四周有扁鹊墓、天主堂、废弃营房、烈士雕像，铁路桥，地标丰富多样，适合开展定向越野或定向寻宝活动，也可进行HASH跑活动。

济南的土特产

明水香稻

产于明水街道办事处百脉泉北，为享誉全国的名产。历史悠久，有2000余年的种植历史，相传从明代起成为贡米。主要品质特点是：香、优、鲜、爽、珍。明水香米产量极低，其香性等品质特点与当地的水质和土质密切相关，原种"大红芒"，因其产地百脉泉一带遍地涌泉，土肥水足，故所产稻米又称"泉头米"。明水香稻品质虽好，但因各种条件所限，种植面积小、产量低，一般亩产仅50至100公斤。"大红芒"所产稀少，更为珍贵，仅能供部分高级宾馆招待贵客之用，是营养丰富、不可多得的高级滋补珍品。从1971年起，县科委利用明水香稻干种子进行辐射诱变育种，选育出"辐香1号"、"辐香3号"2个新品种。既保留了"大红芒"的优点，又抗倒伏、高产早熟，亩产最高达到350公斤左右。收获季节在10月下旬至11月上旬，主要购买地在明水。

龙山小米

章丘县的名特优稀产品之一，原产于龙山文化的发源地章丘县龙山村一带，约方圆5公里。以龙山石人坡为中心，南至白谷堆，北到蓝家村，西至芦家寨，东到大官庄。尤其以龙山村石人坡的400亩地最为闻名。龙山小米品种繁多，种植资源丰富，尤以"东路阴天旱"品种米色金黄、籽大粒圆、营养丰富、品质优良、香味浓郁被誉为珍品而驰名中外。主要购买地在龙山镇。

章丘大葱

章丘市的名产之一，高大脆甜味道鲜美，营养丰富，既可生吃，也可熟食，还能做药用，大葱中含有较多的蛋白质、多种维生素、氨基酸和矿物质，特别是含有维生素A、维生素C和具有强大的杀菌能力的蒜素，用它作药用，可以预防治疗十几种病，如杀灭痢杆菌、治疗心血管病等。章丘种植大葱已有几百年的历史，优良品种"大梧桐"，一般株高150至170厘米，最高达到2米，单株重1斤左右，有的达到3斤多，章丘大葱被誉为"世界葱王"。章丘大葱不仅畅销国内，而且打入了国际市场，现已扩大到4万多亩，总产达1亿公斤以上，主产区为枣园、乡惠、宁家埠、三乡镇接壤地区。收获季节一般在11月，章丘市以北各乡都种大葱，主要购买地在枣园、绣惠和宁家埠三个乡镇。

明水白莲藕

产于明水百脉泉头，花洁白如玉，藕质地细腻，块大脆甜，嚼后无渣，是宴席上的佳菜，莲子既可上席，又可入药，有清淤理气之功能。白莲藕曾濒临绝产，现已发展到500多亩，亩产5000斤以上。白莲藕的收获季节一般在10月到11月，主要购买地在章丘市明水镇；购买时认准白莲藕的特点：白、细、长。

秀水红苹果

由明水镇秀水村果园培育而成的，故名"秀水红"。其特点为：一、色泽深红，香味浓郁；二、甜度高达21%；三、皮厚肉脆，易贮存，耐运输；四、适应性强，易种植；五、坐果多，落果少；六、抗病性强，不腐烂；七、适于密植；八、产量高，5年后亩产可达2000斤以上。1983年10月，经中国果品研究所鉴定，质量高于日本的"红富士"。采摘期9月－10月，主要购买地明水镇秀水村。

野山韭花酱

野山韭菜广泛生长在济南南部山区，尤以石灰岩山地为多，夏秋开花，原为山民采集后腌制成酱供自家食用，近年来，随着山区旅游的开展，逐渐为游客所青睐，尤其是冬季调制涮羊肉佐料，其味鲜美独特。主要购买地：章丘朱家峪、文祖锦屏山一带。

黄河鲤鱼

生活在肥沃的黄河水中的一种野生名贵鱼种。红尾金鳞是它与别的鱼种最明显的区别。黄河鲤鱼肉味纯正，鲜嫩肥美，而且无污泥味，是鲤鱼中的上品。黄河鲤鱼不仅营养丰富，而且具有利水消肿、安胎通乳、益气温补的药用价值。近年来因黄河水质污染和时有断流，真正野生的黄河鲤鱼已经近乎绝迹。济阳县养殖黄河鲤鱼已有几百年的历史，过去主要是在沿黄漫滩的土坑中进行养殖，到了上世纪50年代才转入池塘中养殖，由于管理粗放，当时的产量很低，亩产仅几千克。随着农村经济的发展，全县科学养鱼的水平也有了很大提高，产量大幅提高，现市场上销售的黄河鲤鱼基本为人工养殖。

红玉杏

红玉杏又名红峪杏、大峪杏、红杏。历史上称金杏、汉帝杏。是原产历城区的一个优良品种，在国内享有较高声誉。红玉杏在历城区栽培历史悠久，据公元前5世纪初《西京杂记》记载："济南金杏，大如梨，黄如桔，熟最早，味最胜，一名汉帝杏，蓬莱杏，花五色，盖异种也"；李时珍《本草纲目》记述："金杏，相传种出自济南郡之分流山，彼之谓之汉帝杏"，距今已有2000多年的栽培历史。红玉杏作为历城的特产资源，主要分布在仲宫、柳埠、锦绣川、西营、高而、十六里河、彩石、党家等11处山区乡镇。其中仲宫镇栽培最集中，是历城区红玉杏的主要生产基地。主要购买地：历城仲宫镇等山区乡镇。

泰山小白梨

泰山小白梨集中产于历城区仲宫镇、西营镇、锦绣川乡、及长清张夏一带，具有成熟早、色泽美观、皮薄肉嫩、汁多清脆、味美香甜等特点，远销日本、东南亚、港澳等地，被誉为"泰山美人梨"。梨，古人誉为"百果之宗"，不仅为果品上乘，而且营养丰富，含有苹果酸、柠檬酸、葡萄糖、胡萝卜素及多种维生素，对促进人的身体健康非常有益，可清心润肺，止咳化痰，降低血压，清热镇静。主要购买地：历城仲宫西营及长清张夏镇等山区乡镇。

玉龙雪桃

产于历城区彩石镇玉龙村。11月下旬小雪前后成熟采收，故称雪桃。单果平均重100~150克，最大单果重300克。熟果呈绿白色，向阳面稍显红润，皮薄肉厚，质细核小，汁多味甜，离核，可食率90%以上。每百克含维生素C 7.65毫克，还含有丰富的钙、铁等微量元素。果实较易贮运，常温下可保持1~2个月不皱皮。为桃中的优良晚熟品种。主要购买地：历城彩石镇玉龙村。

磨盘柿

磨盘柿主要分布于历城区南部山区的仲官、柳埠、高尔、西营、锦绣川和长清武家庄乡等乡镇，多数为四旁零星栽植。磨盘柿又名合柿。其特点是：果实极大，平均单果重250克，最大单果重500克以上。扁圆形，中部有缢痕，形若磨盘，果皮橙黄色到橙红色，有蜡质，果肉淡黄色，果肉松，纤维少，汁多味甜，无核，含多种营养元素。果实10月上中旬成熟，主要供应济南市场，济南市民素有旧历九月九赴千佛山庙会品尝柿子的习俗。主要购买地：历城长清南部乡镇。

大货山楂

又名红果、酸楂，属蔷薇科山楂属，为我国之特产。历城大货山楂因其果实大、质量好，在大果山楂中位列上等，尤以柳埠、于科、黄巢大会、卧铺等村为佳。历城大货山楂又名砘轱辘，"大货"，是因其果实大而与当地果小之"行货"相区别，故称"大货"。其品种果实大，每千克80个左右，质量好且耐储运，贮后果肉渐松糯，酸味轻，且微有甜味，酸甜适口，细细咀嚼，津液泉涌，回味无穷。主要购买地：柳埠、于科、黄巢大会、卧铺等村。

平阴阿胶

阿胶与人参，鹿茸并称中药"三宝"，因产老东阿县（平阴县东阿镇）而得名。我国现存最早的药物学专著《神农本草经》将其列列为"上品"《本草纲目》称之为"圣药"，为中华民族医药宝库中一颗璀璨的明珠。阿胶既能治病，又能强身，以医疗妇女症候尤佳。内服入肺、肝、肾三经，对阴虚、阳虚、贫血疗效甚高，且强筋壮骨并兼有美容、养颜之功效。阿胶内含有18种氨基酸和铁、铜、钙、锰等20余种微量元素。阿胶，有病治病，无病强身，医疗妇女病症候尤佳。阿胶置料考究，做工精良，古法，每年春季择纯黑健驴，饲狮耳山之草，饮狼溪河之水，冬宰取皮，加参、芪、归、芎、桔、甘草诸药汁，放狼溪河与阿井水，倒入金锅，银铲搅动，复加冰糖、绍酒、豆油，煎炼至桑木文火，三昼夜后冷凝切块阴干。成品以呈琥珀色、半透明、味甘咸、气清香，被视为高级滋补营养品，名扬中外。

圆铃大枣

在济阳栽培历史悠久，以其果实个大、色艳、肉厚，甘甜味美、营养丰富而誉满海内外。既是入药滋补之佳品，其鲜果和干枣、乌枣等又为食用之干果，素有"铁杆庄稼"之称，是我国主要的木本粮食植物，营养丰富，用途广泛，商品价值高。主要购买地：济阳乡镇集市。

旅行中常见伤病事故及紧急处理

在自助旅行中，尤其是带有探险性质的徒步登山野营、丛林穿越、江河漂流等活动中，发生意外伤病的概率很高，而且当伤病发生时，往往因为所处地域环境的制约，无法及时获得救治，因此，未雨绸缪地先期掌握一些常见伤病的基本急救知识是非常必要的。为了减少伤病的发生，降低伤病危害，应该本着"先期防范为主，应急措施得力，寻求救助及时"的原则处理。

先期防范为主，是指在从事户外活动之前，对可能发生的伤病事故有一个先期的判断，从精神到物质都做好一定的准备，身体不适的情况下，坚决退出预定的活动，绝不带病上路；活动前要有一个热身准备的过程，对于活动的运动量和难度要适可而止循序渐进，不要超出个人体能过度负重超长行走。

应急措施得力，是指一旦伤病发生，力争在第一时间采取正确的应急措施，将损害控制在尽可能小的程度，决不能逞强好胜，在负伤的状况下继续冒险。

寻求救助及时，是指对于较为严重的伤病，在采取应急措施处理的同时，利用各种可能的有效的通讯方式向急救中心等医疗救护单位求得救援，进行更好的医疗处理力争最佳的愈后效果。

在户外活动中，经常发生的伤病一般有以下几种类型，分别列出有针对性的应急处理措施：

运动性伤害：肌肉拉伤、关节扭伤、抽筋、脚打泡

肌肉拉伤是肌肉在运动中急剧收缩或过度牵拉引起的损伤。肌肉拉伤后，拉伤部位剧痛，用手可摸到肌肉紧张形成的索条状硬块，触疼明显，局部肿胀或皮下出血，活动明显受到限制。

肌肉拉伤后，要立即进行冷处理——用冷水冲局部或用毛巾包裹冰决冷敷，然后用绷带适当用力包裹损伤部位，防止肿胀。在放松损伤部位肌肉并抬高伤肢的同时，可服用一些止疼、止血类药物。24小时至48小时后拆除包扎，再根据伤情，外贴活血和消肿胀膏药，可适当热敷或用较轻的手法对损伤局部进行按摩。

肌肉拉伤严重者，如将肌腱拉断者，应抓紧时间去医院做手术缝合。

关节扭伤和韧带拉伤。最常见的韧带拉伤有两种：踝关节外侧的韧带拉伤，也就是我们平常说的崴了脚；和膝关节的韧带拉伤（在后面的膝部疼痛部分详细介绍）。韧带拉伤的部位会出现肿胀和淤血，韧带拉伤的治疗办法是在拉伤之后马上做到以下几点：

1．休息。马上停止运动，不要让受伤的关节再负重。2．冷敷。冰块或者其他冷敷可以帮助减少疼痛和肿胀，因为降低温度可以减少血液循环。每次冷敷15到20分钟，每天三到四次。3．压迫。用绷带或其他办法压迫受伤局部可以减少出血、淤血。绷带缠的紧度要适中，你能感觉到有压力但又不会让你肢端发麻或缺血。4．抬高患肢。抬高患肢的主要目的是减少肿胀，促进血液回流。

抽筋，医学上叫肌肉痉挛，通常运动过程中的抽筋属于肌肉不由自主地强直收缩引起的。这种痉挛一般都伴有剧烈的疼痛感觉。常发生抽筋的部位，是小腿腓肠肌(小腿肚子)和大腿前面及后面的肌肉，手指、脚趾的肌肉等也会发生。在陆地发生抽筋可以马上停止活动，如果在水中游泳，可慢慢用未抽筋的肢体游到岸边和大声呼叫，千万不能惊慌。引起抽筋的原因很多，常见的有三种：1．热天运动大量出汗，体内盐分丧失，造成电解质紊乱，引起抽筋；2．游泳之前不做准备活动，或准备活动做得不够，入水后突然受到冷刺激，或在冷水中停留时间过长消耗太大；3．过度疲劳时也容易抽筋。解除抽筋的办法也很简单，一般可将痉挛的肌肉用力拉长，或进行局部按摩，就会慢慢缓解。例如，左小腿肚子抽筋，可用右手握住左脚的大拇趾，然后将左腿慢慢伸直，脚这时呈背屈，使腓肠肌受到牵拉，痉挛就可以消除。痉挛消除后，不要急于活动，适当休息，补充体液。

预防脚打泡首先要注意鞋袜，尽量不要穿新鞋走长途，鞋子一定要合脚，轻装的徒步登山只要可以在鞋后跟处插进一食指即可；重装的登山鞋只要略有宽松就可以；要注意鞋子的透气性，良好的透气性会保持鞋子内的干燥；纯棉的袜子吸水力强，但不宜干燥，所以袜子要么选择加厚毛巾底的袜子，最好是含

COOLMAX 的棉袜，COOLMAX 的作用就是快速把体表的汗液排出。还要注意鞋带的结扎，鞋子的中前部一定要系紧，这样可以减少脚底与脚的摩擦；脚踝和足面部的鞋带也一定系紧，这样可以保护脚不往前冲，减少脚底与鞋的摩擦；长途登山要根据上山和下山的路途，调整鞋带，长途的公路行走，要经常变换行走的边侧，避免老是局部脚底受力。注意了以上事项就基本可以杜绝起泡了，如果脚已经起了泡可以参照以下方式治疗：1. 及早治疗；2. 清洗创面；3. 小泡不必挑破，垫创可贴即可；大泡用消毒过的针或马尾刺穿，使液体流出，如果水泡的皮没有掉就不要撕下；4. 把创面用红药水擦拭消毒；5. 用创可贴将创面包扎，如创面过大，应用纱布包扎；6. 尽可能不使创面接触水；7. 休息时尽可能脱下鞋袜使创面通风；8. 及时更换创可贴或纱布。

意外事故和灾难性伤害：车祸、溺水、冻伤、烧烫伤、骨折、中暑

车祸是外出旅行中最为危险和常见的伤害，而且往往不是主观警惕就能避免的，车祸造成的伤害大体可分为减速伤、撞击伤、碾挫伤、压榨伤及跌扑伤等，其中以减速伤、撞击伤为多。减速伤是由于车辆突然而强大的减速所致伤害，如颅脑损伤、颈椎损伤，主动脉破裂、心脏及心包损伤，以及"方向盘胸"等。撞击伤多由机动车直接撞击所致。碾挫伤及压榨伤多由车辆碾压挫伤，或被变形车厢、车身和驾驶室挤压伤害同时发生于一体。因此，伤势重、变化快、死亡率高。

车祸的紧急救助应遵循以下原则：

1. 现场组织：临时组织救护小组，统一指挥，避免慌乱，要立即扑灭烈火或排除发生火灾的一切诱因，如熄灭发动机、关闭电源、搬开易燃物品，同时派人向急救中心呼救。指派人员负责保护肇事现场，维持秩序。开展自救互救，做好检伤分类，以便及时救护。

2. 根据分类，分轻重缓急进行救护，对垂危病人及心跳停止者，立即进行心脏按压和口对口人工呼吸。对意识丧失者宜用手帕、手指清除伤员口鼻中泥土、呕吐物、假牙等，随后让伤员侧卧或俯卧。对出血者立即止血包扎。如发现开放性气胸，进行严密封闭包扎。伴呼吸困难张力性气胸，条件许可时，可在第二肋骨与锁骨中线交叉点行穿刺排气或放置引流管。骨折处进行固定。对呼吸困难、缺氧并有胸廓损伤、胸壁浮动（呼吸反常运动）者，应立即用衣物、棉垫等充填，并适当加压包扎，以限制浮动。

3. 正确搬运：不论在何种情况下，抢救人员特别要预防颈椎错位、脊髓损伤，须注意：

（1）凡重伤员从车内搬动、移出前，首先应在平地放置颈托，或行颈部固定，以防颈椎错位，损伤脊髓，发生高位截瘫。一时无颈托，可用硬纸板、硬橡皮、厚帆布，仿照颈托，剪成前后两片，用布条包扎固定。

（2）对昏倒在座椅上的伤员，安放颈托后，可以将其颈及躯干一并固定在靠背上，然后拆卸座椅，与伤员一起搬出。

（3）对抛离座位的危重、昏迷伤员，应原地上颈托，包扎伤口，再由数人按脊柱损伤的原则搬运伤员。动作要轻柔，腰臀部托住，搬运者用力要整齐一致，平放在木板或担架上。

现场急救后伤员根据轻重缓急由急救车运送。千万不要现场拦车运送危重病人，否则由于其他车辆缺乏特殊抢救设备，伤员多半采用不正确半坐位、半卧位、歪侧卧位等而加重伤势，甚至死于途中。

溺水多发生于夏、秋季，尤多见于青少年。溺水者自水中救出时，常呈呼吸浅速、不规律、呼吸困难、紫绀、咳嗽，甚至呼吸、心跳停止。溺水者常因窒息而死亡，溺于淡水者，水自肺泡进入血循环，可引起血液稀释、血容量增加及溶血，而造成急性肺水肿和电解质紊乱。溺于海水者也可因血液浓缩、血容量减少而导致肺水肿和电解质紊乱。

溺水急救刻不容缓，现场复苏最为重要，将溺水者救出后立即清除口腔、鼻咽腔的呕吐物和泥沙等异物，保持呼吸道通畅，将其舌头拉出，以免后翻堵塞呼吸道。可将溺水者腹部垫高，胸及头部下垂，或抱其双腿，腹部放在急救者肩部走动或跳动以"倒水"。恢复溺水者呼吸是急救成败之关键，应立即进行人工呼吸，可采取口对口或口对鼻人工呼吸，若伴有心跳停止，同时应立即进行胸外按摩，以恢复心脏搏动，胸外心脏按摩与人工呼吸次数比为4:1。人工呼吸不可间断，更不能轻易放弃抢救，直到溺水者恢复自主呼吸或经专业医师确定其生命体征已表明无法抢救为止。经现场抢救已基本恢复自主呼吸心跳的溺水患者，应及时送医院观察，以免延误肺并发症的诊治。

冻伤是肌体由于暴露在寒冷环境中过久而形成的损伤。冻伤可分为局部和全身两种：局部冻伤好发于指、趾、鼻尖、耳廓、脸颊等暴露部位，而且容易在同一部位复发。

冻伤的程度：第一度（红斑性）：冻伤部皮肤从苍白变为斑块状紫蓝色，以后转为红、肿、充血。并有痒、痛、麻木等现象。约5～7天症状消失，不留疤痕。第二度（水泡性）：冻伤部除红肿外，尚可出现大小不等的水泡，局部剧痛，对冷、热、针刺感觉不敏感。2～3周后水泡干枯形成干痂，痂皮脱落时，有薄的新皮覆盖创面。第三度：轻的局限于皮肤，皮肤从苍白变紫而黑，伤部周围皮肤肿胀并可有水泡，大多有剧痛。坏死组织脱落后创面愈合需二个月以上，且形成疤痕。全身冻伤：全身冻伤时，除体表血管收缩、皮肤苍白外，伤者出现寒战以增加机体发热、维持体内温度。但当体温继续下降时，伤者就感觉疲乏，瞌睡。再进一步就神志迟钝，常出现幻觉。若不及时治疗，就会危及生命。

冻伤的处理：发生冻伤后，伤部要迅速复温，可将伤部浸泡在清洁温水中，并在5～7分钟内加温到37℃～42℃左右。冻伤的肢体宜稍抬高，以消退水肿。第一、二度冻伤予以保暖包扎。第三度冻伤宜由医疗单位进行消毒、包扎、预防感染和创面处理。全身性冻伤复温后，由于全身组织和脏器均有损害，仍可出现低血容量性休克和心肾功能损害，所以应住院抢救。

冻伤一旦发生后，治疗较困难，所以应以预防为主。在严寒下应注意防寒、防湿、衣着鞋袜要松紧适当并保持干燥。肢体暴露部分宜涂油膏，减少散热，并戴口罩、手套、耳罩等。户外应保持适当活动，以促进血液循环。此外，要有足够的睡眠，避免过度疲劳，并注意营养。

烫伤可分为烧伤和水烫伤两种类型。除日常生活中常见的开水和火焰、蒸气等高温灼伤外，还包括强酸、强碱等化学灼伤，电流、放射线和核能等物理灼伤。面积愈大，深度愈深，对全身和局部的影响也愈大、愈严重。

烫伤的程度可分为：

一度烫伤（红斑性，皮肤变红，并有火辣辣的刺痛感）；

二度烫伤（水泡性，患处产生水泡）；

三度烫伤（坏死性，皮肤剥落）。

烫伤的处理：对局部较小面积轻度烫伤，可在家中施治，在清洁创面后，可外涂京万红、美宝润湿烧伤膏等。对大面积烫伤，宜尽早送医院治疗。烫伤处理的原则是首先除去热源，迅速离开现场，用各种灭火方法，如水浸、水淋、就地卧倒翻滚等，立即将湿衣服脱去或剪破衣服淋冷水，肢体浸泡在冷水中，直到疼痛消失为止。还可用湿毛巾或床单盖在伤处，再往上喷洒冷水。不要弄破水泡。烫伤的创面处理最为重要，先剃除伤区及其附近的毛发，剪除过长的指甲。创面周围健康皮肤用肥皂水及清水洗净，再用0.1%新洁尔灭液或75%酒精擦洗消毒。创面用等渗盐水清洗，去除创面上的异物、污垢等。保护小水泡勿损破，大水泡可用注射空针抽出血泡液，或在低位剪破放出水泡液。已破的水泡或污染较重者，应剪除泡皮，创面用纱布轻轻展开，上面覆盖一层液体石蜡纱布或薄层凡士林油纱布，外加多层脱脂纱布及棉垫，用绷带均匀加压包扎。烫伤还可采用包扎疗法、暴露疗法等。烫伤常易并发感染，故宜加用抗菌素，还可注射破伤风抗毒素。

骨折。户外运动中较为常见的是外伤性骨折，外伤性骨折又可根据骨折处是否与外界相通，而分为闭合性和开放性两大类。此外，从骨折的形状和骨折端有无错开或移位，也可分为完全和不完全骨折或横、斜、粉碎、螺旋、镶嵌骨折，有移位或无移位的骨折。

骨折的症状及诊断：一旦发生骨折，在骨折部位可产生疼痛、肿胀和瘀斑。肿胀是由于骨折后出血与软组织的损伤性水肿所形成，如血液渗到皮下，形成瘀斑。患肢部分或全部失去功能。骨折严重时可产生畸形，如缩短、旋转、成角等。当你检查时可发现在不应该活动处可产生活动（即假关节），当移动患肢偶尔也可听到骨断端相互摩擦的声音（即骨擦音）。在骨折的同时可能伴有血管和神经的损伤，使肢体远端产生缺血或感觉麻木、运动障碍的现象。如肱骨髁上骨折造成骨折断端压迫肱动脉出现前臂缺血，患肢疼痛，末梢温度降低，颜色苍白，脉搏减弱或消失。若骨折端压迫正中神经，可出现患肢正中神经分布区的感觉和运动障碍。如为开放性骨折，骨折断端和皮肤或膈膜的伤口相通，骨折处出血可从伤口流出。

骨折后可因剧烈疼痛、出血过多或并发头、胸、腹部脏器损伤而产生休克。颅骨骨折亦可引起脑震荡、脑挫裂伤。肋骨骨折可刺破肺部产生血胸、气胸和咳血。在下肋部骨折时，可产生肝、脾、肠曲的破裂，可出现腹膜刺激症状；骨盆骨折可并发膀胱尿道和盆腔的损伤，如血尿、排尿困难等。

骨折的现场处理：正确及时的固定是减轻疼痛、避免发生疼痛性休克，以及避免骨折断端因活动而可能造成血管、神经被刺伤，影响愈合，甚至由此造成肢体畸形或残废；也是防止再损伤或再感染，为进一步治疗创造条件。

开放性骨折

覆盖骨折部位的皮肤及皮下软组织损伤破裂，使骨折断端部暴露皮肤之外。

1. 检查伤者神志情况，注意是否合并颅脑、胸腹腔内脏等损伤；

2. 检查伤口有无出血，即时用弹力带（没有弹力带时可用帐篷撑竿内的弹力绳代替）在伤口上端捆扎止血，并注意每隔20分钟将止血绳松一次，以防肢体末端失血性坏死（如骨端外露，应在其原位包扎，不应立即复位，以免被污染的骨端再污染深部的组织，应待送医院后处理注意不要涂放任何药膏和药粉，以免给观察和清创带来困难）。

闭合性骨折

须进行关节固定，即先固定骨折的两个断端，然后固定上、下两个关节。

固定材料可就地取材，如树枝、竹竿、木板、木棍、报纸卷、杂志、雨伞等，用棉花、衣服、帽子等作垫子，用腰带、皮带、背包带、绳索等作固定带，无物可取时，上肢可用布条将其悬吊并固定于下胸前，下肢可与健侧绑在一起。捆绑时，夹板和肢体之间要垫棉花、衣服等物，防止皮肤受压。四肢要露出指(趾)尖，以便观察血液循环。如出现苍白、发凉、麻木等应放松。

脊柱损伤

如搬运不当，尤其是搬头搬脚，可致脊髓损伤加重和神经断裂，以至肢体瘫痪。

1. 如伤者掉落处不平整，先有一个人托住伤员的颈后处，另一手按住伤员的髂前上棘，把伤员作为整体翻转至平卧位；然后由至少三人，一人负责扶住头部，一人托起胸部和腰部，另一人托起起双下肢。同时将伤员平托到木板上。

2. 头颈两侧可用沙袋固定，有条件最好上颈托，胸腰和两下肢均应用绷带打结固定。

3. 搬运时注意头在后，有利于观察。

（附：颈托的制作。用杂志、厚的织物、报纸或任何有支撑作用的东西折成8—12厘米宽的长条，将长条用三角巾、围巾等卷起，将颈圈围于颈部四周，再将颈圈两宽松端拉向颈前，系紧）

踝、腕关节均可用报纸固定。

来自动物的伤害

咬伤蛰伤

狗咬伤：狗咬伤一般分为疯狗（狂犬）咬伤和一般狗咬伤，狂犬咬伤以6～8月份多见，狂犬多具有性情突变，狂躁易怒，狂吠，暴躁时咬人，或虽安静无暴躁现象，但不进食，逐渐消瘦，肌肉麻痹瘫痪而死亡的特点。狗咬伤后应立即冲洗伤口，先用20%肥皂水和大量清水反复冲洗伤口，也可用醋冲洗，并进行必要的清创，然后用0.1%新洁而灭冲洗。再用浓硝酸或浓的碳酸、碘酒烧灼伤口。若疑为疯狗咬伤，宜尽早到医院诊治，注射狂犬疫苗预防狂犬病发生。还可视病情注射抗菌素或破伤风抗毒素血清。

猫鼠咬伤：被猫鼠咬伤后局部多出现红肿疼痛，严重时累及淋巴管、淋巴结而引起淋巴管炎、淋巴结炎或蜂窝组织炎。咬伤部位在四肢时，可暂结止血带，用生理盐水或清水冲洗伤口，并用5%石炭酸或硝酸将局部腐蚀。症状较重者宜到医院治疗。

毒蛇咬伤：毒蛇具有毒腺，能分泌毒素。毒蛇咬人时，毒液腺受压，毒液就通过毒牙注入伤口。

毒蛇的毒液大致可以分为两大类：

①神经毒，能使延髓中枢和肌肉迅速瘫痪；

②血循毒，能使血液不凝固，引起出血和溶血，还可使血管收缩和舒张功能丧失。如不及时抢救，均可造成死亡。

毒蛇的种类：

我国毒蛇有眼镜蛇科、蝰蛇科、蝮蛇科以及海蛇科多种，所含的毒液性质不同，故被咬者所出现的病理变化和症状也不尽相同。

蝮蛇科蛇（包括蝮蛇、五步蛇、烙铁头、竹叶青等）的毒液属于血循毒，破咬处剧痛、红肿，并自伤口不断流出血水。被咬者出冷汗、恶心、昏厥，多处出血如鼻出血、眼结膜出血、皮下出血、呕血、咯血和尿血等，最后发生循外衰竭而死亡。咬伤到死亡相隔2～7天不等。

眼镜蛇科蛇（包括眼镜蛇、金环蛇、银环蛇等）的毒液属于神经毒，被咬处局部初起有灼痛，后来感觉麻木，以后出现上眼皮下垂、走路不稳、四肢无力、头重下垂、流涎、恶心、呕吐、吞咽困难、言语不清；继之出现四肢瘫痪、呼吸微弱、自觉窒息，最后可因呼吸中枢麻痹和心力衰竭死亡。从咬伤到死亡相隔半小时到30小时不等。

辨别哪一类毒液引起的症状在治疗上相当重要。

毒蛇咬伤的预防：

预防蛇咬伤主要在于野外活动时的加强防护。从被咬处的齿痕，可判定咬人的蛇有无毒牙，对诊断是否毒蛇咬伤很有帮助。无毒的蛇咬人后留下一排整齐的齿痕；有毒的蛇咬人后除留下一般的齿痕外，另有两颗毒牙的齿痕，较一般的无毒蛇齿痕大而深。咬伤处如无毒蛇齿痕，或15分钟后无红肿及疼痛，则可能为无毒蛇咬伤，暂不需治疗。如不易区别有毒或无毒蛇咬伤时，应一律按毒蛇咬伤处理，以免失去抢救时机。

毒蛇咬伤的处理：

毒蛇咬伤的急救原则是及早防止毒素扩散和吸收，尽可能地减少局部损害。蛇毒在3～5分钟即被吸收，故急救越早越好。

a、绑扎伤肢：在咬伤肢体近侧约5～10厘米处用止血带或橡胶带等绑扎，以阻止静脉血和淋巴液回流，然后用手挤压伤口周围或口吸（口腔黏膜破溃者忌吸），将毒液排除体外。

b、冲洗伤口：先用肥皂水和清水清洗周围皮肤，再用生理盐水、0.1%高锰酸钾或净水反复冲洗伤口。

c、局部降温：先将伤肢浸于4℃～7℃冷水中3～4小时，然后改用冰袋，可减少毒素吸收速度，降低毒素中酶的活力。

d、排毒：咬伤在24小时以内者，以牙痕为中心切开伤口成"十"或"艹"形，使毒液流出，亦可用吸奶器或拔火罐吸吮毒液。但口不宜过深，以免损伤血管。若有蛇牙残留宜立即取出。切开或吸吮应及早进行，否则效果不明显。

e、药物治疗：常用的解毒抗毒药有上海蛇药（口服，第1次20毫升，后改为每6小时10毫升），南通蛇药（首次20片用烧酒30毫升加温开水服下，以后每6小时10片）等，还可用半枝莲60克、白花蛇舌草60克、七叶一枝花9克、紫花地丁60克水煎内服外敷。抗蛇毒血清每次10毫升与生理盐水20毫升静脉注射，或7.5毫升创口附近肌注。国产蝮蛇抗毒素专治腹蛇咬伤，对竹叶青咬伤也有一定疗效。还可以应用激素、利尿剂及支持疗法，对本病有辅助治疗作用。

蜂蜇伤：

蜜蜂或黄蜂蜇伤（尾刺刺入皮内），一般只表现局部红肿疼痛，多无全身症状，数小时后即自行消退。若被成群蜂蜇伤时，可出现全身症状，如头晕、恶心、呕吐等，严重者可出现休克、昏迷或死亡，有时可发生血红蛋白尿，出现急性肾功能衰竭。过敏病人则易出现荨麻疹、水肿、哮喘或过敏性休克。

蜜蜂蜇伤可用弱碱性溶液（如3%氨水、肥皂水、淡石灰水等）外敷，以中和酸性中毒，也可以红花油、风油精、花露水等外搽局部；黄蜂蜇伤可用弱酸性溶液（如醋）中和，用小针挑拔或纱布擦拭，取出蜂刺。局部症状较重者，可以火罐拔毒和局部封闭疗法，并予止痛剂。全身症状较重者宜速到医院就诊。对蜂群蜇伤或伤口已有化脓迹象者，宜加用抗菌素。

蜈蚣咬伤：

蜈蚣咬伤后，局部表现有急性炎症和痛、痒，有的可见头痛、发热、眩晕、恶心、呕吐，甚至谵语、抽搐、昏迷等全身症状。

蜈蚣咬伤后，应立即用弱碱性溶液（如肥皂水、淡石灰水等）洗涤伤口和冷敷，或用等量雄黄、枯矾研末以浓茶或烧酒调匀敷伤口，亦可用鱼腥草、蒲公英捣烂外敷。有全身症状者宜速到医院治疗。

蚂蟥叮咬时，不要硬拔，可用手拍或用肥皂液、盐水、烟油、酒精滴在其前吸盘处，或用燃烧着的香烟烫，让其自行脱落，然后压迫伤口止血，并用碘酒涂搽伤口以防感染。部队行进中，应经常查看有无蚂蟥爬到脚上。如在鞋面上涂些肥皂、防蚊油，可以防止蚂蟥上爬。涂一次的有效时间约为4～8小时。此外，将大蒜汁涂抹于鞋袜和裤脚，也能起到驱避蚂蟥的作用。

其他毒虫咬伤：

蝎和毒蜘蛛咬伤在户外活动中亦可见到。

蝎蜇伤局部可见大片红肿、剧痛，重者可出现寒战、发热、恶心、呕吐、舌和肌肉强直、流涎、头痛、昏睡、盗汗、呼吸增快、脉搏细弱等，儿童被蜇伤后，严重者可因呼吸、循环衰竭而死亡。毒蜘蛛咬伤者局部苍白、发红或出现荨麻疹，重者可发生局部组织坏死或全身症状。

两者的处理原则同毒蛇咬伤相同，伤后立即在近心端包扎、冷敷、封闭疗法、口服或局部外用蛇药片。同时冲洗伤口，吸吮排毒，全身症状明显者宜找医生诊治。

昆虫叮咬的防治：在野外为了防止昆虫的叮咬，人员应穿长袖衣和裤，扎紧袖口、领口，皮肤暴露部位涂搽防蚊药。不要在潮湿的树阴和草地上坐卧。宿营时，烧点艾叶、青蒿、柏树叶、野菊花、板栗花等驱赶昆虫。被昆虫叮咬后，可用氨水、肥皂水、盐水、小苏打水、氧化锌软膏涂抹患处止痒消毒。

中暑：其症状是突然头晕、恶心、昏迷、无汗或湿冷，瞳孔放大，发高烧。发病前，常感口喝头晕，浑身无力，眼前阵阵发黑。此时，应立即在阴凉通风处平躺，解开衣裤带，使全身放松，再服十滴水、仁丹等药。发烧时，可用凉水浇头，或冷敷散热。如昏迷不醒，可掐人中穴、合容穴使其苏醒。

夏季高温季节户外活动，应尽量避开中午时段，可以早走早歇，利用清晨和黄昏行进，并及时补充水分。

旅行和野营活动中的生态环境保护

自助徒步旅行和野营活动所选择的线路,大都是自然环境优美的地方,同时,自然生态系统也大多比较脆弱,即便是郊区山村,基本上也没有建立完善的垃圾回收系统和处理机制。以往在相对封闭的乡村社会,自给自足的农耕生活方式下,产生的垃圾量不大且大多能够自然降解,甚至成为肥料进入生态链。随着工业化、城市化的进程加快,大量不可降解的垃圾随着商品物流的洪流涌进乡村,已经给生态环境造成极大的损害。如果大量外来旅游者携带着经济的强势,涌进这些自然生态本已不堪重负的地区,后果是灾难性的。怎么办? 要想遏制旅行者的脚步是不现实的,我们目前还只能寄希望于每一位旅游者的自觉和行动。

应该承认,在喜欢自助旅行的驴友当中,很多人都是坚定的生态环境保护主义者,都在热心宣传和身体力行地从事环境保护事业;多年来,他们集体倡导的"除了照片,什么都不要带走;除了脚印,什么都不要留下"的旅游理念的确起到了很大的作用。但是,必须承认我们做得还很不够,远的不说了,就是在我们的后花园,从秀丽的三川,到梯子山的溪流、泰山的森林,到处能够见到旅游者丢弃的垃圾。人类,作为地球上唯一能够制造出不为自然界接受的污物的物种,早晚要为自己的行为付出代价。

我经常想,做很大的事可能超出了自己的能力,环境保护也需要从大处着眼,从小处着手,户外服装设计了那么多的口袋,其中必有一个是装自己的垃圾用的。我们常常说,细节决定成败,习惯决定行为,在带队穿越丛林和山地的途中,多少次看见有人将口香糖包装纸牛奶包装袋非常习惯性地顺手一丢,负责收容的教练在后边一路捡拾。所以,谨让我们在户外旅行中养成下面这些好习惯。

1. 行前准备时。尽量减少浪费性的消费,克制自己的欲望,本来每个人带够自己的3餐即可,就不要把自己的背囊变成杂货店,网上有些很小资的驴友写的食品清单竟然包括了奶昔咖啡全价维生素高能营养棒，其实不过是3天的行走，至于吗？现代都市人有几个缺乏营养，我们最缺少的实际是每次饭前的饥饿感。把所有能够去除的包装物尽量去除留在家里，既减少了自己的负重，又避免了户外的垃圾乱扔。

2．中途行进时。随手将你制造的垃圾往自己的口袋里一塞，养成习惯就会变成下意识的行为，不要自诩为高尚，这是你应尽的义务。没人要求你捡拾前人沿途丢弃的垃圾，在负重穿越的艰难旅途中那是不现实的，独善其身是众善其世的基础。尽量沿山路行进，减少对草地丛林的破坏，非因陷入困境绝不砍伐乔灌植物翻动岩石基础。

3．设置营地时。保护水源清洁，可降解的垃圾排泄物也要远离水源深埋处理；减少野外用火，非因生存的需要尽可能不架设篝火，即使出于御寒煮食防御野兽的需要而燃烧篝火时，也要控制在尽可能小的规模，那种聚众狂欢式的篝火晚会，是不可取的。

关于户外生态环境保护实在可以写一本大书，让我们一起先从这些小事做起。

关于作者：

　　贾献珣，网名千篇一驴，生于泉城济南，自少年时代起迷上旅行生活，青年时代总在逆旅漂泊，虽历四十年风雨不改初衷。酷爱登山野营溯溪漂流冬泳等运动，是山东省最早的野外领队之一。1999年辞去公职，专心投入户外运动和民间环保活动，策划并参与了1999年的"保护母亲河齐鲁黄河漂游活动"和2002年的"小清河全流域水污染现状调查活动"，现担任济南火鸟户外运动俱乐部主任。常自嘲谓：少年时的"三好学生"如今变成"三好生"，好友好酒好玩。忙时跋山涉水，闲来舞文弄墨，吾愿足矣。作为生于斯长于斯的儿女，对这片土地有着深沉的爱。